KB033057

아리아드네와
사랑의 미궁

아리아드네와 사랑의 미궁

초판 1쇄 찍은 날 | 2015년 6월 1일
초판 1쇄 펴낸 날 | 2015년 6월 10일

지은이 | 이오리 미나
그린이 | 아마노 치기리
옮긴이 | 김하나
펴낸이 | 예경원

편집책임 | 박우진
편집 | 오아현

펴낸곳 | 예원북스
등록번호 | 제396-2012-000132호
등록일자 | 2012. 7. 25
YRN | 제5-0014호

주소 | 경기도 고양시 일산동구 무궁화로 8-28 삼성메르헨하우스 712호 (우) 410-837
전화 | 031-819-9431 팩스 | 031-817-9432
http://blog.naver.com/ainandfin
E-mail | ainandfin@naver.com

ⓒ Iori Mina / Cosmic Publishing All rights reserved.
Korean translation rights arranged by Cosmic Publishing Co., Ltd.
through NTT Solmare Corp.

ISBN 979-11-5630-446-3 03830

※ 파본은 구입하신 서점에서 교환하여 드립니다.
※ 저자와 협의하여 인지를 붙이지 않습니다.
※ 이 책은 예원북스와 Cosmic Publishing / NTT Solmare 와의 계약에 의해 출판된 것이므로 무단 전재 및 유포, 공유를 금합니다.
※ 이 도서의 국립중앙도서관 출판시도서목록(CIP)은 서지정보유통지원시스템 홈페이지(http://seoji.nl.go.kr)와 국가자료공동목록시스템(http://www.nl.go.kr/kolisnet)에서 이용하실 수 있습니다.

이오리 미나 글
아마노 치기리 그림
김하나 옮김

아리아드네와
사랑의 미궁

※ 이 이야기는 픽션으로, 이야기에 등장하는 인물·단체·사건은 현실과는 무관합니다.

※ 막시밀리안 살로몬
드 리슈엘

반쿠르 왕국의 왕자.
칠흑의 왕자라고 불린다.

✻ **제롬 발트 비아르도**
비안르도 공작.
왕비의 조카.

✻ **아리아드네 보아모르티에**
보아모르티에 공작가의 딸.
가난한 집안 형편 때문에
왕비를 모시는 책 읽는 시녀가 된다.

✻ **나네트 르 테이에**
재상의 딸. 왕궁에서 일하고 있다.

등장인물소개

아리아드네와
사랑의 미궁

프롤로그
운명의 만남

햇볕이 쨍쨍 내리쬐는 정오를 지나 초여름의 열기가 어느 정도 누그러든 시간이 찾아왔다.

커다란 바구니에 병 우유와 빵, 그리고 얇게 썰어 소금에 절인 고기를 가득 담아서, 아리아드네는 시녀의 손을 이끌며 영지 내에 있는 작은 시내로 소풍을 왔다.

작은 시내에는 물레방아가 돌아가고 있었고, 오두막 안에서는 맷돌이 밀을 빻고 있었다. 아리아드네는 조금 높은 언덕에 서서 주위를 둘러보았다.

구름 한 점 없는 푸른 하늘 아래에 높고 낮은 땅이 펼쳐져 있었고, 짙은 초록의 숲과 수풀이 여기저기에 흩어져 있었다. 저 먼 곳에는 금빛 이삭을 바람에 나부끼는 밀밭과 목장이 있었으며, 젖소가 한가로이 풀을 뜯고 있었다. 이 일대는 기후가 온난하고 강수량이 적당하여 토양이 비옥한 데다 무엇보다 상쾌한 바람이 불었다.

지평선 너머로 내다보이는 곳까지가 아리아드네의 할아버지―보아모르티에가의 영지였다.

나비 한 마리가 팔랑팔랑 날아와서 유모에게 안겨 있는 여동생 콜레트의 자그마한 콧등에 멈추었다. 콜레트는 기쁜 듯 꺄아꺄아 하고 손뼉을 쳤다.

하얀 나비를 바라보는 그녀의 눈은 아리아드네와 마찬가지로 하늘을 담은 듯한 짙은 파란색을 띠고 있었다.

"와아, 바람이 상쾌하네요."

시녀 한 명이 소리를 높였다. 바람이 시녀의 스커트를 크게 부풀렸다가 다른 쪽으로 빠져나갔다. 아리아드네의 금색 머리카락도 하늘의 빛깔에 녹아내리는 금실이 되어 우아한 곡선을 그리고 있었다.

"그럼 여기서 점심을 들까요?"

"그럴까요."

시녀들은 시내 옆에 자리한 커다란 모밀잣밤나무의 그림자가 드리워져 있고 잔디가 정성스럽게 정돈되어 있는 평탄한 장소를 발견하자 바구니에서 시트를 꺼내어 그 위에 펼쳤다.

이렇게 인적이 드물고 조용한 장소에도 파릇파릇한 잔디가 구석구석 빈틈없이 깔려 있었고, 잡초가 손질되어 있었다. 실력 있는 정원사가 정성을 다해 가꾼 덕분이었다. 이렇게 사람의 손길이 닿은 자연의 모습이 무척이나 풍요로워 보였다.

"나, 강에서 물 길어올게."

아리아드네는 어린이용 작은 양동이를 들고 파니에 드레스 자락을 걷어 올린 후, 구두를 벗어던지고 시내의 얕은 여울에 뛰어 들어가 작은 물고기를 쫓아다니기 시작했다.

또다시 바람이 불었고 아리아드네의 긴 금발이 파도처럼 넘실거렸다.

맑은 물은 초여름인데도 차가웠다. 아리아드네의 가느다란 발이 허공에 휙 떠올랐다가 바깥쪽으로 물을 첨벙첨벙 차올리자, 시녀들이 간드러지는 소리를 지르며 물보라를 피하듯이 뛰어다녔다.

"아리아드네님도 참, 짓궂기도 하셔라. 오늘은 모처럼 멋진 드레스를 입으셨는데."

"여동생인 콜레트님은 이렇게 얌전하신데 말이지요."

유모의 말에 시녀들이 큭큭 웃음을 터뜨렸다.

그때.

오붓하고 평온한 분위기를 가르며 멀리서 날카로운 말 울음소리가 들렸다.

고개를 들자 밀밭이 만든 능선 저편에서 크고 검은 말 한 필이 이쪽을 향해 달려오는 것이 보였다.

어쩜 저렇게 크고 멋질까.

멀리 떨어진 초원에서도 꼿꼿한 기개와 분노가 전해져왔다.

한순간 아리아드네는 자신의 집에서 기르고 있는 말을 떠올렸다. 아름다운 검은 말은 여러 필 있었지만 저렇게까지 기백이 느껴지는 말은 보아모르티에가에는 없었다. 분명 어딘가의 목장에서 기르고 있는 사나운 말이 영지를 경계 짓는 울타리를 넘어 들어온 것이 틀림없었다.

말은 고개를 치켜들고, 이쪽을 향해서 돌진해 왔다. 마치 봄에 이는 태풍 같았다. 그 모습을 본 시녀들은 비명을 지르고 폴짝대며 냇가에서 물레방아 오두막으로 뛰어 들어갔다.

평화로운 피크닉을 방해하듯이 나타난 거친 말 앞에서 아리아드네는 시냇물에 양다리를 담근 채 우두커니 서 있을 수밖에 없었다.

"아리아드네님도 얼른 오세요!"

유모가 아리아드네를 향해 손짓했다. 검은 말은 바로 옆에까지 다가와 있었다.

"기다려. 저 말 등에 아이가 타고 있어!"

아리아드네의 사파이어빛 눈동자는 자신의 몸에 걸맞지 않을 만큼 커다란 말을 어떻게든 진정시키려 필사적으로 고삐를 움켜잡고 있는 소년에게 시선을 빼앗긴 상태였다.

그 광경은 용감한 소년과 난폭한 말을 그린 한 폭의 그림 같았다.

바람에 살랑 나부끼는 금빛을 띠는 적갈색 머리카락. 그와 마찬가지로 적동색을 띠는 불꽃 같은 눈동자. 소년은 이를 악물고 고삐를 짧게 잡은 채 떨어지지 않도록 필사적으로 말에 매달려 있었다.

한편 소년을 태운 말은 분노로 앞니를 드러내고 앞발을 치켜든 채 뒷발로 곧추서 있었다. 하지만 곧이어 앞으로 몸통을 구부리고 뒷발을 차올렸다. 검은 갈기를 귀신처럼 흩날리며 난폭하게 날뛰고 말굽소리를 높이면서 말과 소년은 시내를 향해 돌진해 왔다.

"아리아드네님!"

시녀들이 물레방아 오두막 안에서 비명을 지르는 동시에, 말은 얕은 여울의 자갈을 박차고 시내를 뛰어넘었다.

날뛰는 말의 등에 탄 소년의 손이 결국 고삐를 놓쳤고, 그의 몸은 말이 도약하는 것과 동시에 시내에 내동댕이쳐졌다.

말이 숲 속으로 달려가자 아리아드네는 드레스가 젖는 것도 개의치 않고 강에 떨어진 소년의 곁으로 달려갔다.

"괜찮아?"

어깨에 손을 얹자 소년은 예리한 고통이 느껴지는 듯 신음했다. 하지만 그뿐이었다.

소년은 입술을 깨물며 견뎌내고 있었다. 하지만 그의 두 눈에는 수막이 맺혀서 당장에라도 커다란 눈물방울을 뚝뚝 흘릴 듯이 보였다.

"울면 안 돼. 남자잖아? 이 정도 상처는……."

그렇게 말하던 아리아드네는 자신도 모르게 숨을 삼켰다.

소년의 왼쪽 팔이 터무니없는 방향으로 꺾여 있었다. 뼈가 부러진 것이었다. 게다가 강바닥의 돌에 긁혔는지 셔츠는 갈기갈기 찢어져 있었고 어깨에서 가슴까지 심한 찰과상을 입은 상태였다.

아리아드네는 소년의 겨드랑이에 팔을 집어넣어서 그의 몸을 간신히 잔디 위로 끌어올린 후, 드레스 자락을 찢어서 시냇물에 적셔 피를 닦으며 뼈가 부러진 곳에 가만히 갖다 댔다.

"……윽."

그것만으로도 고통스러운지 소년은 단정한 이목구비를 일그러뜨렸다.

피가 번져 있는 찰과상 위, 쇄골 바로 근처에는 점 세 개가 동일한 간격으로 나란히 늘어서 있었다. 그 모습을 본 아리아드네는 마치 겨울 밤하늘에 빛나는 오리온의 허리띠 같다고 생각했다.

"이 정도 상처로 울 순 없지."

소년은 상처를 입지 않은 오른팔 소매로 눈가를 스윽 닦았다.

"시냇물이 눈에 들어갔을 뿐이야."

"그래. 역시 남자애네. 대단해."

"너도 어린애 주제에 날 꼬맹이 취급하지 마. 나…… 조만간에 저 말을 길들여 보일 테니까."

"그럼, 약속해 줘. 팔이 나으면 날 꼭 저 말에 태워주기로."

"그래, 알겠어."

소년은 휘청거리면서 일어나 풀밭 위에 앉아 있는 아리아드네를 향해 이렇게 말했다.

"이 신세는 꼭 갚을게. 말투가 건방져서 마음엔 안 들지만, 커서 좀 더 얌전해지면 내 신부로 맞이하도록 하지. 다음에 널 데리러 갈 때 꼭 저 말을 타고 갈 거야. 잊어버리면 안 돼."

아리아드네는 느닷없이 신부로 맞이하겠다는 그 말을 듣고 당황했다. 하지만 소년의 반짝반짝 빛나는 적갈색 머리카락이 무척이나 멋지다고 생각했고, 입술을 악물고서 불타는 듯한 적동색 눈동자로 눈물을 참는 모습이 몹시 강인하게 느껴졌다.

무엇보다도 영지의 경계에서 이 시내까지 저 난폭한 말을 달래기 위해 등에 매달려 있었다는 사실을 보아도 여간내기는 아닌 듯했다.

소년이 상처를 입지 않은 쪽 팔의 새끼손가락을 내밀었다. 아리아드네는 그 손가락에 자신의 손가락을 걸고 힘을 꾹 담았다.

"……알겠어. 내 이름은 아리아드네. 아리아드네 보아모

르티에야. 새끼손가락을 걸고 약속했으니까 꼭 와야 해. 약
속이야."

　아리아드네의 어린 마음은 바람에 흔들리는 작은 들꽃처
럼 언제까지고 한들거리고 있었다.

1장
담보로 잡힌 아가씨

"파산, 이라고요?"

아리아드네 보아모르티에가 도금이 벗겨진 잔을 테이블 위에 올려놓았다.

쨍강, 하고 싸늘한 도기 소리가 고요한 응접실에 울려 퍼졌다.

사실은 이 잔도 증조부 대부터 사용해 온 유서 깊은 물건이었다. 골동품으로 팔아야 할 가능성도 있기 때문에 더욱 소중하게 다루어야 했다. 그럼에도 파산이라는 말을 듣자 아리아드네의 가느다란 손가락이 제멋대로 떨려와, 거기까지 신경 쓸 여유가 없었다.

"오늘 아버님이 발행하신 수표가 저희 은행에 들어왔으

니 오늘 중에 해결하지 않으시면 보아모르티에가는 파산하게 됩니다."

"그 이야기는 아버님과 하는 편이 좋을 것 같군요."

"네. 아버님께선 지금쯤 돈을 마련하기 위해 사방팔방으로 뛰어다니고 있으시겠지요."

은행가인 리오넬 듀포는 깔끔하게 컬을 넣은 머리카락을 벅벅 긁었다.

알고 있으면서 왜 아버님이 없는 시간을 노려서 이 저택에 온 걸까. 내가 장부 대부분을 관리하고는 있지만 아버님이 보아모르티에가의 가장이라는 사실은 의심할 여지가 없는데.

아무리 못미덥다고 해도. 넉살 좋고 빚만 늘리는 사람이라고 해도 말이다.

"…아. 이 저택을 담보로 융자를 받아서 잠시 시간을 버는 건 어떨까요?"

"이미 벌써 네 번이나 저당 잡혔던 걸 잊으셨습니까? 조만간 이 저택은 경매에 나가게 될 겁니다. 사겠다는 사람이 나타나는 대로 짐을 꾸려서 가족 모두가 나가셔야 합니다."

"장원은요? 영지나 목장은 어떤가요? 삼 층 지붕 뒤를 뒤져보면 아직 골동품이 있을지도 몰라요."

"안타깝지만… 돈이 될 만한 물건은 대부분 저희 은행이 관리하고 있습니다."

듀포는 한숨을 크게 내쉬고 고개를 가로저었다.

실은 아리아드네도 알고 있었다. 눈에 보이고 손닿는 것 모두, 빚 담보로 내놓았다는 사실 정도는…….

남은 것은 생활을 위한 최소한의 식기 도구와 옷과 리넨 등과 같은 일상적인 물품뿐이었다. 판다고 해도 한두 푼밖에 되지 않을 것이다.

아리아드네는 어깨를 축 늘어뜨리고 한숨을 푹 내쉬었다.

아버지인 장 파티스트는 서글플 만큼 자산을 운용하는 재주가 없었다.

공작이었던 할아버지가 살아 있을 적의 보아모르티에가 는 대국 반쿠르의 왕가를 옛날부터 모셔온 열두 가문 중 하 나로서 이름을 날렸다. 타국과 전쟁을 할 때마다 무공을 세 웠기에 증조부 대에는 당시 반쿠르 왕자의 명으로 대장군 자리를 하사받았을 정도였다. 왕국으로부터 신뢰가 두터운 귀족 가문이자, 광대한 영지를 다스리는 영주이기도 했다.

하지만 그것도 아리아드네가 철이 들 무렵까지의 이야기 였다.

아리아드네가 열 살 무렵, 할아버지가 머리에 생긴 병으 로 쓰러져서 갑작스럽게 이 세상을 떠나고 만 것이다.

유산 전액은 외아들이었던 아버지, 장 파티스트가 상속 했다.

아버지가 유산을 갓 상속받았을 무렵에는 엄청난 액수의 자산과 넓은 영지, 풍부한 작물을 생산하는 장원, 작은 미술관에 필적할 만큼의 그림과 공예품이 있었다.

그것들을 지키는 것으로 만족했으면 좋았으련만 자산을 더욱 늘리고 영지를 넓히기 위해 야심을 불태운 것이 불운의 시작이었다. 세간에 유행하기 시작한 주식과 선물에 손을 대 얼마 되지도 않는 이익과 막대한 손실을 낳기를 반복하며 우왕좌왕하던 중에 자산이 줄줄 새어나갔다.

자산운용에 서툰 데다 천성적으로 사람이 좋다는 점을 이용당한 아버지 장 파티스트는 씀씀이가 헤픈 친척의 연대 보증인까지 떠맡은 지경에 이르렀다.

연이어 밖으로 빠져나가는 선조로부터 물려받은 가구와 공예품. 저택에서 상주하며 사이좋게 지내던 시녀와 집사들도 한 명 두 명씩 줄어가는 가운데, 이대로는 안 되겠다고 생각한 어린 아리아드네는 마음을 다잡고 공부를 시작했다.

하지만 열심히 공부한 끝에 드디어 아리아드네가 장부를 볼 수 있게 되었을 무렵에는 반쿠르에 있던 영지 대부분을 잃고 선조의 초상화 이외의 명화마저도 내팔게 된 상태였다.

게다가.

반쿠르의 '백조의 관'이라고까지 칭송받던 이 저택에서도 나가야 하다니…….

우리 가족은 이곳에서 쫓겨나면 어디로 가야 할까?

아리아드네는 비와 이슬을 피할 장소조차 없는 생활을

상상하며 몸을 파르르 떨었다.

"우리 집엔 이제 아무것도 남아 있지 않다는 거네요?"

크게 한숨을 쉬자 심한 두통이 느껴졌다. 일이 잘 풀리고 있던 투자처에서 회수한 적은 돈으로나마 고생하며 간신히 생활을 꾸려온 것도 파산하면 모두 물거품이었다.

"아니요. 단 한 가지… 미래를 내다봤을 때는 두 가지, 상당한 금액으로 환산할 수 있을 만한 것이 이 집에 있습니다."

듀포의 동그란 안경 안에 자리한 가느다란 눈이 번쩍 빛났다.

"그게 뭔가요?"

아리아드네는 몸을 내밀었다. 조금 전까지만 해도 이 저택에 돈이 될 만한 물건은 없다고 단호히 말하던 은행가가 상당한 금액이 될 만한 무언가가 아직 남아 있다고 말하는 것이다.

"아가씨와 동생 콜레트님이십니다."

충격적인 말에 아리아드네의 머리는 잠시 얼어붙은 듯 움직이지 않았다.

"…그러니까 나와 내 동생에게 창부가 되라고 말하는 건가요?"

자신에게 하는 말이라면 참을 수 있었다. 하지만 이 은행가는 여동생에게까지 창부가 되라는 말을 은밀히 강요하고 있었다.

"당치도 않으십니다. 그냥 창부가 아니라 최고급 창부입니다."

듀포는 일어나서 아리아드네가 앉아 있는, 고블랭 천이 닳은 긴 의자로 이동했다. 그리고 아리아드네가 무릎 위로 포개고 있는 가느다란 손을 앙상한 손가락으로 움켜잡았다.

"눈부시게 빛나는 이 꿀색 머리칼… 깊은 바다 같은 푸른 눈동자, 달걀형의 작은 얼굴에 더할 나위 없이 완벽하게 자리 잡은 이목구비. 피부도 마치 마시멜로 같군요. 걸레같이 초라한 이 드레스를 벗으시고 갓 태어난 채의 모습으로 아름다운 팔다리를 드러낸다면 그리스의 유명한 조각마저도 뛰어넘겠지요."

자신의 아름다움을 칭찬하고 있는데도 아리아드네는 그 말의 이면에 자리한 너무나도 역겨운 의미에 목이 막혀서 숨을 쉴 수가 없었다.

기막혀 하는 아리아드네의 귀에 재차 못을 박듯이 듀포가 속삭였다.

"창부라고 해도 딱 몇 년입니다. 당신이라면 하룻밤에 몇 만 클랑은 벌 수 있을 테니까요. 이제 이렇게 손이 거칠어지는 일은 하지 않아도 괜찮습니다."

무릎에 올려놓은 그녀의 손을 나이든 남자의 손이 움켜잡자 형용할 수 없는 혐오감이 아리아드네의 온몸을 지배했다.

아리아드네는 드레스 자락을 걷어내며 긴 의자 구석으로 움직였다. 아리아드네가 몸을 비키자 듀포도 따라왔다.

"뭣하다면… 창부 일이 익숙해질 때까지 제가 당분간 준비를 도와드리겠습니다. 그렇게 되면 가족 분들도 한동안 이 저택에서 지낼 수 있겠지요."

그 말을 들은 순간, 온몸의 털이 곤두섰다.

이 사람은 그런 눈으로 나를 보고 있었구나.

지금까지 신용해 왔던 은행가에게 그런 말을 들을 줄은 꿈에도 몰랐다. 분노와 슬픔과 동요하는 마음이 단숨에 아리아드네를 덮쳤다.

'가난뱅이든 작위를 가진 귀족이든 남성을 신용해서는 안 된다. 숙녀는 남성과 단 둘이 있지 않도록 주의해야 한다.'

아리아드네는 매너북의 한 소절을 이제야 떠올렸다. 차갑고 주름투성이인 손이 자신의 손을 잡자 기분이 너무 나쁜 나머지, 닳아서 천이 얇아진 긴 의자의 앉는 면에 그의 손이 닿았던 부분을 닦았다.

"그런 말씀은 그만하세요. 전 창부 같은 건 되지 않을 테니까요."

"무슨 말씀을 하시나요. 창부는 여성이 종사해 온, 세상에서 가장 오래된 직업입니다. 그게 아니면 달리 뭘 할 수 있다는 건가요? 당신 집에는 이제 한 푼도 남아 있지 않습니다."

"전 국왕과 가까운 관계에 있는 공작, 보아모르티에가의 장녀입니다. 가문의 이름에 먹칠하는 짓은 절대 할 수 없습니다."

그러자 듀포는 아리아드네의 귓가에 주름이 자글자글한 입술을 가까이 대고 속삭였다.

"도시에는 부모님이 헤프게 쓴 돈을 메우기 위해 작위가 있는 집안의 아가씨들이 신분을 숨긴 채 고급 창부로 멋지게 일하고 있다고 하더군요. 드문 일이 아닙니다."

귓가에 불어오는 미지근한 숨결에 등줄기로 오한이 가로질렀다.

"싫다면 싫은 거예요! 가까이 오지 마세요."

나한테는 마음에 둔 사람이 있단 말이야!

그렇게 외치고 싶었다. 하지만 실로 꿰맨 듯 입술이 굳게 닫힌 채 움직일 수 없었다.

그건 십오 년 전쯤에… 아직 이 집에 상주하는 하인들이 많고 저택 창문에서 저 멀리까지 내다보이는 영지에 정성스럽게 손질한 잔디가 심어져 있을 적의 일이다. 정원으로 끌어온 시내도 푸르게 흘렀고, 장원에서는 금빛 이삭이 맺힌 보리가 유월의 바람에 살랑이고 있었다.

그때 그 소년을 도와주었다.

꽤 신분이 높은 분의 자제라고 들은 듯했지만, 어렸던 아리아드네는 아직 이해할 수 없는 이야기였다.

아버지나 어머니라면 그에 대해서 뭔가 알고 있을 테지

만, 아이라고는 하나 그 소년도 엄연히 남자다. 그의 이름을 묻기가 부끄러워서 좀처럼 말을 꺼낼 수가 없었다.

지금도 또렷하게 떠오르는 것은 시냇물 방울을 수정처럼 여기저기에 박아 넣은 듯한 소년의 반짝반짝 빛나는 스트로베리 블론드 빛의 생머리였다. 뽀얀 피부에 주근깨가 연하게 박혀 있었고 야리야리한 체격에는 아직 풋풋한 느낌이 남아 있는데도 적동색 눈동자 속에는 낙마했다는 사실에 대한 분노와 굴욕으로 불꽃을 번뜩이며 뼈가 부러진 아픔을 견디고 있었다.

"이 신세는 꼭 갚을게. 말투가 건방져서 마음엔 안 들지만, 커서 좀 더 얌전해지면 내 신부로 맞이하도록 하지. 잊어버리면 안 돼……."

그는 지금쯤 어떤 청년으로 자랐을까.

거만한 말투나 위험천만한 놀이는 그만두고, 분명 신사다워졌겠지…….

괴로운 일이 있을 때에는 늘 그를 생각하는 것만으로도 마음이 자연스레 평온해졌고 행복했던 어린 시절로 돌아갈 수 있었다. 생각해 보면 그 아이가 자신의 첫사랑이었던 것이다.

그리고 아리아드네는 현재도 그 소년을 사랑하고 있었다.

하지만 지금은 그런 감상에 흠뻑 젖어 있을 때가 아니었다.

"아리아드네님께서 싫으시다면 콜레트님은 어떠신가요. 당신과 마찬가지로 금발에 푸른 눈동자를 가진 미소녀니까요. 어쩌면 당신보다 더 높은 값이 붙을지도 모르겠군요……."

"뭐라고요? 당신이 지금 무슨 말을 하고 있는지 알기나 해요?"

아리아드네는 고개를 들어서 듀포를 노려보았다.

"콜레트는 아직 열다섯이라고요! 그런 어린애한테 창부라니."

"도시에서는 그런 취향을 가진 남성도 많습니다. 실제로……."

자신도 모르게 귀를 틀어막고 싶어지는 말들이 이어졌다. 어머니와 콜레트가 근처 농장에 일손을 거들기 위해 나간 것을 이토록 다행이라고 여겼던 적은 처음이었다.

아무리 그 소년의 고집스러운 얼굴을 떠올려 봐도 아리아드네의 마음은 무너질 것 같았다. 역겨운 마음에 그녀의 등에 소름이 끼쳤다.

정신 똑바로 차려야 해, 아리아드네.

어린 시절의 추억에 계속 얽매여 있다니 바보 같아. 운명은 누군가가 부여해 주는 것이 아니라 자신의 손으로 개척해 나가는 거야.

하지만.

아리아드네가 듀포의 얼굴을 보자, 그는 천박한 웃음을 지은 채 그녀를 다시 바라보았다.

"어쨌든 창부 같은 건 되기 싫어요!"

"아리아드네님. 고집도 적당히 부리세요."

그렇게 말하며 여전히 뭉그적대면서 조금씩 다가오는 듀포를 필사적으로 저지하고 있을 때였다.

갑자기 밖이 소란스러워졌다.

돈을 구하기 위해 바깥에서 돌아다니고 있던 아버지가 돌아온 것일지도 몰랐다.

아리아드네는 일어나서 창문을 향해 달려갔다. 이런 악몽 같은 상황에서 자신을 구출해 줄 존재는 아무리 미덥지 않더라도 아버지밖에 없었다.

창문으로 문과, 문에서 이어지는 넓은 안뜰이 보였다. 방치된 채 황폐해진 정원 한가운데로 돌바닥에 먼지를 일으키며 말 여섯 필이 이끄는 마차 여러 대가 현관을 향해서 달려오고 있는 것이 아닌가.

이렇게 화려한 마차 여러 대를 이끌고 오다니 아버지는 절대로 아니다. 그럼 대체 어떤 사람인 걸까?

"이 집의 경매가 결정돼서 우리를 내쫓으려고 온 건가요?"

아리아드네는 뒤돌아보지도 않고 듀포에게 물었다.

"아니요, 설마. 그럴 리는……."

아리아드네는 창문에서 정문을 응시했다.

마차 지붕의 네 귀퉁이에는 검은 깃털 장식이 달려 있었고, 검은 바탕에 금색의 정교한 조각이 장식되어 있었다. 마차를 이끄는 여섯 필의 말은 언급할 필요도 없었고 심녹색 제복을 입은 마부까지도 의젓한 모습이었다.

아리아드네와 듀포가 지켜보는 가운데, 마부가 공손한 몸짓으로 마차 문을 열었다.

잡초가 난 돌길 위에 젊은 남자가 내려섰다. 이십대 중반일까, 아니면 조금 넘었을까. 시원스럽게 균형 잡힌 상반신과 다부지고 넓은 어깨는 날렵한데다 용감무쌍함 그 자체였다.

펄럭펄럭 휘날리는 망토는 칠흑 같은 어둠의 색을 띠고 있었다. 흐트러진 머리칼을 쓸어 올리자 이 나라의 군복이 보였다. 지위가 꽤 높은 듯 검은 재킷에는 장식용 단추가 달려 있었고 금실과 은실로 자수가 놓여 있었다. 트라우저도 검은색이거니와 부츠도 검은 가죽이었다. 온통 검정 일색인 옷차림이었다.

다른 마차에서도 남자들이 연이어 내렸다. 모두 큰 키에 다부진 몸집을 하고 군복으로 몸을 감싼 수하들이었다.

적어도 헌법재판소에서 보낸 경매 집행관은 아닌 듯했다. 아리아드네는 우선 가슴을 쓸어내렸다.

하지만 경매 집행관이 아니라면 그들은 대체 누구란 말인가.

이쪽의 시선을 알아차린 것일까. 남자가 갑자기 고개를 들어 이 층을 올려다보자 아리아드네와 남자의 시선이 뒤엉켰다.

멀리서도 충분히 알아볼 수 있을 만큼, 적동색으로 불타는 불꽃을 연상시키는 눈동자였다. 그 날카로운 시선에 아리아드네는 재빨리 창문에서 떨어졌다.

혹시 자신이 이 층 창문으로 내려다보고 있었다는 사실을 알아차린 걸까. 그런 예의에 어긋나는 행동을 그가 알아차렸다면 너무나도 부끄러운 일이었다. 엿보는 것과 마찬가지이기 때문이다.

때마침 그때 현관문을 두드리는 소리가 들렸다.

"손님이 오신 듯하니 잠시 실례하겠습니다."

"뜻대로 하시죠."

아리아드네에게 호되게 거부당한 듀포는 불쾌한 기색을 노골적으로 드러내며 긴 의자 위에서 자세를 널브러뜨렸다.

지금의 보아모르티에가에는 하인도 집사도 시녀도 없었다. 여분의 지출을 줄이기 위해서 모두 해고한 것이었다.

따라서 자신들이 할 수 있는 일은 스스로 해야만 했다. 청소든 세탁이든 무엇이든지. 궁핍한 생활을 시작하고서부터는 얼마 되지 않는 손님을 맞이하고 차를 내오는 것도 아리아드네가 맡은 일 가운데 하나였다.

아리아드네는 드레스 자락을 들어 올리고 계단을 뛰어

내려가서 현관으로 향했다.

안쪽으로 걸려 있는 튼튼한 자물쇠를 열고 두꺼운 나무 문을 한쪽만 열었다.

그러자 우선 검은 군복을 입은 수하들이 문 안쪽으로 들어와서 아리아드네를 사이에 두고 좌우로 늘어섰다. 그들 뒤로 키 큰 남자가 의연하게 현관 계단을 올라왔다.

조금 전에 마차에서 내린 검은 망토를 걸친 남자였다.

그는 다른 수하들보다도 머리 반 정도 키가 컸다.

기다란 손발에 호리호리한 몸. 물에 젖은 까마귀의 깃털처럼 윤기 나는 색을 띠는 머리카락은 대충 쓸어 올렸고 앞머리는 살짝 그을린 이마에 떨어져 있었다.

이마에서 턱으로 이어지는 날렵한 라인은 장인의 손으로 깎은 조각 같았다. 얼굴 생김새만 따진다면 무척이나 아름답다고 할 수 있었지만 절대 여성스럽지는 않았다. 그러기는커녕 무인다운 행동거지가 주위에 압도적인 위압감을 풍기고 있었다.

적당하게 오목조목한 얼굴과 시원스럽게 뻗은 콧마루도, 한일자로 다물고 있는 입술도 힘차고 단정해 보였기에 마치 그림에 등장하는 전설의 기사 같았다.

가슴에는 훈장과 약장을 빛내고 있었다. 검은 상의에 검은 하의, 검은 망토까지. 가까이에서 보니 옷감과 재봉이 훌륭하다는 사실을 알 수 있었다.

하지만 허리에 차고 있는 검과 칼집은 실용성을 중시하

고 있었다. 장식은 없었지만 그 대신 전쟁터에서 생긴 것으로 보이는 상처가 무수히 새겨져 있었다. 그 모습을 본 아리아드네는 그가 연극에 등장하는 가짜가 아니라, 전쟁터를 뛰어다니는 진짜 기사라는 사실을 깨달았다.

그의 시선이 아리아드네를 정면으로 꿰뚫었다. 관자놀이를 향해 찢어져 올라간 쌍꺼풀 진 눈과 날카로운 적갈색 시선은 마치 맹금류 같았다.

그 순간이었다. 아리아드네는 그 자리에서 움츠러들어 움직일 수 없게 되어, 가슴속에 형용할 수 없는 충격과 같은 무언가가 솟구치는 것을 느꼈다.

아… 이 기분은, 뭐지……?

온몸의 피가 부글부글 끓어오르는 듯한 이 감정…….

가까이에서 처음으로 진짜 기사를 보고 놀랐을 뿐일까?

아리아드네, 정신 차려.

양손으로 자신을 뺨을 살짝 툭툭 쳤다.

"보아모르티에가에 오신 걸 환영합니다. 무슨 용건으로 오셨나요?"

그건 어쨌든 간에 심부름꾼도 보내지 않고 느닷없이 찾아오다니 우리가 얼마나 우습게 보였던 걸까. 보아모르티에가와 같은 가난뱅이 귀족에게 차릴 예의는 없다고 생각했던 것이 분명하다.

"이 나라에 살면서 내 얼굴을 모를 줄이야!"

남자는 한순간 정색하는 듯한 표정을 지었지만, 그 불쾌

함조차도 호탕하게 웃어넘기며 입을 열었다. 넓고 썰렁한 저택 안에 으르렁대는 듯한 목소리가 울려 퍼졌다. 그 말끝을 그의 수하가 이어나갔다.

"무례하군. 여기 계신 이 분이 누군지 알고 그러는 거요. 막시밀리안 살로몬 드 리슈엘 전하… 이 나라의 왕자님이시오."

뭐어, 와… 왕자……?

그러고 보니 이 검은 머리카락과 살짝 그을린 살결은 분명히 본 적이 있다. 어머니에게 이끌려 돈이 될 만한 드레스 몇 벌을 거리에 팔러 나갔을 때의 일이었다. 우연히 승전 기념 퍼레이드를 맞닥뜨리게 되어 말을 타고 퍼레이드를 이끄는 왕자의 모습을 멀리서 보았었다.

어딘가에서 본 적이 있다고 생각한 것은 그때의 기억 때문일까.

자신이 사는 나라의 왕자의 얼굴조차 모르는 자신에게 화를 내는 것도 당연하다. 귀족들이 모이는 여우 사냥에도 무도회에도 참석한 적 없는 이쪽이 잘못한 거니까.

하지만… 그렇다고 해도 이 거만한 태도. 뭔가 마음에 걸린다…….

"죄송합니다. 저희 집안이 이런 상황이라서 왕실 쪽과 교류를 끊은 지 오래 되었기 때문에 얼굴을 몰라 뵀습니다."

아리아드네는 드레스 자락을 잡고 허리를 깊이 구부려서

사죄의 뜻을 표했다. 이렇게 신분이 높은 남성과 만나는 것은 처음이었기 때문에 이런 인사법이 예의에 맞는지 어떤지도 알 수 없었다.

"데뷔탕트는 어쨌는가?"

"…네. 아직, 입니다……."

이 나라에는 어떤 귀족의 자녀든지 열일곱이 되면 왕궁에서 열리는 무도회에 참석하여 사교계에 데뷔하는 데뷔탕트라는 관습이 있었다.

아리아드네는 데뷔하기에는 이미 늦은 나이였다.

막시밀리안은 썰렁한 현관을 휙 둘러보았다. 아리아드네의 뺨이 붉게 물들었다. 다른 귀족의 저택과 마찬가지로 옛날에는 이곳에도 선조로부터 물려받은 갑옷과 투구, 그림, 장검, 조각 등이 장식되어 있었다.

그러나 지금은 초상화 몇 점이 걸려 있을 뿐, 차가운 돌벽을 드러낸 모습에 몸 둘 바를 모를 정도였다.

막시밀리안은 어이가 없다는 듯이 말했다.

"이런 상황이라면 사교계에 데뷔하지 못했던 것도 이해가 가는군. 어차피 드레스를 준비할 돈도 없었겠지?"

"…네."

고개를 숙인 아리아드네는 입술을 깨물며 분한 마음을 삭였다. 그의 수하들은 귀가한 후 오늘 있었던 이 일을 우스갯소리 삼아 떠들겠지. 데뷔탕트에조차 참석하지 못한 공작의 딸이 있을 줄이야 하고.

게다가 이유는 가난하기 때문에!

"…이쪽으로 오십시오."

아리아드네는 떨떠름한 기분으로 막시밀리안 일행을 이층 응접실로 안내했다. 응접실에는 조금 전에 음흉한 손길로 아리아드네에게 애인이 되기를 강요했던 듀포가 긴 의자에 느긋하게 걸터앉아 있었다.

아리아드네에게는 건방진 태도로 대했던 주제에 그는 막시밀리안의 얼굴을 보자마자 일어나서 머리를 깊이 조아리며 경의를 표했다.

"그런데 막시밀리안 전하 같은 분이 어째서 이런 가난뱅이 귀족 보아모르티에가에 오신 겁니까?"

듀포의 궁금증도 당연했다.

"눈이 나빠지신 어머님을 위해 책을 읽어줄 시녀를 찾고 있다네."

"이미 그러한 사람이 왕비님의 시중을 들고 있지 않습니까? 분명히… 재상의 따님이."

듀포가 잘 안다는 듯이 지껄였다.

"어머님의 늘 있는 억지지. 시중을 드는 이의 얼굴이 질렸다고 하셔서 말이야."

막시밀리안은 조금 전까지 듀포가 앉아 있던 긴 의자에 느긋하게 걸터앉았다.

"이 집에는 나이가 많지 않은데도 불구하고 글자를 쓰고 읽을 수 있는 딸이 있다고 들었네. 정말로 읽을 수 있는지 내가 이 눈으로 확인하려고 일부러 온 걸세."

그건 즉… 날 왕궁으로 데리고 가겠다는 말인가?

아리아드네의 앞에 갑자기 새로운 길이 제시되었다. 어쨌든 창부 이외의 일로 돈을 벌 수 있다면 뭐든지 좋았다. 아리아드네의 가슴이 한순간 두근거렸다.

이 시대의 이 나라에서는 글자를 읽고 쓸 수 있는 여성은 아주 극소수의 귀족, 또는 왕족에 한정되어 있었다. 읽고 쓰는 것뿐만 아니라 장부까지 기입할 수 있는 아리아드네는 이례 중의 이례였다.

"뭔가 증명할 만한 게 있는가?"

막시밀리안이 아리아드네를 날카로운 시선으로 바라보았다. 마치 사냥감을 노리는 맹수 같은 눈을 하고 있었다.

"뭔가… 라는 말씀은?"

"뭐든지 좋아. 이 집에 있는 책을 읽어도 상관없어."

"책은… 전부 팔아버렸습니다."

아리아드네가 작은 목소리로 답했다.

"전부 팔았다고? 이래서는 네가 글자를 읽을 수 있는지 없는지 확인할 길이 없지 않은가."

적동색 불꽃 두 개가 아리아드네의 달걀형 얼굴을 노려보았다.

뭐야. 이 태도는 대체 뭐냐고. 왕자인지 뭔지는 몰라도 이래서는 내가 범죄자로 심문 받는 것 같잖아…….

아리아드네는 느닷없이 나타난 막시밀리안의 폭언이나

다름없는 말에 드레스 자락을 잡고 분노를 삭였다.

"…그렇다면 이걸. 제가 매일 쓰고 있는 장부입니다."

아리아드네는 마지못해 테이블 위에 놓여 있는 장부를 내밀어서 소리 내어 읽었다. 한 집안의 재정 상황을 공개하는 무척이나 수치스러운 기록이었지만, 자신의 능력을 알리기 위해서는 이 방법이 제일이었다.

"…놀랍군."

막시밀리안이 감탄의 숨을 내쉬었다.

"글을 읽고 쓰는 것뿐만 아니라 장부까지 쓸 수 있을 줄이야. 거기, 은행가, 듀포라고 했던가? 이 장부는 이 집안의 재정 상황을 정확하게 파악하고 있는 건가?"

"어차피 계집아이가 하는 일이니 회계사 흉내를 낸 것뿐일 겁니다. 흉내놀이."

조롱하는 듯한 표정을 지으며 듀포가 말했다. 그는 아직 아리아드네를 애인으로 삼기 위해 호시탐탐 노리고 있는 것이다.

"흉내라고 치기에는 정리가 잘 되어 있는… 데 장부 상황은 최악이군."

그의 수하들의 입가가 한순간 비웃는 듯한 형태로 일그러졌다. 아리아드네는 수치스러운 나머지 얼굴에서 불이라도 날 것 같았다.

"하지만 이 장부를 이 아가씨가 썼다는 증거가 없군. 듀포, 서류 같은 건 없나? 이 아이에게 부기를 시켜보게. 되도록 복잡한 게 좋아."

"막시밀리안 전하, 그렇다면 이걸."

"흐음."

듀포는 아리아드네에게 재무제표를 건넸다. 아리아드네는 그 서류를 보고 눈을 크게 떴다.

어느 집안의 자산 현황인지는 알 수 없지만, 보아모르티에가 정도는 아니나 상당히 심각한 상황에 처해 있다는 사실은 일목요연했다. 하지만 아리아드네는 사적인 감정을 배제하고 몸을 웅크린 채 잉크병에 펜촉을 담그고 기계적으로 대변과 차변을 선별하여 장부에 기입해 나갔다.

"…아."

"왜 그러는가?"

갑자기 얼이 빠진 듯한 소리를 내는 아리아드네의 얼굴을 막시밀리안이 들여다보았다.

"이 장부, 몇 곳에 이상한 점이 있습니다. …여기 보십시오. 이 수치."

"어디 말인가?"

아리아드네가 막시밀리안에게 장부를 손가락으로 가리키려고 하던 그때였다.

"그럼, 이걸로 아리아드네 아가씨의 능력이 이 정도라는 것을 잘 아셨지 않습니까."

더 이상은 보여줄 수 없다는 듯한 태도로 듀포가 아리아드네의 손에서 재무제표를 빼앗아갔다. 누구의 것인지는 알 수 없게 되어 있기는 했지만, 재무 상태가 복잡하게 얽혀 있는 다른 고객의 정보는 원래 공개해서는 안 되기 때문에 당연한 행동이었다.

하지만 그의 그 행동은 아리아드네의 마음속에 씻어낼 수 없는 어두운 얼룩이 되어 남았다.

"…아아. 회계 사무소에 들락날락거리는 회계사들보다 훨씬 제대로 된 능력을 가지고 있다는 건 알겠군."

날카로운 매의 눈이 아리아드네를 힐끗 노려보았다.

"하지만 읽고 쓰기와 부기만으로는 왕궁에 갈 수 없지. 예의범절은 어떠한가?"

"비천한 것밖에 준비할 수 없지만, 잠시만 기다려 주십시오."

아리아드네는 목례를 하고 응접실에서 물러난 후 주방에 뛰어 들어가서 포트와 잔, 뜨거운 물을 준비했다.

차 도구가 준비된 손수레를 끌고 응접실로 금방 돌아온 아리아드네는 막시밀리안과 듀포, 그리고 자신의 잔을 따듯하게 덥힌 후 뜨거운 차를 따랐다.

매끄럽게 행하는 일련의 아름다운 동작에 그 자리에 있던 모두가 눈을 크게 떴다.

테이블에 잔을 늘어놓은 후, 우선 아리아드네가 먼저 입을 갖다 댔다. 독이 들어 있지 않은지를 증명하기 위해서였다. 아리아드네의 가느다란 목에서 꿀꺽 하는 소리가 울렸고 이윽고 막시밀리안도 잔에 손을 뻗었다.

"…향기롭군."

막시밀리안이 온화하게 말했다. 아리아드네는 그 말에 가슴을 쓸어내렸다.

"어쩌면 우리 집사가 끓여주는 차보다 맛있을지도 모르겠어."

"실은 차를 끓이는 방법에는 단순한 규칙을 떠나서 아름답게 끓이는 비법이 숨겨져 있습니다. 작법 그대로 잔과 포트를 전부 덥히고 끓기 직전의 물을 사용하여 뜸을 들이는 시간을 확실히 재면 아무리 값싼 잎이라도 향기로워집니다."

"이거 참, 아리아드네님. 막시밀리안 전하께 값싼 찻잎으로 끓인 차를 대접해서는 안 되지요."

"죄, 죄송합니다. 저희 집에는 이제 그것밖에 없어서……"

값싼 찻잎밖에 준비할 수 없었던 것은 실수였다. 어쩌면 찻잎이 마이너스가 되어 그의 기분을 거슬리게 했을지도 모른다. 아리아드네는 조마조마한 마음으로 막시밀리안의 심기를 살폈다.

"흠, 됐어. 예의범절도 아슬아슬하게 합격점이군."

그는 일어나서 난로 앞으로 다가갔다.

난로 위에는 검과 창, 방패가 장식되어 있었다. 가장인 아버지만이 손댈 수 있는 가보였다.

"증조부 대부터 전해 내려오는 검과 창과 방패입니다."

막시밀리안은 옆에 서 있는 아리아드네를 슬쩍 날카롭게 한 번 쳐다보았다. 그 날카로운 시선에 다리가 바들바들 떨리는 듯했지만, 그 검과 방패야말로 보아모르티에가가 귀족이라는 증거 그 자체였다. 무슨 일이 있더라도 이것만은 절대로 팔기 위해 내놓는 일은 없을 것이다.

"대전투에서 무공을 세워 왕실로부터 작위와 함께 하사받은 것이라고 합니다."

"이건 확실히 우리 왕가의 오래된 문장이로군."

막시밀리안의 손가락이 방패에 새겨진 문장 위를 따라 움직였다.

문장을 진지한 표정으로 바라보는 옆모습이 무척이나 아름다운 윤곽을 그리고 있었기 때문에 아리아드네는 무심코 넋을 놓고 있느라 막시밀리안의 다음 행동을 전혀 예상하지 못했다.

"나와 함께 가지."

막시밀리안은 그렇게 말했다. 고함을 치는 듯한 큰 목소리는 아니었지만, 석조 저택 안의 공기를 바짝 긴장시키기에는 충분했다.

"네… 에……? 꺄아아악!"

반문할 틈도 없었다. 막시밀리안은 한 손으로 거뜬히 아리아드네를 끌어안았다. 그러고는 마치 밀이 담긴 마대라도 옮기는 양 어깨에 짊어졌다.

"아니, 뭘 하시는 거예요!"

아리아드네가 다리를 버둥거리고 팔을 휘두를 때마다 씁쓸한 오렌지 향이 뒤섞인, 숲 속에 핀 꽃과 같은 관능적인 향기가 화악 하고 감돌았다.

"거기 은행가. 이 집의 빚은 어느 정도지?"

"총 육천만 클랑 정도입니다."

아리아드네의 몸을 야무지게 짊어진 채 막시밀리안은 문을 열어젖히고 응접실에서 나갔다.

"아리아드네라고 했지? 널 육천만 클랑에 사겠어."

"네에? 전하께선 대체 무슨 말씀을 하고 계시는 건가요?"

어깨에 짊어져 있으면서도 아리아드네는 안간힘을 다해 고개를 들어서 물었다.

"이 집에 지원을 하는 이상에는, 왕실을 우러러 이상한 짓은 하지 말라는 거겠지."

두 사람의 뒤를 쫓아온 듀포가 벌레를 씹은 듯한 얼굴을 하고 슬쩍 속닥였다.

귀족과 왕족이라는 것은 체면을 신경 쓰는 법이다. 왕가와 먼 관계로 이어져 있지만 영지를 팔고 저택마저도 당장에 넘어갈 상황에 처한 자신들은 분명히 반쿠르 왕가에 있어서도 얼굴에 먹칠을 하는 존재임이 틀림없다. 그래서 어떻게든 구실을 붙여 융자를 해서라도 체면을 지키려는 생각으로 오늘 이곳에 찾아와 이렇게 납치나 다름없는 짓까지 하고 있는 것이겠지.

하지만 이건 '강압적인 대출'이지 않은가.

아리아드네는 아버지의 한심스러움과, 왕가와 연관된 귀족으로서 이렇게까지 재정을 핍박받게 된 상황에 대한 벌을 수치심을 주는 것으로 가하고 있다고 생각했다.

"그러니까 난 살아있는 담보라는 거네."

그것은 자신의 의지가 아니었다.

항아리나 골동품, 그 외의 땅이나 돈과 동일한 취급을 받는다는 사실에 열이 받았다. 하지만 바로 지금 당장에라도 파산하여 두 딸은 창부로서 일할 수밖에 없게 된 보아모르티에가의 가족을 지키기 위해서는 그의 말대로 하는 수밖에 없을 듯했다.

"내려줘요."

그럼에도 아리아드네는 필사적으로 손발을 움직여서 막시밀리안의 다부진 등을 두드렸다. 그가 왕자이든 가난뱅이든 상관없었다. 이 부당한 취급을 한시라도 빨리 멈춰 주기를 바랄 뿐이었다.

"당신과 제대로 이야기가 하고 싶어요."

"돈에 팔린 주제에 건방지군."

우렁찬 목소리가 석조 저택에 울려 퍼졌다.

"아직 팔린 게 아니잖아요. 내려달라니까요!"

아리아드네의 말에 개의치 않고 막시밀리안은 계단을 내려갔다. 날뛰는 아리아드네를 떨어뜨리지 않도록, 몸을 끌어안은 팔에 한층 더 힘이 실렸다.

대리석이 깔린 현관으로 내려가고 나서야 그는 마침내 아리아드네를 바닥에 내려 주었다.

"가난하게 살고 있어도 자존심만큼은 어엿한 귀족이군."

그 말에 울컥했다.

아리아드네는 머리 두 개 이상은 높은 위치에 있는 막시밀리안의 얼굴을 노려보았다.

"그래요. 전 왕실과 연관된 12씨족의 후예, 보아모르티에가의 장녀입니다. 전 돈으로 어떻게 할 수 있는 그런 창부 같은 여자가 아닙니다. 제가 왕실에 가게 된다면 조건이 있습니다."

"조건?"

그가 사내다운 검은 눈썹을 찡그리자 눈동자 속에서 붉은 불꽃이 번쩍이는 듯 보였다.

"빚은 당분간 대신 갚아주시는 것만으로 충분합니다. 제가 일해서 갚겠습니다."

"오호라, 네가?"

막시밀리안이 코웃음 쳤다.

"그 대신… 우수한 재산 관리인을 붙여서 보아모르티에가의 재무를 바로잡아 주시지 않겠습니까?"

"아리아드네님, 무슨 말씀을 하시는 겁니까!"

등 뒤에서 계단을 달려 내려오며 듀포가 외쳤다.

"담보로 왕실에 가는데다 재산 관리인을 붙여달라니……. 잘 들으세요, 그렇게 스스로 치부를 드러내는 짓을 하면 이 집의 재무 상태는 엉망진창이 될 겁니다."

엉망진창은커녕 이미 파산 직전이었다. 더 이상 나빠질 것도 없었다. 그렇다면 전문 재산 관리인을 붙이는 편이 가장 현명한 방법이지 않을까.

아리아드네는 매달리는 듀포의 팔을 뿌리치고 막시밀리안을 향해 돌아서서 적동색의 눈동자를 똑바로 올려다보았다.

"그렇게 해주신다면… 평생, 모시겠습니다."

돈을 구하러 나간 아버지가 귀가한 것과 거의 동시에 어머니와 콜레트가 집 근처 농장에서 돌아왔다. 가족 모두가 모이자 그날 밤은 오랫동안 이야기를 나누며 시간을 보냈다.

보아모르티에가에 남겨진 것은 소박한 사인용 떡갈나무 테이블뿐이었다. 테이블에 양초 하나를 세우고 아버지의 재킷을 수선하는 아리아드네의 주위에 가족 모두가 모여 있었다.

아무리 가난해도 보아모르티에가의 가장으로서 단정한 옷차림으로 있어 주기를 바랐다. 아리아드네는 장부 기록과 집안일 외에도 아버지의 옷을 수선하거나 지붕 뒤편의 햇볕이 잘 드는 곳을 개간해서 간소하게나마 텃밭을 만들기도 했다.

가족 모두가 모이는 것은 이게 마지막일지도 모른다. 다들 그렇게 생각하고 있었기 때문에 모두 말없이, 닳아서 해진 재킷의 소매입구를 걷어 올리는 아리아드네의 손끝을 바라보고 있었다.

"면목 없구나."

침묵을 견디지 못한 아버지가 말문을 열었다. 그는 아리아드네의 앞에서 고개를 깊이 조아렸다.

"나한테 좀 더 장사의 재능이 있었다면 널 식모살이로 내보내는 일은 없었을 텐데… 남쪽 나라에서 향신료를 수입하는 회사에 투자했던 돈을 회수할 수만 있다면……."

이 이상 아버지가 욕심을 부리면 더욱 곤란해질 터였다. 아리아드네는 황급히 말을 가로막았다.

"괜찮아요. 아버님. 귀족 가문의 자녀가 예의범절을 배우기 위해서 왕궁으로 더부살이를 하러 가는 것은 드문 일이 아니니까요."

아리아드네는 수선하던 옷을 곁에 두고, 테이블 위로 마주 움켜잡고 있는 아버지의 양손 위에 자신의 손을 살짝 포개었다.

"이런 말괄량이가 왕궁에 간다니 걱정이구나. 앙느 마리 왕비님은 굉장히 까다로운 분이라고 하더구나. 마음에 안 들면 바로 내치시겠지. 그렇게 되면 아리아드네 너 어떻게 할 생각이니?"

어머니는 아리아드네의 어깨를 끌어안고 그렇게 물었다.

"저 무슨 일이 있어도 꼭 왕비님의 마음에 들도록 할게요. 그게 안·되면 하녀로서라도 왕궁에 남을 수 있도록 부탁할 생각이에요. 청소도 세탁도 바느질도 지금의 생활과 다를 바 없잖아요. 게다가 막시밀리안 전하의 말씀으로는 전 육천만 클랑의 담보라고 했어요. 그렇게 쉽사리 내쫓을 일은 없을 테니 안심하세요."

그렇게는 말했지만 까다롭기로 유명한 왕비와 잘해 나갈 수 있을지 전혀 자신이 없었다.

"언니… 나 매일 편지 쓸게. 그러니 꼭 답장해줘."

등 뒤에서 콜레트가 양팔을 뻗어 아리아드네의 목에 감았다.

"유난스럽기는. 이걸로 영원히 만나지 못하는 것도 아니잖니. 어쩌면… 크리스마스에는 휴가를 받을 수 있을지도 몰라."

그런 확신은 없었지만 콜레트의 팔을 부드럽게 쓰다듬으며 아리아드네는 중얼거렸다.

"보아모르티에가가 다시 일어나기 위해서예요. 이 정도는 아무것도 아니에요."

그렇게 당차게 말했지만, 가족과의 이별을 생각하자 콧속이 시큰해져서 어찌해야 할 바를 알 수 없었다.

육천만 클랑이라니, 왕궁에서 몇 년 일해야 갚을 수 있을까……. 스스로 꺼낸 말이기는 하지만 다시 생각하자 머리가 지끈거렸다. 평생 일해야 하는 것은 아니겠지만, 재산 관리인의 재량에 따라서는 십 년, 이십 년… 또는 그 이상 걸릴지도 모른다.

그때, 아버님과 어머님은 살아 계실까…. 적어도 콜레트만이라도 데뷔탕트에 가게 해주고 싶어…….

"아아, 신이시여……."

아리아드네는 테이블 위에서 손을 부여잡고 기도했다.

그리하여 아리아드네는 왕비의 시중을 드는 시녀로 왕궁에 가게 되었다.

출발하는 날 아침, 이른 아침인데도 가족들은 몸단장을 하고 잡초가 난 저택 정문에 배웅을 하러 나와 있었다.

"그럼, 다녀올게요."

크리스마스는커녕 앞으로 몇 년간은 돌아올 수 없을지도 모른다. 그러하기에 아리아드네는 온힘을 다해서 미소를 머금었다. 잠시 장을 보러 나가는 듯한 가뿐한 마음으로 말이다.

"몸조심하고 실례되는 일은 하지 않도록 하렴."

아버지와 어머니가 근심스러운 표정으로 말했다. 콜레트는 배웅하는 내내 울고 있었다.

왕궁에서 아리아드네를 데리러 온 마차가 저택 정면에 세워져 있었다.

떨리는 양팔로 얼마 되지 않는 자신의 짐을 끌어안고서 아리아드네는 그 마차에 올라탔다. 어제도 봤지만 왕실의 화려한 마차는 압권이라고밖에 표현할 길이 없었다.

이렇게 사치스러운 마차에 탄 것은 처음이었다.

체구가 우람한 데스트리에 종(種) 말 네 필이 마차를 끌고 있었다. 좌석에는 두툼한 쿠션이 나란히 놓여 있었고, 아무리 반쿠르 왕족의 마차라고는 하지만 유월 말이라면 불필요할 법한 모피 무릎덮개까지 준비되어 있었다. 그리고 마차 내부는 전부 금으로 가장자리가 장식되어 있었다.

이 호화로운 마차를 가족과 이별하는 세상에서 가장 슬픈 순간에 타야만 하다니, 아리아드네는 기분이 전혀 들뜨지 않았다.

"아버님, 어머님, 콜레트……."

아리아드네의 말에 세 사람이 손을 흔들어 답했다.

마부가 채찍질을 하자 마차가 천천히 움직이기 시작했다.

아리아드네는 문에 매달려서 밖을 내다보았다. 오랜 세월을 보낸 저택이 남아있는 가족들과 함께 아리아드네의 커다란 푸른 눈동자에 비쳤다. 그 순간 양쪽 눈에 수막이 뒤덮였고 속눈썹 틈 사이로 커다란 눈물방울을 이루며 뺨을 타고 흘러내렸다.

아리아드네는 떨리는 검지로 뺨에 흐르는 눈물을 닦았다.

오늘 이후에는 어떤 일이 있어도 절대 울지 않을 테야.

그렇게 마음을 타이르며 자신의 집을 기억 속에 또렷하

게 새기기 위해 호화로운 마차의 창틀에서 보아모르티에가와, 한때 자신들의 영지였던 땅을 바라보았다.

반쿠르의 '백조의 관'이라고까지 칭송받았던 저택은 지금은 옛 모습을 찾아볼 수 없었다. 거무스름한 벽돌에는 하얀 무언가가 끼어 있었고 페인트는 벗겨져 있었으며, 놋쇠는 녹이 슬어서 초록빛을 띠고 있었다.

황폐해진 정원과 그곳에 핀 이름 모를 잡초의 꽃. 부서진 채로 방치된 물레방아와 예전과 다름없이 맑은 물로 가득 차 있는 시내. 소와 양이 여유롭게 풀을 뜯는 목장 지대를 빠져나오자 아리아드네의 몸은 추억이 가득 담긴 자신의 집에서 점점 멀어져갔다.

영지였던 곳도 조만간 보아모르티에가에 반환되기로 약속되어 있었다.

이 정원 전부를 손질하려면 한참 걸리겠지만, 그 정도의 자산이 있으면 재산 관리인의 관리 하에 가문을 멋지게 다시 일으킬 수 있을 것이다… 분명.

이렇게 할 수밖에 없다고 단념하고서 마차에 탔지만, 가슴속에 솟구치는 불안감에 지금이라도 마차에서 뛰어내리고 싶은 충동에 휩싸였다.

마차에 흔들리며 옛날 로마 시대의 군대가 만들었다고 하는 자갈길을 한 시간 정도 나아가자 잘 닦인 길이 나왔고 오가는 마차도 늘어나기 시작했다. 그리고 문 몇 개를 빠져나가 가로수 사이를 지나서 초록빛 카펫처럼 정돈된 정원

이 창밖으로 펼쳐질 무렵이 되자, 마침내 왕궁의 전체 모습이 보였다.

"아가씨, 성의 전경을 보실 수 있습니다."

마부가 마차 안에 있는 아리아드네를 향해 외쳤다. 아리아드네는 작게 나 있는 바람막이 창문을 열어서 밖을 내다보았다.

"굉장해……."

왕실은 웅장한 느낌을 주는 커다란 건물이었다. 저 멀리서도 그 크기를 실감할 수 있었다. 옛날이야기에 등장할 법한 성처럼 높은 첨탑이 여러 개 있었고, 무수히 많은 프랑스풍의 창문과 발코니가 남쪽 정면을 향해 나 있었다. 고색창연한 대리석으로 만든 잿빛 돌벽과 거무스름한 적색을 띠는 지붕의 대비가 선명했다.

정겨운 집에서 멀어져 간다는 사실에 아리아드네는 불안과 슬픔으로 가득해져 있었지만, 성이 가까워지자 무척이나 아름답고 훌륭한 그 모습에 가슴이 제멋대로 두근거리기 시작했다.

성이 보이고 얼마 지나지 않아 마차는 방향을 바꾸어 유난히 커다란 문을 통과했다. 그리고 몇 분을 더 달려서 눈부실 만큼 하얀 대리석 경사를 올라가 정면 현관에 마차를 멈추었다. 건물 안으로 통하는 통로 안으로 문이 열려 있었고 어제 보아모르티에가를 찾아왔던 수하들과 같은 제복을 몸에 걸친 위병들이 한 손에 창을 들고 양쪽으로 서 있었다.

"왕궁에 오신 것을 환영합니다."

어두운 남색 바탕에 금색 몰로 장식된 왕실 소속 복장을 한 병사가 공손히 고개를 숙이며 마차 문을 열었다.

병사의 손을 빌려 마차에서 내린 아리아드네는 발아래에서 느껴지는 두툼하고 보드라운 느낌에 깜짝 놀랐다. 갈고 닦은 대리석 바닥 위에 새빨간 카펫이 깔려 있었기 때문이다.

위병들의 등 뒤에 있는 원기둥 모양의 장식, 왕가의 문장을 본뜬 커다란 스테인드글라스와 묵직하고 커다란 문에 새겨진 조각. 현관 내부에 장식된 명화와 활과 화살, 방패와 창, 큼직한 검 여러 개. 그리고 멋진 천장화는 말로 형용할 수 없을 정도였다.

현관으로 들어서자 실내인데도 불구하고 물이 졸졸 흐르는 커다란 분수가 설치되어 있었고, 값비싼 향수를 녹였는지 분수에서 무척이나 향기로운 꽃향기가 피어올라 성안에 감돌고 있었다.

"굉장해……."

무척이나 호화롭게 설비된 성의 자태에 압도당한 아리아드네는 자신의 모습이 갑자기 부끄러워졌다.

풍성하지 않은 스커트에 풀이 죽은 소매. 청결하지만 심플한 디자인의 데이드레스와 리본 장식 하나만 달랑 달려 있는 보닛은 정면 현관보다 하인이 드나드는 뒷문이 어울릴 법한 차림이었다.

빨간 카펫은 성 안으로 이어지고 있었다. 아리아드네는 창피해서 몸을 움츠리며 성 안으로 한 발 내디뎠다.

"자아, 이쪽이야."

감미롭게 울려 퍼지는 목소리가 들렸다. 고개를 번쩍 든 순간, 아리아드네는 조심성 없게 무심코 소리를 지를 뻔했다.

그곳에 키 큰 남자가 있었기 때문이다.

기다란 손발에 호리호리한 몸. 보드라운 스트로베리 블론드 빛 생머리. 보석처럼 흔들리는 고동색 눈동자. 도자기처럼 매끄러운 피부에는 주근깨가 연하게 나 있었다. 여성만큼은 아니지만 남자치고는 피부가 하얀 편에 속할 듯했다.

그 남자가 갑자기 등장했기 때문에 놀란 것은 아니었다. 아리아드네를 무엇보다 놀라게 한 것은 그 남자의 모습이었다.

아리아드네에게 미소 짓는 그 얼굴은 몇 번이고 반복해서 꿈꿔왔던 그때의 소년, 십오 년 전, 아리아드네의 앞에서 낙마했던 그가 성장한 모습이었기 때문이다.

어째서 그가 여기에 있는 걸까? 내 꿈속에서 튀어나온 건가?

아리아드네의 가슴은 미친 듯이 고동치고 있었다. 쿵쾅쿵쾅, 고통스러울 만큼.

"반쿠르 성에 오신 걸 환영합니다."

시원스런 목소리도 꿈속에서 그리던 바로 그였다.

"난 제롬 발트 비아르도라고 해."

비아르도……? 들어본 적 없는 이름에 아리아드네는 고개를 갸웃거렸다.

"날 모르는 것도 당연하지. 이 나라의 왕비인 앙느 마리 왕비 전하는 내 이모님이셔."

그 말을 듣자 생각났다. 어제 보아모르티에가를 찾아온 막시밀리안 왕자의 어머니, 앙느 마리 왕비에게는 쌍둥이 여동생이 있어 분명히 그쪽은 아리아드네와 마찬가지로 12 씨족과 관련된 이름난 가문인 비아르도 공작 가문에 시집갔을 터였다.

그러나 그녀는 아들 제롬이 철이 들기도 전에 병으로 세상을 떠났다고 들었다. 어린 나이에 어머니를 잃고 슬픔에 계속 우는 제롬을 가엽게 여긴 국왕은 그를 왕궁으로 들였다고 한다.

막시밀리안과 제롬은 어릴 적부터 형제처럼 사이좋게 자랐다는 소문은 있었지만—

"그럼 당신이 막시밀리안 전하와 왕위를 다투고 있다는……."

눈이 휘둥그레진 제롬을 보고 아리아드네는 자신이 터무니없는 말실수를 저질렀다는 사실을 깨달았다.

"죄, 죄송합니다."

아리아드네가 허리를 구부리고 머리를 깊이 조아렸다.

"과연. 세간에는 우리 이야기가 그렇게 소문이 나 있나 보군."

제롬은 부드럽게 웃음 지었다.

무술을 사랑하는 칠흑의 막시밀리안과 시와 음악을 사랑하는 진홍빛의 제롬. 두 청년이 왕위 계승권을 다투고 있다는 사실은 이 나라의 모든 이에게 소문이 자자했다. 차기 국왕의 자리에는 이 나라의 엄연한 왕자이자 훌륭한 장군으로 명성이 높은 막시밀리안이 올라가야 한다고 지지하는 목소리가 높았다. 하지만 그 뒤에서는 비아르도 공작가와 인척 관계에 해당하는 옆 나라의 왕실이 중심이 되어 제롬을 강력하게 밀고 있어, 양쪽의 힘이 팽팽하게 맞서고 있는 듯했다.

이 나라에서는 왕위 계승권을 가진 이가 자동적으로 군대의 요직을 맡고 있었다. 그 증거로 제롬은 어제 막시밀리안이 입고 있던 것과 같은 디자인이지만 색깔만 다른 진홍색 군복을 입고 있었다. 망토를 고정시키는 브로치도 이 나라의 문장을 새겨 넣은 빨간 마노 카메오로 만들어져 있었다.

빨간 군복은 그의 머리카락과 눈동자 색깔과 무척이나 잘 어울렸다.

역시 사촌 형제다웠다. 곧은 콧날과 쌍꺼풀이 또렷하고 길게 찢어진 눈, 조금 신경질적으로 보이는 아름다운 눈썹이 막시밀리안과 아주 닮았다. 하지만 막시밀리안은 입가를 고집스럽게 한일자로 다물고 있는 것에 비해 제롬은 사근사근한 웃음을 머금고 있었다.

기억 속의 소년도 이런 느낌의 예쁜 얼굴을 하고 있었다.

"제… 롬님, 처음 뵙겠습니다……. 저는 이번에 왕비님을 모시기 위해 왕궁에 오게 되었습니다. 아리아드네 보아모르티에라고 합니다."

아리아드네는 혼이 나간 채로 드레스 자락을 겨우 붙잡고 허리를 낮추어 머리를 깊이 숙여 인사했다. 너무나도 충격적인 일에 몸과 머리가 뒤죽박죽된 것 같았다.

"고개를 들렴, 아리아드네. 멋진 이름이구나. …그리스 신화에서 테세우스를 구하고 미궁에서 사는 미노타우로스를 쓰러뜨린 여신의 이름이네."

"네."

"여긴 미노타우로스는 없지만, 곤란한 일이 생기면 날 도와줄래?"

"기꺼이 그렇게 하겠습니다."

아리아드네는 자상한 그의 말투에 마음을 놓고 고개를 들었다. 그러자 머리카락과 같은 색을 띠는 긴 속눈썹에 둘러싸인 고동색 눈동자가 눈에 들어왔다.

닮았어.

말에서 떨어졌던 소년도 스트로베리 블론드 머리칼에 불타는 듯한 고동색 눈을 하고 있었다.

그때의 소년은 설마 제롬님……?

그렇게 생각하는 것만으로도 심장이 쿵쾅쿵쾅 뛰었다.

"이렇게 아름다운 여성을 왕궁에 맞이해서 영광이군."

아차 하는 순간에 제롬은 아리아드네의 오른손을 잡고 그곳에 키스했다.

깜짝 놀랐다. 남성이 이렇게 다가온 것은 태어나서 처음 겪은 일이었다.

그 상대가 그때의 소년이 성장한 모습 그 자체인 데에야 오죽했을까.

하지만 그에게는 이 키스가 단순히 인사였던 듯 그녀의 오른손을 곧바로 놓아주었다. 그에게는 가벼운 인사였더라도 아리아드네에게는 그렇지 않았다. 그의 입술이 닿은 부분을 중심으로 달콤한 전율이 퍼져 나갔다.

아리아드네는 그가 그때의 일을 말하기를 기다리며 살짝 웃음을 머금은 입술을 응시했다.

…….

…….

"왜 그러지? 내 얼굴에 뭐가 묻었어?"

아리아드네가 뚫어져라 빤히 쳐다보고 있었기 때문에 제롬은 의아한 듯한 표정을 지어 보였다.

"아, 아닙니다. 아무것도 아닙니다."

기억하고 있지… 않은 걸까.

아리아드네는 이상하다고 생각했다. 하지만 곧바로 생

각을 바꾸었다.

결국 그 일은 철없던 어린 시절의 추억일 뿐이었다, 라고.

완전히 믿지는 않았지만, 마음속 어딘가에서 그의 존재를 애타게 기다리고 있었던 아리아드네는 조금 낙담했다.

어릴 적에 했던 약속에 언제까지고 얽매여 있다니 나도 참 바보 같아. 백마 탄 왕자님이 나타나 위기에서 구해주다니 너무 동화 같은 이야기잖아. 운명은 자신의 손으로 개척해야 하는 법이니까…….

아리아드네는 어깨를 축 늘어뜨렸다. 바로 그때였다.

"이제야 왔다 싶더니 여기서 뭐하는 거지? 잡담에 열 올리고 있을 때가 아니야."

불쾌한 듯한 목소리가 등 뒤에서 들렸다. 아리아드네가 돌아보자 그곳에는 어제 보아모르티에가를 찾아왔던 왕자, 막시밀리안이 서 있었다.

시종일관 상냥한 제롬에 비해 뭐가 불만인지 막시밀리안은 아리아드네를 노려보듯이 바라보고 있었다.

그 눈동자는 적동색으로 빛나고 있었고, 눈 속에서 불꽃이 타고 있는 듯했다.

내가 뭔가 마음에 들지 않아서 화를 내는 거겠지…….

하지만 어째서일까. 분노에 불타는 이 눈동자를 보자 어딘가에서 만난 듯한 느낌이 드는 것은.

"전하. 제가 전하의 기분을 상하게 했는지요?"

아리아드네는 등을 꼿꼿하게 펴고 막시밀리안의 눈을 똑바로 바라보았다.

"아니, 그다지."

"거짓말이시죠? 그렇다면 어째서 그렇게 무서운 얼굴로 저를 바라보는 건가요?"

"난 화난 게 아니야. 단지 성 현관에서 쓸데없는 이야기는 하지 말라고 한 것뿐이야."

으르렁대는 듯한 커다란 목소리에 몸이 움츠러드는 것 같았지만, 아리아드네는 물러서지 않았다.

일촉즉발의 분위기를 풍기는 아리아드네와 막시밀리안의 사이를 제롬이 가르고 들어왔다.

"이제 그만하십시오. 막시밀리안 전하는 여성을 너무 존중하지 않으십니다."

"흥. 난 여자한테 약한 너랑은 달라."

"전하야말로 반쿠르 제일의 바람둥이라고 불리시고 있다는 것을 잊으셨습니까?"

"잘생긴 얼굴이나 뻔지르르한 말에 혹하는 여자들이 날 뭐라고 깎아내리든 신경 안 써."

검은 망토를 펄럭 휘날리며 막시밀리안은 아리아드네의 가느다란 팔목을 잡았다.

"이리 와."

"꺄악."

그 열기와 거센 힘은 제롬과 비교할 수 없었다. 막시밀리안은 경악하는 아리아드네를 향해 쌀쌀맞게 돌아보았다.

"어머님의 방으로 내가 안내하지."

성큼성큼 걷는 막시밀리안에게 질질 끌려가듯이 아리아
드네는 성안을 걸었다. 막시밀리안의 손은 바이스처럼 아
리아드네의 손목을 죄고서 놓지 않았다. 그의 발걸음을 따
라잡듯이 걷자 자연스럽게 종종걸음이 되었다. 대리석으로
만든 건물 안에서는 소리가 울려 퍼지므로 조용히 걷는 것
이 예의인데, 발소리를 또각또각 내는 자신이 너무 무례한
듯해서 비참한 기분이 들었다.

복도를 잠시 걸어가자 커다란 기둥이 늘어선 회랑이 나
왔다. 건물 북측에 자리한 회랑은 조금 어둑하고 음침한 느
낌을 풍겼다.

회랑에는 저마다 방 앞에 서 있는 위병 이외에 사람 그림
자는 보이지 않았다. 직립부동의 자세로 창을 든 위병들이
회랑의 적막한 분위기와 어우러져서 마치 장식물처럼 보였
다.

자신들 이외에 움직이는 이는 없었다. 그 정적을 깬 것은
막시밀리안이었다. 그는 등을 돌린 채 아리아드네에게 물
었다.

"네 여동생과 어머니는 농장에서 일하고 있다고 하더
군."

"…네."

농번기에 아주 잠시 동안, 어머니와 여동생은 근처에 사는 마음씨 좋은 농부네 일을 거들고 얼마 되지 않는 보수를 받고 있었다. 실은 아리아드네도 함께 돕고 싶었지만 집안일과 장부 정리를 하는 것만 해도 빠듯해서 거기까지는 손길이 닿지 않았다.

"귀족이 아닌 마을 사람들과도 사이좋게 지냈던 건가?"

"네에? …네."

아무리 몰락한 영주라고 해도 마을 사람들은 아리아드네의 가족을 소중히 여기며 싹싹하게 대해주었다. 그뿐만이 아니라 무언가 이유를 붙여서 빵이나 야채, 마른고기 등을 보내주기도 했다. 그 덕분에 보아모르티에가는 궁핍한 생활을 하면서도 굶어죽는 것만은 피할 수 있었다.

앞으로 당분간은 그 순박한 웃음을 접할 수 없다는 생각에 조금 허전한 기분이 들었다.

"남자친구들도 있었는가?"

"네. 많이 있었습니다."

그렇게 말한 후, 이제는 멀리 떨어져 있는 자신의 저택 주변의 목장과 마을 풍경을 떠올릴 때였다.

"꺄아악!"

그녀의 손목을 잡은 그의 손에 갑자기 힘이 불끈 들어가자 아리아드네는 자신도 모르게 자빠질 뻔했다. 다리가 뒤엉켜서 앞으로 쓰러지기 직전에 허리에 두른 그의 팔에 아리아드네는 끌어 안겼다. 무슨 일이 일어났는지 영문도 모른 채, 아리아드네의 몸은 원기둥 그림자로 끌려들어갔다.

"잠시… 무슨 짓을……."

질문할 틈도 없이 막시밀리안의 얼굴이 가까이 다가왔다. 그의 숨결이 입술을 스쳐갔다.

가까이 다가오는 반듯한 이목구비에 깜짝 놀라서 눈을 크게 떴을 때에는 자신의 입술에 그의 입술이 덮여 있었다. 뜨겁고 보드라운 것이 갑자기 포개어져 오자 아리아드네는 그것의 정체가 무언인지 알 수 없었다.

"흐읍… 읍……."

그녀의 자그마한 턱을 붙잡은 채, 그의 다부진 왼팔이 그녀의 가느다란 허리를 둘러쌌다. 등에서 쿵 하는 소리가 났고 움푹 들어간 안쪽 벽에 어깨와 뒤통수가 닿았다.

이건 바로… 키스였다.

그것만으로도 놀라고 있는 아리아드네에게 막시밀리안은 그녀의 치아 틈 사이로 억지로 혀를 집어넣었다.

거짓말……. 나 왕자님과 키스하고 있어……!

남성의 입술을 손등으로 받아들인 것이 처음이었다면 입술로 키스하는 것도 오늘이 처음이었다.

아리아드네는 가난하지만 명문가의 자녀로서 지금까지 조신하고 반듯하게 살아왔다. 좋아하는 사람은… 정확하게 말하면 추억 속의 그 소년뿐이지만 현실에는 존재하지 않는다. 현실 세계에서의 첫사랑도 아직이지만, 결혼 상대는 생각조차 하지 않았으므로 키스가 어떤 것인지 상상했던

적도 없었다.

이건… 무슨 일이지? 어떤 의미인 걸까?

아리아드네는 너무 놀란 나머지 몸이 돌처럼 굳어졌다. 아니, 굳어졌다기보다는 완전히 넋을 놓고 있었다는 표현이 타당할지도 몰랐다.

막시밀리안은 처음에는 억지로 이를 벌려서 혀를 집어넣었지만, 아리아드네가 정신을 차릴 무렵에는 격렬했던 그의 움직임이 부드러워져 있었다

막시밀리안의 마디가 굵은 긴 손가락이 아리아드네의 허리까지 내려오는 금발에 뒤엉켰다. 그는 뒤엉킨 머리카락을 손끝으로 사랑스럽게 매만지고 있었다.

막시밀리안에게 더욱 세차게 끌어안긴 아리아드네는 그의 손길이 닿은 곳에서 이제껏 느껴본 적 없는 짜릿함이 온몸으로 흩어지는 것을 느꼈다.

체온이 급상승했고 심장박동이 흐트러졌다. 온몸이 민감해져가는 것을 알 수 있었다. 처음 느끼는, 무언가 붙잡을 것 없이 몸이 두둥실 떠오르는 듯한 이 느낌은 대체 뭘까?

아리아드네가 괴로워서 숨을 들이쉬자 입안으로 그의 혀가 더욱 엉켜 들어왔다.

"도망치지 마."

미성이라도 해도 좋을 그의 나지막한 목소리를 듣자 아리아드네의 등줄기에 소름이 오싹 돋았다. 그로부터 떨어

지려고 하던 그녀의 몸은 더욱더 거세게 끌어안긴 채, 입맞춤이 깊어져갔다. 아리아드네의 이를 억지로 벌린 그는 그녀의 입천장까지 혀로 문지르며 비벼댔다.

뒤엉킨 혀와 입술의 감촉만이 세상의 전부였다.

아리아드네는 지금까지 느껴본 적 없는 기분에 빠져들었다. 머릿속이 몽롱해졌고 자신에게 일어난 일이 아닌 듯 멍해졌다. 무릎에서 힘이 빠지자 다리가 부들부들 떨려서 그가 거센 팔로 아리아드네의 허리를 지탱해 주지 않았더라면 서 있을 수도 없을 지경이었다.

잘 모르는 남자에게 키스당하고 있는데 나 왜 이러는 걸까?

아리아드네는 자신의 마음을 향해 물었다.

마침내 그의 입술에서 해방되자, 그는 입술 끝자락만 끌어올려서 비아냥대는 듯한 웃음을 지었다. 붉은 혀가 그의 멋진 입술을 날름 핥았다.

"마을 처녀는 일찍 성숙해진다고 하더군. 네 친구라고 하는 남자애들과도 당연히 이런 걸 해왔던 거겠지?"

갑자기 머리에 찬물을 끼얹은 듯 정신이 돌아왔다.

어쩌면 이렇게 지독한 말을 하는 걸까! 나뿐만 아니라 마을사람 모두를 그런 시선으로 보고 있었다니!

"신에게 맹세컨대 그런 일은 없었습니다. 마을 여자아이들 모두가 이런 불경한 짓을 한다고 생각하지 마세요!

"그럼 묻도록 하지. 어째서 제롬만 보고 있었던 거야? 왕궁에 와서는 빚을 반제 받은 건 다 잊고 그 녀석을 노리기로 한 건가?"

노린다고?

누가 제롬님의 무엇을 어떻게 노린다고 하는 건가? 목숨? 아니, 설마… 결혼 상대의 위치?

뺨이 화악 뜨거워졌다. 분노인지 수치심인지 스스로도 알 수 없는 감정이었다.

"터무니없습니다. 그분은 저의……."

아리아드네는 말을 하다가 입을 꾹 다물었다.

낙마는 기사의 수치이다.

명예와 관련된 사안은 본인밖에 접근할 수 없는 성역이나 마찬가지였다. 만약 그때의 소년이 제롬이라면 그의 명예를 걸고서라도 다른 사람에게 이 사실은 말할 수는 없다.

"그분의… 뭐야? 계속 말해봐."

"말할 수 없습니다."

입술을 뾰로통하게 세우고 아리아드네는 엉뚱한 방향을 노려보았다.

게다가 철없는 어린 시절의 프러포즈를 진심으로 받아들이다니, 입만 열었다 하면 비아냥댈 줄밖에 모르는 막시밀리안이 이 사실을 알게 되면 분명히 비웃겠지.

"정말 건방진 여자군. 그렇다면 억지로 입을 열게 할 수밖에 없겠어."

막시밀리안은 아리아드네의 얼굴을 사이에 끼우듯이 양

팔을 짚었다.

억지로 입을 열게 하다니, 대체 뭘 할 생각인 걸까?

아리아드네는 입을 꾹 다문 채 눈앞의 막시밀리안을 노려보고 있었지만, 스커트 안의 무릎은 바들바들 떨고 있었다.

또다시 그의 얼굴이 다가왔다. 높은 코끝이 부딪히지 않도록 그가 얼굴을 비스듬히 기울였다. 긴 속눈썹 틈 사이로 들여다보이는 양쪽 눈이 먹잇감을 눈앞에 둔 맹금류처럼 날카롭게 곤두서 있었다. 키스 이상의 무언가를 할 작정인 것이다.

키스 이상의 것이란 뭘까? …무서워.

아리아드네는 온몸의 힘을 쥐어짜내어 막시밀리안의 팔을 풀고 힘을 힘껏 실어서 손바닥으로 그의 뺨을 때렸다.

짝, 하고 원기둥 사이에 메마른 소리가 울려 퍼졌다.

막시밀리안이 자신의 뺨에 손을 갖다 댔다. 햇볕에 그을린 살결에 벌건 손자국이 또렷하게 새겨져 있었다.

웃었어.

뺨을 맞아서 화를 낼 것이라고 생각했는데 그는 맞았다는 사실 자체가 재미있다는 듯이 웃음을 띠고 있는 것이 아닌가.

이 상황에서 웃을 수 있다니, 이 사람은 정말 수치심을 모르는 사람이구나!

"안내 감사합니다. 이젠 저 혼자서 갈 수 있습니다."

"기다려. 네가 생각하는 것 이상으로 이 궁전은 넓어. 어기적대고 있으면 성미 급한 어머님의 기분을 상하게 할 거야."

그렇게 말하는 막시밀리안에게 등을 돌린 채 아리아드네는 혼자서 걷기 시작했다. 그 뒤로 그가 뺨을 문지르며 능청맞은 표정으로 따라오고 있었다.

"왕비님의 기분을 상하게 하지 않아도 당신과의 일 때문에 전 본가로 돌아가게 되는 게 아닌가요?"

아리아드네는 드레스 자락을 잡고 막시밀리안에게 붙잡히지 않도록 종종걸음으로 걸었다. 대리석 바닥을 차며 걷는 값싼 목구두가 또각또각 하고 단정치 못한 소리를 냈지만, 이제 그런 일은 신경 쓰이지도 않았다.

"저희 집을 또다시 가난의 구렁텅이로 빠뜨리는 것 따위는 간단한 일이겠죠."

"아아, 간단하지. 네 행동을 이유로 재산 관리인에게 명령해서 너희 가족에게 더욱 곤란한 생활을 강요하는 것도 할 수 있지. 하지만 난 왕자야. 그런 비겁한 짓은 하지 않아. 절대로."

의외의 말에 아리아드네는 멈춰 서서 돌아보았다. 그의 적동색 눈이 분노에 불타는 듯이 보였다.

"그렇다고 해서 아무 짓도 하지 않을 거라고는 착각하지 마."

막시밀리안은 맞아서 벌게진 뺨을 문지르며 말했다.

"건방진 네가 내 품에 스스로 뛰어 들어오도록 만들겠어. …그렇지. 만약 어머님이 널 마음에 들어 하지 않는다면 내 첩이 되든지 융자를 인상하든지 그 정도는 선택해 줘야 할 거야."

"어… 어쩜 그렇게 오만한 거죠?!"

"어찌됐든 난 반쿠르 제일의 바람둥이라고 하니까 말이야. 그 정도쯤은 이상할 것 없잖아?"

그리고 입술 가장자리를 끌어올려서 웃음 지었다. 그 표정을 본 아리아드네는 자신의 머리에 피가 솟구치는 것을 느꼈다.

사실은 왕비님을 모시는 시녀가 아니라 처음부터 나를 첩으로 삼으려고 했던 것이 틀림없다. 빚에 시달리는 귀족가의 곤란한 사정을 위해주는 척하며 빚을 대신 갚아준다는 말을 꺼내어 그 집 딸을 첩으로 삼을 속셈인 것이다.

그리고 데리고 놀다가 질리면 버린다.

─저질. 최악의 남자다.

시녀에서 첩으로. 마을 여자아이들 사이에서 자주 듣는 이야기였다. 양쪽 다 마찬가지로 몸을 쓰는 일이니까. 아리아드네는 첩이 무슨 뜻인지 모를 만큼 어린아이가 아니었다. …게다가.

"제가 스스로 당신 품에 안기다니, 어지간히 절 만만하게 보시나 보군요."

"아아. 키스 하나로 그렇게 해롱거릴 정도로 느꼈잖아.

그 다음을 알게 되면 내 몸에서 떨어지고 싶지 않을걸."

"……."

그 말에 왠지 심한 모욕이 담긴 듯하여 아리아드네는 분노로 얼굴이 시뻘게졌다.

하지만 아리아드네는 분개하면서도 놀라고 있었다.

첫 키스인데. 상대는 자신을 첩으로 추락시킬지도 모르는 남자인데. 마음에 담아둔 상대인 그 소년은 제롬일지도 모르는데. 막시밀리안과의 키스는 묘하게 설레고 두근거렸으며 온몸에 번개를 맞은 듯한 느낌을 주었던 것이다.

미로 같은 왕궁 안을 빙글빙글 돌고 있던 중에 마침내 남쪽 탑 끝에 도착했다.

아무래도 이곳이 앙느 마리 왕비의 처소인 듯했다. 조각이 새겨진 멋진 문 앞에 서서 심호흡을 하고 자세를 바로잡으며 조심스럽게 노크했다.

"들어오세요."

위엄 있는 여성의 목소리가 들렸고 문이 좌우로 열렸다.

왕비의 방은 서재 같은 공간이었다. 높은 천장까지 닿는 책장이 방 주위를 가득 채우고 있었다. 물론 책장에는 수많은 훌륭한 장서가 꽂혀 있었다.

거무스름한 적색의 카펫, 침대 옆에 놓인 두껍고 무거워 보이는 일인용 의자와 책상, 정교한 자수가 들어간 새틴으로 덮인 응접세트 뒤로는 멋지게 세공된 기둥 네 개에 세워진 훌륭한 침대가 놓여 있었고, 진한 갈색의 벨벳 캐노피가 드리워져 있었다.

벽에 걸린 그림은 젊은 시절의 왕비의 초상화인 걸까. 기품 있고 눈에 힘이 들어간 여성이 가슴 언저리가 깊숙하게 파인 드레스를 입은 모습이 그려져 있었다.

막시밀리안 전하의 적동색 눈은 왕비님에게서 물려받은 거구나.

그 강한 눈빛은 드레스의 아름다움과 호화로움을 뛰어넘어서 아리아드네의 마음을 사로잡았다.

방 안에는 넓은 발코니가 달려 있었고, 프랑스풍 창문 바로 옆에는 밖을 내다보기 위한 의자와 테이블이 놓여 있었다.

하지만 한낮인데도 두꺼운 벨벳 커튼이 드리워져 있어서 방 분위기는 전체적으로 어두침침하게 느껴졌다. 이 시간이면 남쪽 창문으로는 햇볕이 쨍쨍 내리쬐고 있을 텐데 왕비의 방은 암울하고 차갑게 느껴질 정도였다.

등에 쿠션을 대고 침대에 누워 있는 왕비는 캐노피 틈 사이로 이쪽을 보며 미소 지었다.

이미 은발이 된 머리카락을 심플한 머리핀으로 느슨하게 땋아 올리고 나머지 머리카락은 어깨로 늘어트리고 있었다. 바늘로 뜬 레이스가 풍성하게 달린 편안한 옷차림이었지만, 위엄 있는 분위기는 숨길 수 없었다.

왠지 차갑게 느껴지는 미소도 막시밀리안과 쏙 빼닮았다.

"어머님, 몸은 어떠십니까?"

캐노피를 젖히고 막시밀리안이 인사를 올렸다.

"별 차도는 없구나. 그런데 막시밀리안, 그쪽에 서 있는 분은 누구냐?"

왕비가 먼저 물었다. 아리아드네는 침대 바로 옆으로 나아가서 드레스 자락을 잡고 허리를 구부리며 고개 숙여 인사했다.

"아리아드네 보아모르티에라고 합니다. 이번에 왕비님 곁에서 시중을 들게 되었습니다."

왕비는 잠시 아리아드네의 얼굴을 바라보았다.

"그럼 우선 내가 가장 좋아하는 책을 읽어주겠는가. 나네트, 책을 가지고 오렴."

왕비가 손에 든 벨을 울리자 손수레에 차 도구를 실은 여성이 왕비의 방으로 들어왔다.

이 사람이 소문으로 듣던 재상의 따님인가……?

키는 아리아드네와 비슷했다. 아마 연령도 그렇게 차이가 없을 듯했다. 부드럽게 웨이브 진 검고 긴 머리카락을 수수한 리본으로 하나로 묶고 있었다.

하지만 고개를 든 그녀를 보고 아리아드네는 자기도 모르게 시선을 빼앗기고 말았다. 그녀가 그만큼 아름다웠기 때문이다.

무척이나 하얗고 자그마한 둥근 뺨에는 붓으로 칠한 듯 붉은 빛이 옅게 감돌았고 양쪽 눈은 고요한 숲속의 샘을 연상시키는 차분한 비취색을 띠었다. 입꼬리가 올라간 입술은 하얀 피부와 대조적으로 붉었다. 가냘픈 손발에서 느껴지는 보드라운 느낌은 시녀가 입는 에이프런 드레스 위에서도 확실히 느껴졌다.

"네, 왕비님. 지금 바로 가져다 드리겠습니다."

나네트라고 불린 여성은 에이프런 드레스 자락을 잡고 재빨리 목례를 한 후 미소 지으며 왕비의 방에 하나 더 딸려 있는 다른 서재로 사라졌다. 그리고 곧 두꺼운 책 한 권을 들고 돌아왔다.

"여기 있습니다."

아리아드네가 조심스럽게 책을 받아들자, 나네트는 왕비의 침대 베개 맡에 놓여 있는 의자에 앉도록 안내했다. 책 읽는 시녀가 앉는 의자에도 정교한 꽃무늬 자수가 들어간 새틴이 씌워져 있었다.

"아리아드네, 그 책을 읽어보거라."

왕비가 말했다.

이게 최종 관문이구나.

아리아드네는 진지한 표정으로 책 그림자 뒤로 가슴에 손을 대고 아무도 모르게 심호흡을 했다.

나네트에게서 받아든 책은 무척이나 오래된 데다 내용도 난해했지만, 우연히도 옛날에 아리아드네가 즐겨 읽던, 집에 있던 책과 같은 것이었기 때문에 마음을 가득 담아서 술술 읽어 나갔다.

다만 대낮인데도 모든 창문에 두꺼운 커튼이 쳐져 있는데다 양초 불빛도 없는 장소에서 자잘한 글자를 읽어야 한다는 것이 난처했다.

눈을 감고 아리아드네가 책을 읽는 소리를 조용히 듣고 있던 왕비가 가만히 눈을 뜨고 이쪽을 보았다. 왕자와 마찬가지로 불타는 듯한 적동색 눈이었다.

"네가 새롭게 말상대가 되어줄 아이로구나."

"새롭게?"

아리아드네가 미간을 찡그리며 되물었다. 그러자 차를 준비하고 있던 나네트의 손에서 티포트가 미끄러져 떨어져 메마른 소리를 내며 깨졌다.

"왕비님!"

나네트가 침대에 달려와서 주름진 왕비의 손을 잡았다.

"제가 부족했던 건가요? 말씀해 주십시오."

"넌 잘해줬어. 하지만 화젯거리라곤 막시밀리안과 제롬에 관한 이야기뿐이라서 나에게 책을 읽어주는 사람이라기보다는 이 아이들의 신봉자 같은 느낌이었단다."

"이제부터는 절대 막시밀리안님의 이야기도 제롬님의 이야기도 입에 올리지 않겠습니다. 그러하오니… 생각을 바꿔 주시지 않겠습니까?"

왕비는 눈을 감고 고개를 가로저었다. 그 표정에 노여움의 기색은 없었지만, 단호한 결의로 가득 차 있었다.

나네트도 더 이상 왕비에게 매달리지 않았다. 매달려도

소용없다는 것을 알고 있어서일까.

"…왕비님, 지금까지 신세 많이 졌습니다. 건강하십시오."

그렇게 인사를 올리고 문을 향했다.

"기다리세요."

아리아드네가 일어서서 나네트의 뒤를 쫓았다.

"제가 당신의 일을 빼앗은 건가요. 혹시 당신은 이 궁전을 나가야 하나요……?"

혹시 나네트가 자신과 마찬가지로 빚을 갚기 위해서 이곳에 온 것이라면 이런 처사는 아무래도 가여웠다.

하지만 나네트는 불만스러운 표정도 짓지 않은 채 희미하게 미소를 띠며 아리아드네를 바라보았다.

"아니요. 전 응접실 담당으로 돌아가는 것뿐입니다."

"하지만……."

나네트는 부드러운 미소를 머금은 채 고개를 가로저었다.

"시녀가 바뀌는 건 자주 있는 일이니 신경 쓰지 마세요. 왕비님에 관한 일이나 왕궁의 규율에 대해서 모르는 게 있으면 저한테 물으세요."

나네트는 문 앞에서 다시 한 번 더 인사를 올리고 조용히 방에서 물러났다.

그 또한 옛 법도에 따른 인사였다.

아리아드네는 나네트의 기품 있는 행동거지를 보고 역시

재상의 따님답다고 생각했다.

나네트는 엄청난 미인인데다 마음씨도 고운 듯했으며 예의 바르고 기품이 넘쳤다. 자신에게는 부족한 것을 많이 가지고 있었다. 적어도 아리아드네에게는 그렇게 보였다.

그녀가 왕비와 관련된 이야기보다 또래인 막시밀리안과 제롬에 대한 이야기를 화제로 삼기가 편했던 이유를 아리아드네는 이해할 것 같았다. 자신이 왕비의 말상대가 되었을 때 그들과 관련된 화제는 일절 금해야 한다면 무슨 이야기를 해야 할지 잘 떠오르지 않았다.

막시밀리안에게 일부러 부탁하여 새로운 시녀를 찾아서, 저렇게 훌륭히 맡은 바를 해낼 것 같은 사람을 자신의 곁에서 물러나게 하다니……. 앙느 마리 왕비님은 꽤 까다로운 분인 듯했다.

"어머, 이런… 막시밀리안, 뺨이 빨갛구나."

그 말에 아리아드네는 흠칫하며 제정신으로 돌아왔다.

조금 전에 내가 막시밀리안 왕자의 뺨을 때렸었지. 그가 왕비에게 그 사실을 일러바치면 아리아드네는 바로 해고될 게 분명했다.

몸을 움츠린 채 조마조마해하며 상황을 살피고 있자, 막시밀리안이 마지못해 입을 열었다.

"아침에 검술 훈련을 하던 중 방패에 맞았습니다."

어……?

"어머나… 그럼 그 방패는 손바닥 모양을 하고 있나 보

구나."

겸연쩍은 표정을 짓고 있는 막시밀리안의 뺨에 빨간 손바닥 자국이 또렷이 남아 있었다.

이래서는 누가 봐도 따귀를 맞은 자국이라는 사실을 알아차릴 것 같았다.

"기껏 잘생긴 얼굴로 낳아줬으면 소중하게 여겨야 하잖니."

"전 무인이니까 이런 상처쯤은 자주 있는 일이에요. 그것보다도……."

막시밀리안이 아리아드네 쪽을 힐끔 쳐다보았다.

"어머님의 억지는 더 이상 거들어 드리기 힘들 것 같군요. 지금까지 벌써 시녀를 몇 명이나 해고하셨는지……. 대체 나네트의 어떤 점이 마음에 들지 않으셨습니까?"

막시밀리안도 자신과 같은 궁금증을 가지고 있었던 듯했다.

"그야 저 아이는 책읽기가 서툰데다가 화젯거리라고 하면 너랑 제롬에 대한 것밖에 없잖니. 너야말로 이 방에 올 때마다 즐겁게 이야기하고 있지 않았니."

"그건……."

막시밀리안이 말을 얼버무렸다.

"그 아이를 책 읽는 시녀에서 물러나게 한 게 불만이라는 말은 너한테도 그럴 만한 이유가 있단 거로구나."

왕비가 입술을 뾰로통하게 내밀었다.

"그런 건 아닙니다. 하지만 나네트는 재상의 딸입니다. 어머님이 생각하시는 그런 불순한 짓을 할 리가 없지 않습니까. 예의범절을 배우기 위해서 왕궁에 왔으니까 말이지요."

"하지만 나한테는 그렇게 보였고, 그렇게 들렸단다."

아무래도 왕비는 타인에게 꽤 엄격한 사람인 듯했다. 그리고 막시밀리안 이상으로 냉정한 사람이었다. 그 부모에 그 자식, 이라는 건가.

이런 상황에서 한마디는 확실히 해두어야 한다.

"저기……."

아리아드네가 입을 열자 막시밀리안과 왕비의 시선이 그녀에게 쏟아졌다.

"그 점은 안심해 주십시오. 전 왕비님께서 명령하신 사항을 완수해내겠습니다. 남자에 관해서는 전혀 관심이 없으니까요."

"그렇겠지. 반쿠르 최고의 미남의 얼굴에 이렇게 커다란 단풍 모양을 내다니, 흥미가 없다는 증거겠지."

"어머님!"

입술 양쪽 가장자리를 늘어뜨린 채 심기가 점점 불편해지고 있는 막시밀리안을 보고 결국 왕비는 웃음을 터뜨리고 말았다.

막시밀리안 전하에게 관심이 없다는 것이 그렇게 재밌는 일일까.

현실에 존재하는 남성을 사랑한 적이 없는 아리아드네로
서는 의아하게 여겨지는 것들뿐이었다.

그야 심술궂은데다 비아냥거리기만 하고, 누가 지나갈
지도 모르는 복도에서 느닷없이 키스를 하니…….

그 순간을 생각하자, 어째서인지 몸이 뜨거워졌다. 아리
아드네는 분명 화가 나서라고 생각했다.

여성을 모욕하는 수단으로 키스를 택하다니 최악의 남자
다.

아리아드네는 몸을 파르르 떨며 고개를 흔들었다.

그것보다도 우선 왕비님의 일이 중요하다.

조금 냉소적이고 제멋대로인 왕비와 잘해 나갈 수 있을
지 불안한 마음에 아리아드네가 가슴을 살짝 부여잡자 금
방 목소리가 들려왔다.

"차가 식었잖니. 아리아드네, 다시 끓어주겠니?"

"네, 분부대로 하겠습니다."

명령대로 차를 새로 끓여서 방으로 돌아왔을 때에는 막
시밀리안의 모습은 이미 없었다.

다행이야. 방에서 나갔구나.

아리아드네는 마음을 놓으며 가슴을 쓸어내렸다.

그녀는 타인을 이유 없이 미워하거나 싫어했던 적이 없
었지만, 막시밀리안에 대한 마음은 '미움'에 한없이 가까
운 '거리낌'이었다.

그야 어쩔 수 없잖아. 느닷없이 키스했는걸.

아리아드네에게는 첫 키스였지만 막시밀리안에게 있어서는 단순한 장난, 아니, 변덕의 연장선이었겠지. 진지한 입맞춤이었을 리가 없다. 남녀의 일에 관해서는 어두운 아리아드네도 그 정도는 알고 있었다.

그는 반쿠르 제일의 인기남, 막시밀리안이다. 게다가 류셸가의 외동아들이자 왕자였다. 그리고 자신은 허울만 그럴듯한 가난뱅이 귀족의 장녀이다. 더군다나 왕실에 고용된 입장이기도 했다

그 키스는 모욕의 키스가 분명했다. 분명 그럴 것이다.

남녀 사이에 그런 일이 있을 수 있는 것인지 아닌지는 모르지만 말이다.

그렇게 막시밀리안에 대한 생각을 하고 있자 입술에 그의 열기가 되살아났다. 아리아드네는 손수건으로 입술을 살짝 닦았다.

"뭘 정신을 놓고 있는 거니?"

곧이어 왕비의 카랑카랑한 목소리가 들려왔다.

"차를 끓였으면 깨진 티포트를 치우고 이쪽에 와서 책을 계속 읽어주렴."

"네, 왕비님."

왕비에게 차를 가져다주고 빗자루와 쓰레받기로 깨진 티포트를 치웠다.

그런 다음 아리아드네는 책이 놓여 있는 침대가의 의자로 향하지 않고, 남쪽으로 난 커다란 프랑스풍 창문에 다가

가 두꺼운 고블랭 커튼을 열어젖혔다.

"아……."

갑작스럽게 눈이 부셨는지 왕비가 이마 위로 손을 대고 한쪽 눈을 가늘게 떴다.

"아리아드네! 커튼을 걷으라고는 안 했을 텐데. 책이 상하잖아."

왕비의 목소리에 노여움이 담겨 있었다.

"죄송합니다, 왕비님. 하지만 이 방은 이렇게 햇볕이 잘 드는 걸요. 아마도 왕궁에서 가장 좋은 장소일 겁니다. 그런데도 햇볕을 쬐지 않는 건 너무 손해입니다. 책은 고칠 수 있지만, 사람의 기분은 고치기가 정말 힘드니까요."

"아리아드네!"

기가 막혀하는 왕비를 개의치 않고 아리아드네는 창문에 쳐진 커튼을 차례대로 걷었다. 암울하고 싸늘한 기운이 흐르던 방에 레이스 너머로 희뿌연 빛이 비쳐들자, 어둡고 음침했던 분위기가 확 달라졌다.

어두운 색의 벽지와 수많은 책으로 둘러싸인 왕비의 방은 눈 깜짝할 사이에 햇볕이 잘 드는 밝은 느낌의 방으로 재탄생했다.

"어떠신지요?"

아리아드네는 만면에 웃음을 띠며 왕비에게 말을 걸었다.

침대 속의 왕비는 처음에는 불만스러운 듯 입술을 삐로

통하게 내밀었지만 자신의 침대 맡에 떨어지는 희미한 햇
살을 정맥이 도드라져 보이는 손가락 틈 사이로 내다보며,

"…나쁘진 않네."

하고만 말했다.

아리아드네는 베개 맡에 놓인 의자에 걸터앉아서 왕비의
명령대로 책을 계속해서 소리 내 읽기 시작했다.

2장
찢겨진 드레스

왕비를 모시는 시녀라고 해서 하루 종일 왕비의 대화 상대만 하면 되는 것은 아니다.

왕비에게 책과 신문을 읽어 주거나 목욕을 거들고, 옷을 갈아입는 것을 돕거나 책장 정리를 하고, 왕비의 방을 찾아오는 손님에게 차와 과자를 내오는 등. 얼핏 즐거워 보여도 꽤 중노동이었다.

특히 목욕을 거드는 일이 힘들었다. 우물에서 물을 길어 왕비의 방까지 옮겨와서 그 물을 데워 욕조에 채우는 것도 아리아드네의 몫이었기 때문이다.

앙느 마리 왕비의 곁에는 매일 수많은 문병객이 찾아왔고, 백작부인이나 공작부인 등 옛날부터 그녀와 가깝게 지

내던 귀족 친구들과 제롬이 빈번하게 방문했다.

제롬은 왕비의 여동생의 아들, 즉 그녀에게 있어서는 조카에 해당했다. 하지만 왕비의 곁을 그렇게나 자주 찾아오는 것은 일찍이 어머니를 여읜 그가 이모인 앙느 마리 왕비로부터 어머니의 모습을 찾고 있어서일지도 몰랐다.

실제로 왕비도 그를 친자식처럼 보살펴 주었다.

그러고 보니…….

제롬의 얼굴을 볼 때마다 아리아드네는 막시밀리안과 있었던 일을 생각했다.

그는 아리아드네가 이곳에 온 날을 마지막으로 왕비의 방을 찾아오지 않았다. 조카인 제롬은 매일 같이 왕비의 안부를 살피러 오는데 친자식인 막시밀리안은 한 번도 얼굴을 내밀지 않는 것은 왕비와 사이가 나쁘기 때문일까.

아무렴 어떤가, 정말 사이가 나쁘다면 일부러 그녀를 위한 시녀를 찾으러 그런 시골까지 오지도 않을 것이다.

어쩌면 이곳에 오지 않는 것은 내가 원인일지도……?

그렇게 생각하자 왠지 기분이 이상해졌다. 늘 비아냥거리기만 하고 짓궂은 막시밀리안을 자주 보게 된다면 이렇게 평온한 나날을 보낼 수 없을 터였다. 그럼에도 정신을 차려보면 늘 그의 생각만 하고 있었다.

"아리아드네, 홍차를 내오렴."

그 말에 정신이 퍼뜩 돌아온 아리아드네는 읽고 있던 책을 덮고 일어섰다.

그러자 문 쪽에서 노크 소리가 들렸다. 아리아드네는 포트에 뜨거운 물을 담고, 훌륭하게 세공된 금모래시계를 거꾸로 돌린 후 문으로 향했다.

이런 시간에 왕비의 방을 찾아오는 사람은 제롬밖에 없었다.

"으음, 향기가 좋군. 오늘은 어떤 찬가?"

"다르질링 퍼스트 플러시입니다. 리쉬햇 농원에서 가져온 차입니다."

아리아드네는 철저히 정숙한 태도로 답했다. 리쉬햇은 최근 들어 이름이 알려진 차 농원으로 매년 질 좋은 찻잎을 생산하고 있었다.

"음, 그런데 내가 아는 리쉬햇과는 향기가 다르군."

제롬은 눈을 감고 코를 움직이는 듯한 동작을 취했다. 그 모습이 무척이나 우스꽝스러워 보여서 아리아드네는 웃으면서 티포트에 담긴 차를 데워진 컵에 따라 주었다.

"드십시오."

컵을 받아든 제롬은 홍차를 한 모금 머금은 후 말했다.

"역시 다르군. 네가 끓여준 다르질링 차에서는 은방울꽃 향기가 나는군."

"은방울꽃 말입니까?"

차를 끓이기 전에 내가 꽃을 만졌던가?

차에 다른 무언가의 향기를 옮기다니, 차를 다루는 데에 있어서 금기시되는 것 가운데 하나였다.

"죄송합니다. 곧바로 다시 내오겠습니다."

제롬에게서 컵을 받아들기 위해 아리아드네는 손을 뻗었다.

"오해하게 해서 미안하군. 홍차에서 은방울꽃 향기가 난다…는 말은 차를 잘 끓인다고 칭찬하려는 뜻이었는데."

제롬이 아리아드네를 똑바로 바라보았다.

"다르질링 찻잎도 너처럼 차의 장점을 잘 이끌어내 주는 상대를 만나서 만족한다고 말하고 있어."

고동색 눈동자 속에서 자신이 흔들리고 있는 모습을 보자 아리아드네의 심장은 두근두근 조여들었다.

역시 제롬 전하가 그때의 소년인 건가……?

가슴 한구석에서 피어오르는 의문이 기대로 바뀌어 갔다.

"그런데 저기……."

가슴이 두근두근 고동치는 가운데, 잔에 닿은 아리아드네의 손 위로 제롬이 왼손을 갑자기 포개었다.

"……!"

갑작스럽게 느껴진 체온에 깜짝 놀란 아리아드네의 손에서 찻잔이 미끄러져 떨어졌다. 다행히도 잔은 털이 긴 카펫에 떨어져서 깨지지는 않았지만 주변에 홍차 얼룩이 퍼져 갔다.

"죄, …죄송합니다!"

손수레에 있던 행주를 들고 아리아드네는 바닥에 납죽

엎드렸다. 카펫에 넘쳐흐른 홍차를 열심히 닦기 시작하자 제롬도 그의 주머니에서 손수건을 꺼내어 무릎을 구부리고 얼룩이 퍼지지 않도록 닦기 시작하는 것이 아닌가.

"제롬님, 이러시면 안 됩니다. 이런 일은 시녀들의 몫입니다."

아리아드네는 제롬의 손길을 마다했다. 그때 또다시 우연히 그의 손이 닿자 아리아드네의 얼굴이 그 온기에 붉게 물들었다.

"괜찮아, 마드모아젤. 널 놀라게 한 내가 잘못한 거니까."

제롬은 단정한 옆얼굴을 보이고 있었다. 그 옆얼굴을 보고 있자 가슴이 꽉 조여들 듯이 고통스러웠다.

가슴에 있을 터인 세 개의 점만 확인할 수 있다면. 그리고 그날의 일을 기억해 준다면. 가슴 속에 맺힌 뿌연 안개도 단번에 걷힐 텐데.

그렇다, 왕비님이라면 무언가 알고 있을지도 모른다.

아리아드네는 고개를 들어서 왕비를 보았다.

"저기… 왕비님."

"왜 그러니, 아리아드네."

제롬과 막시밀리안과 마찬가지로 날카롭게 빛나는 적동색의 눈이 아리아드네를 꿰뚫어 보았다.

"…아무것도 아닙니다."

나도 참 뭐하는 짓인지.

왕비님을 은근히 떠보는 것도 아니고.

'제롬의 신부라도 되고 싶은 거니?' 하고 의심이라도 사게 되면 나네트와 마찬가지로 왕비를 모시는 시녀의 자리에서 물러나야 할지도 모른다. 나네트는 재상의 딸이니까 어떻게든 응접실 담당으로 머무를 수 있었지만, 아무런 방패막이도 없는 자신은 왕궁에서 내쫓길지도 모르는 일이었다. 쫓겨나면 당연히 융자금은 회수되어 예전처럼 가난뱅이 공작으로 돌아가게 된다. 최악의 상황에는—

—최악의 상황에는 막시밀리안의 첩이 되어 그의 품에 안겨서…….

등에 소름이 쫙 돋았다. 그렇게 비참한 말로만은 보내고 싶지 않았다.

"제롬도 어쩔 수 없는 아이로구나. 아리아드네, 용서해 주렴."

왕비는 침대에서 누운 채 제롬과 아리아드네가 바닥을 정리하는 모습을 조용히 지켜보고 있었다.

아아, 아무에게도 물을 수 없다는 게 이렇게도 답답한 일일 줄이야.

아리아드네는 홍차 얼룩에 새 행주를 눌러 덮으면서 생각하기를 그만두었다.

아리아드네는 제롬과 보내는 이 시간을 은근히 즐기고 있었던 것이다.

왕궁에는 많은 하인이 있지만 아리아드네는 그들과 동떨

어져 있었다.

　하인들 대부분은 귀족의 자제로 예의범절을 배우기 위해서 왕궁에 와 있었다. 그런 그들 가운데는 남을 험담하기를 좋아하는 이들도 있을 테고, 자신에 대한 이런저런 뒷이야기를 하고 있을 것이다. 아리아드네를 향한 그들의 시선은 무척이나 싸늘했기 때문에 그녀는 늘 가시 방석에라도 앉아 있는 듯한 기분을 맛보았다.

　그런 매일을 보내는 가운데 제롬과 함께 하는 시간은 한 모금의 청량제와 같았다.

　이 즐거운 시간을 잃게 될 바에는 내 사랑 따위는 어떻게 되든 상관없어. 어차피 풋내기였던 어린 시절에 했던 약속인걸.

　아리아드네는 그렇게 자신을 타이르고 있었다.

　왕궁 생활에 익숙해져 가던 어느 날의 일이었다.

　왕궁의 아침은 멀리서 들려오는 교회의 종소리로 시작되었다.

　아리아드네는 시녀지만 시녀들이 사는 기숙사가 아닌 왕비의 처소 근처에 있는 창고를 개인 숙소로 제공받고 있었다. 판자를 댄 그 방은 북쪽에 위치했기 때문에 낮에도 어둑어둑했다. 그리고 침대와 벽장 틈 사이에 간소한 책상이 비집고 들어와 있는 것만으로도 공간이 가득 찰 정도의 넓이밖에 되지 않았다.

좁은 것은 참을 수 있어도 오랫동안 창고로 사용되어 온 방이었기 때문에 아무리 청소를 해도 먼지가 날렸다. 하지만 다른 시녀들과 같은 방에서 생활하며 차가운 눈초리를 받는 것보다는 훨씬 나았다.

"그럼, 오늘도 힘내서 일해야지."

법랑 세면기에 길어 놓은 물로 얼굴을 씻고 시녀용 에이프런 드레스로 갈아입고 난 바로 그때, 아리아드네의 방문을 노크하는 소리가 들렸다.

이렇게 이른 아침부터 누가 무슨 용건으로 온 걸까. 아리아드네는 문을 향해 달려가며 생각했다.

나네트 이외의 다른 시녀나 신하들과는 개인적인 왕래가 없었다. 따라서 궁전에 왔던 날부터 지금까지 누군가 아리아드네의 방을 찾아온 이도 없었고 아리아드네가 다른 이의 방을 찾아간 적도 없었다.

장식도 아무것도 없는 실용성만을 추구한 떡갈나무 문을 열자 그곳에 제롬이 있었다.

"잘 잤어?"

"제롬님… 이렇게 아침 일찍부터 대체 무슨 일이신가요?"

제롬은 아리아드네의 허락도 받지 않고 갑자기 방으로 들어왔다. 그 뒤로 커다란 짐을 끌어안은 그의 수하가 따라 들어왔다.

아리아드네의 좁은 방은 차례차례로 운반된 다양한 큰

상자에 파묻혀서 발 디딜 곳조차 없게 되었다.

"저기… 제, 제롬님……? 이 상자는, 대체……."

"열어 보렴."

제롬의 말대로 아리아드네는 서랍장 위에 놓인 가장 커다란 상자의 리본을 풀었다.

"와… 아……."

상자에서 나온 것은 옅은 핑크색의 아기자기한 드레스였다.

실크 시폰을 듬뿍 사용한 신비로운 옷감은 주름의 방향에 따라서 옅은 금색으로 빛나 듯이도 보였다. 소매는 실크 새틴 소재의 커다란 퍼프 슬리브 형태를 이루고 있었고, 프릴에는 손으로 짠 흰 보빈 레이스가 풍성하게 달려 있었다. 파니에 속치마가 들어간 스커트는 종 형태를 이루었고, 옷자락에도 소매에도 같은 레이스가 달려 있었다. 드레스 전체에 밝기가 조금씩 다른 핑크색의 리본이 달려 있었으며 그 리본들이 더욱 귀여운 분위기를 자아냈다.

설탕 과자처럼 아기자기할 뿐만 아니라 최상급 원단을 사용하여 정성스럽게 봉제된 그 드레스는 겉보기에도 고급스러워 보였다. 부유했을 적의 보아모르티에가도 이만큼 화려한 옷은 주문한 적이 없을 듯했다.

보드라운 가죽으로 만들어진 핑크색 펌프스는 아리아드네의 발에 딱 맞았다.

단정치 못한 행동이라고 생각하면서도 아리아드네는 정

신없이 상자를 열었다. 폭신폭신한 털가죽 숄, 커다란 진주 목걸이, 마노로 만든 카메오 등, 호화로운 물건이 상자 안에서 연이어 나왔다.

그런 아리아드네의 앞으로 제롬이 작은 보석 상자를 내밀며 눈앞에서 뚜껑을 열었다.

안에는 티아라 하나가 들어 있었다.

티아라는 은으로 되어 있었고 작은 다이아몬드와 마카사이트와 진주 등이 무수히 박혀 있었으며 은은한 아침 햇살에 반짝반짝 빛나는 모습은 하늘에서 흐르는 은하수처럼 보였다.

"이건… 디아뎀!"

아리아드네는 고개를 들어서 제롬을 보았다. 여느 때와 마찬가지로 제롬은 말쑥한 얼굴로 미소를 살포시 머금고 있었다.

디아뎀은 데뷔탕트에 참석을 허락받은 사람만이 받는 증표였다. 그러한 물건이 이곳에 있다는 것은…….

"내가 주는 선물이야. 슬슬 사교계에 데뷔하는 걸 생각해도 좋을 때라고 생각했거든."

"이걸 입고 제가 데뷔탕트에……?"

아리아드네는 머리가 멍해져서 생각을 원활하게 정리할 수 없었다. 그녀는 드레스와 보석이 담겨 있는 상자 사이에 서서 그가 내민 보석 상자에 담긴 내용물을 우두커니 바라보고 있었다.

"그래. 나이에 비해 빠른 건 아니잖아?"

"안 됩니다, 제롬님."

훌륭한 드레스와 아름다운 보석에 마음을 빼앗길 것 같았다. 그럼에도 아리아드네는 보석상자의 뚜껑을 덮고 제롬의 손으로 되밀었다.

"저… 저는 하인으로서 왕궁에 왔습니다. 제롬님은 모르실지도 모르지만, 시골에 있는 저희 가족은 왕실로부터 금전적인 지원을 받고 있습니다. 게다가… 이런 고가의 물건은 받을 수 없습니다."

데뷔탕트에서 입는 의상은 그 집안의 가장이 준비해야 한다는 관습이 있다. 왕실의 지원을 받고 있는 처지에, 게다가 같은 공작가인 비아르도 가에까지 폐를 끼칠 수는 없었다.

"아리아드네, 넌 이제 아이가 아니야. 내 부탁을 들어주지 않을래?"

"부탁이요?"

제롬의 고동색 눈이 부드럽게 가늘어졌다.

"다음에 열리는 왕실 무도회에서 이걸 입고 나랑 춤춰줬으면 좋겠어."

아리아드네는 제롬의 말에 답하기 위해서 그의 눈을 바라보았다. 반짝이는 빨간 보석과 같은 무언가가 그 눈동자 속에서 춤추고 있는 듯이 보였다.

역시 제롬이 그때 그 소년일지도 몰라……. 아니, 분명히 맞아. 이렇게 닮았는걸.

그런 제롬이… 나에게 드레스를 선물해 줬어…….

"이 신세는 꼭 갚을게. 커서 좀 더 얌전해지면 내 신부로 맞이하도록 하지……."

그 소년과의 약속이 머릿속에서 되살아났다.

"저기……."

"왜에?"

제롬은 아리아드네의 얼굴을 들여다보기 위해서 허리를 굽혔다.

아리아드네는 또다시 입을 다물었다.

문 양쪽에는 제복을 입은 수하가 직립부동의 자세로 서 있었다.

낙마는 기사의 수치라고 했다. 다른 사람 앞에서 지금 그 이야기를 꺼내 제롬에게 확인할 수는 없었다.

그렇다면 가슴팍의 점은 어떨까. 오리온의 허리띠처럼 늘어선 점 세 개를 어떻게 확인하면 좋을까. 셔츠를 벗게 하는 수밖에 없다.

셔츠를 벗는 건… 목욕할 때. 옷을 갈아입을 때. 그리고…….

"아리아드네, 무슨 일이야? 얼굴이 빨개졌어."

"아, …아닙니다, 아무것도 아닙니다."

그러나 비록 제롬이 막시밀리안과 똑같은 적동색의 눈을 한 데다 그날 낙마 사고를 일으킨 남자아이와 쏙 빼닮기는 했지만, 단둘이 있어도 이러한 선물을 잔뜩 받아도 서로 마주보아도 이야기를 주고받아도 막시밀리안처럼 가슴을 찌르는 듯한 묘한 설렘을 맛볼 수는 없었다.

그 반면, 심술궂은 말만 던지는 막시밀리안과는 궁전 내에서 스쳐지나가는 것만으로도 고통스러울 만큼 가슴이 고동쳤다. 자그마한 가슴이 터질 것 같을 정도였다.

그건… 분명 첫 키스를 그에게 빼앗겼기 때문에 자신도 모르는 사이에 그의 행동을 의식하게 된 것뿐일지도 모른다.

어쩌면 이렇게 난 단정치 못할까…….

"이번에는 슬픈 표정을 짓고 있네."

"그건……."

입술이 꿰맨 듯 움직이지 않았다.

뭐라고 해야 할까. 제롬이 드레스까지 준비해서 데뷔탕트의 파트너를 자처하며 나섰는데 순순히 좋다고 대답하지 못하다니.

나… 왜 이러는 거지? 뭘 기다리는 거야?

어째서인지 막시밀리안의 모습이 머릿속에서 빙글빙글 돌기 시작했다. 영문을 알 수 없었다.

"답해주지 않을래?"

"죄, 죄송합니다……. 저기……."

아리아드네가 무거운 입을 열었을 때였다.

방문을 누군가가 노크했다. 아리아드네는 화들짝 놀라며 곧바로 문을 열었다.

거칠게 문을 열어젖히고 막시밀리안이 실내로 들어왔다. 그도 제롬과 마찬가지로 커다란 상자를 들고 있었다.

제롬이 먼저 들고 온 상자와 그가 손에 든 보석 상자를 본 막시밀리안의 눈이 살짝 커졌다.

"막시밀리안 전하, 그 상자에 들어있는 건 혹시……."

제롬의 말에 막시밀리안은 고개를 가만히 끄덕이며,

"내 드레스는 쓸데없는 걱정이었던 것 같군."

하고 중얼거리며 침대 위 비어 있는 공간에 그 커다란 상자를 올려놓았다.

"필요 없으면 네 맘대로 처리해도 돼."

막시밀리안이 등을 휙 돌리자 아리아드네는 쭈뼛대며 그가 침대 위에 내팽개친 상자의 리본을 풀었다.

안에 들어 있던 것은 실크 모슬린과 자수가 들어간 새틴을 소재로 한 옅은 민트그린색의 드레스였다. 곳곳에 금실로 자수를 놓은 그 드레스는 가슴 언저리가 깊게 파여 있었고, 드레스와 마찬가지로 모슬린을 몇 겹이고 겹친 숄로 어깻죽지를 덮은 디자인으로 이루어져 있었다.

세트인 긴 장갑은 새틴 소재로 테두리는 보빈 레이스로 장식되어져 있었으며, 제롬이 선물한 드레스와 비교해도 우열을 가릴 수 없을 만큼 귀엽고 기품 있고 화려했다.

"…멋져……."

아리아드네는 드레스의 어깨 부분을 잡고 자신의 어깨에 대보았다. 그러자 그 드레스에서 무언가가 굴러 떨어져 바닥에 부딪히는 둔탁한 소리를 냈다.

아리아드네는 방구석으로 굴러간 작은 티아라를 집어 들고는 숨을 머금었다. 제롬이 준비한 것과 마찬가지로 반짝반짝 빛나는 은 디아뎀이었다.

"전하께서 저한테 왜 디아뎀을?"

막시밀리안은 옆으로 휙 돌아섰다.

"데뷔탕트 때문이지."

그는 나지막하게 신음하는 듯한 목소리로 그렇게 말했다.

그 순간 충격과 같은 무언가가 그녀의 몸을 가로질렀다. 제롬에게서는 느낀 적 없는 전율 같은 떨림에 아리아드네는 당황했다.

두 청년이 가지고 온 드레스 두 벌. 둘 다 막상막하로 대단한 선물이었다. 하지만 그 드레스를 입을 몸은 하나밖에 없었다.

짜릿짜릿한 전율이 피부 위를 내달려 아리아드네가 자신도 모르게 뒷걸음질 칠 뻔했던 순간, 커다란 손이 그녀의 어깨를 꽉 붙잡았다. 막시밀리안이었다.

"괜찮나?"

"아… 아… 고맙습니다."

어깨로 느껴지는 체온에 첫 키스의 감촉을 떠올린 아리아드네의 심장이 커다란 소리를 내며 고동쳤다.

"어째서… 막시밀리안 전하까지… 디아뎀을……? 드레스도 구두도 디아뎀도 원래는 저희 아버지가 준비해야 하는 것들인데……."

그렇게 말한 후, 높이 있는 막시밀리안의 두 눈을 올려다보았다. 그의 눈동자는 무척이나 영민한 빛을 띠며 아리아드네를 바라보고 있었다.

"집안이 아무리 몰락했다고 해도 넌 우리 류셀가의 먼 일가에 해당하는 귀족 출신이야. 본가가 그런 상황이라면 우리가 대신 데뷔탕트를 도와줘도 이상할 건 없잖아."

아… 뭐야. 그랬던 거였구나.

아리아드네는 무심코 어깨를 늘어뜨렸다.

"게다가 데뷔탕트에 나가지 않으면 어엿한 여성으로서 인정받지 못하잖아. 여성으로 인정받지 못한 사람을 어머님 근처에서 일하게 할 수는 없지."

왕실의 체면을 지키기 위해서 나를 데뷔탕트에 나가게 하려는 거였구나…….

확실히 우리 집안은 몰락한 가난뱅이 공작 가문이지만, 자신의 존재가 폐를 끼치고 있다는 사실을 이렇게 대놓고 지적받으면 서글퍼질 수밖에 없었다.

"막시밀리안 전하, 그건 말이 지나치지 않습니까?"

제롬이 끼어들었다. 막시밀리안의 팔을 걷어내고 이번

에는 제롬이 아리아드네의 양 어깨에 손을 얹고 부드럽게 흔들었다.

"아리아드네, 난 막시밀리안 전하와는 달라. 널 단순히 성인 여성으로 만들고 싶다는 마음으로 널 데뷔탕트의 파트너로 선택한 거야. 내 드레스를 입고 나와 춤추겠다고 약속해 주지 않을래?"

이렇게 멋진 드레스를 준비하고 게다가 순수한 마음으로 데뷔탕트에 데리고 가주겠다는 제롬을 앞에 두고 어째서 막시밀리안의 등장에 마음이 흔들리는 걸까. 차갑게만 들리는 그의 말에 어째서 농락당하는 걸까.

"저… 저……."

왠지 몹시 답답했다. 자신의 마음조차 자유롭지 않았다. 이런 일은 태어나서 처음이었다. 데뷔탕트에 나가려면 두 사람 가운데 누군가를 선택해야 한다는 생각만으로도 몸속이 콕콕 찔리듯 아팠다.

그때였다.

멀리서 여덟 시를 알리는 종소리가 들려왔다. 그 소리는 이 궁전의 하인들에게 일과의 시작을 알리는 신호였다.

아리아드네도 왕비의 방으로 가서 아침 식사 시중을 들어야 했다.

"죄, 죄송합니다. 저, 지금부터 일이 있어서."

아리아드네는 두 사람을 향해 재빨리 인사한 후 자신의 방에서 뛰쳐나왔다.

"저기 말이야… 어느 쪽이 괜찮은 것 같아?"

아리아드네는 일이 끝나자 나네트를 자신의 방으로 초대했다.

최근에 아리아드네는 왕궁 내에 친구가 생겼다. 그것은 바로 한때 왕비를 모시던 시녀였던 나네트 르 테리에였다. 두 사람은 나이도 동갑이었기 때문에 급속도로 친해졌다.

나네트는 왕비의 변덕을 이유로 왕비를 모시는 시녀에서 물러나 응접실을 담당하게 되었지만, 아리아드네에게 미묘한 적개심을 품지 않고 곤란할 때면 도움을 주는 고마운 존재였다.

오늘도 두 사람은 벽장 안에서 드레스 두 벌을 꺼내 전신 거울 앞에서 교대로 가슴에 대보며 한숨을 내쉬고 있었다.

"나네트는 이미 데뷔탕트에 나갔지?"

"응. 난 옅은 파란색에 리본이 잔뜩 달린 드레스를 입고 데뷔탕트에 나갔어."

나네트는 그렇게 말했다.

"그때 그린 초상화는 없어? 나네트가 입은 데뷔탕트 드레스 나도 보고 싶어."

"봐도 별로일걸? 전하들께서 선물한 드레스랑 비교하면 내 건 완전 초라할 거야."

나네트는 민트그린색 드레스 자락에 달린 프릴을 매만지며 드레스를 황홀하게 바라보면서 말했다.

"나는 이쪽이려나……."

"응……. 한색 계열도 버리기엔 아깝고, 리본이 달린 것도 괜찮아 보여."

아리아드네는 민트그린색 드레스를 전신 거울 앞에서 가슴에 대보았다. 광택이 나는 옅은 초록빛은 아리아드네의 멋진 금발과 어우러져서 한층 더 아름답게 보였다.

"최근에 아리아드네는 매일 이 상태구나."

나네트가 못 말린다는 듯이 말했다.

"이 상황에서 고민하지 않을 여자애가 있겠어?"

나네트는 왕자들의 선물에 처음에는 감탄하며 아리아드네와 함께 소리를 질렀지만, 최근에는 매번 같은 화제가 반복되고 있는 그녀의 고민을 설렁설렁 듣는 일이 많았다.

"어쩌지… 어쩌면 좋을까……."

"눈을 감고 그냥 확 골라 버리면 되잖아."

"그렇게 성의 없이 데뷔탕트 드레스를 고르고 싶진 않아."

두 드레스 모두 아리아드네의 금발을 돋보이게 했고, 막상막하로 기품 있었으며 화려했다. 아리아드네는 자신의 어머니가 생활을 꾸려가기 위해서 내다팔았던 드레스를 떠올렸다. 그 드레스들도 충분히 아름다웠지만, 이 두 드레스와 비교하면 어떨까. 반쿠르에서 최고의 솜씨를 자랑하는 재단사가 온 정성을 다해서 만들었다고 해도 이 두 드레스에 비할 수 있을지 알 수 없었다. 그만큼 솜씨가 대단했다.

핑크 드레스를 보면 제롬의 자상한 미소가 떠올랐고, 민트그린의 드레스를 손에 들면 막시밀리안의 한일자로 굳게 다문 입술이 떠올랐다.

차라리 몸이 두 개였다면 좋았을 텐데. 그렇게 되기를 아무리 바라도, 마법사가 아닌 한 그 꿈을 이뤄줄 존재는 없을 듯했다.

"난 대체 어느 드레스를 골라야 할까……."

어두운 방에서 혼잣말을 하던 아리아드네는 갑자기 정신이 퍼뜩 돌아왔다.

"바보바보! 대체 무슨 생각을 하는 거야! 난 이 드레스를 입고 데뷔탕트에 참석하는 일에 정신을 팔고 있을 때가 아니야. 드레스를 입을 수 있는 것만으로도 충분해. 지금은 왕실에서 해주는 지원에 걸맞은 일을 해야 할 때야."

"아리아드네도 참, 매일 그러길 반복하고 있잖아. 적당히 좀 해."

나네트는 쓴웃음을 지으며 솜이 듬뿍 들어간 새틴 옷걸이에 드레스를 걸었다.

"그야… 난 빚을 담보로 이 왕궁에 왔는걸."

나네트에게서 드레스를 받아든 아리아드네는 두 벌 다 벽장 속에 집어넣은 후 생각을 떨치듯 힘차게 문을 닫았다.

그러던 어느 날의 일이었다.

아리아드네는 왕비의 처소에서 자리를 비우고 나와 응접

실에서 발코니를 정성스럽게 닦고 있던 나네트에게 종종걸음으로 달려가 귓속말을 했다.

"오후에 왕비님의 병문안으로 바단데르가에서 손님이 오실 예정인데 과자는 뭘 준비하면 좋을까?"

"뭐가 좋으려나……."

나네트는 발코니 바닥을 닦던 손길을 멈추고 아주 잠시 생각하는 몸짓을 취했다.

그러자 바로 따끔하게 나무라는 목소리가 근처에서 들려왔다.

"나네트, 손 놓지 말고 움직여."

나네트와 마찬가지로 응접실을 담당하고 있는 시종장인 테오도르의 목소리였다. 그는 막시밀리안과 제롬 정도는 아니지만 키가 컸고 나이는 삼십 대쯤 되어 보였다. 시종장으로 선택된 사람인만큼 묘한 위압감을 풍겼다.

"일하는데 방해해서 죄송합니다. 왕비님의 일로 나네트와 의논하고 싶은 게 있었습니다."

"일 분 안에 해결해."

테오도르가 구석으로 가는 것을 확인하고 나서 나네트는 아리아드네의 귀에 입술을 갖다 댔다.

"바단데르 공작부인께선 최근에 치아 상태가 안 좋다고 들었어. 과자는 부드러운 걸로… 바바루아는 어떨까? 그리고 중동 스타일의 차에 빠져 계신 듯하니 다르질링 말고 아삼으로 준비해."

"알겠어. 바바루아랑 아삼이란 말이지? 고마워."

아리아드네는 그렇게 말한 후 나네트의 손에 자신의 손을 포개었다.

"나도 후임자에게 도움이 되어서 기뻐."

그녀는 그렇게 말하며 자상한 미소를 머금었다.

역시 나네트야. 아리아드네는 감탄의 숨을 내쉬었다.

나네트는 정말로 마음씨가 곱고 됨됨이가 훌륭한 사람인 듯했다. 그녀를 대신하여 왕비의 시중을 드는 책 읽는 시녀가 된 자신이 그렇게까지 세세하게 신경을 쓸 수 있을지 질문 받는다면 고개를 갸우뚱할 수밖에 없었다.

하지만 자신이 할 수 있는 일은 아무리 혼쭐이 나더라도 왕비님을 위해서 노력하는 것밖에 없었다. 모두 다 집안을 위해서, 그리고 가족을 위해서니까.

왕비의 처소로 돌아오는 도중에 주방에 들러서 오후의 티타임에 늦지 않도록 바바루아를 주문했다. 얼른 왕비의 곁으로 돌아가지 않으면 호통이 기다리고 있을지도 몰랐다.

아리아드네는 에이프런 드레스 자락을 중간쯤 잡고, 무례하다고는 생각했지만 계단을 한달음에 뛰어올라갔다.

때마침 아리아드네가 왕비의 방 문 손잡이에 손을 갖다대려고 하던 참이었다. 왕비가 호출하는 벨 소리가 안쪽에서 들려왔다.

"뭐하는 거니? 차가 식었잖아."

"지금 당장 새로운 차를 내오겠습니다."

온화하지만 그만큼 따끔한 말에 묵례를 하며 말한 후 아리아드네는 손수레에 걸린 하얀 레이스 수건을 들고 물러났다.

"그리고 바단데르 공작부인에게는 어떤 과자를 대접할 생각이니?"

"최근에 치아가 안 좋으신 듯하시니 주방에 가서 바바루아를 만들도록 부탁했습니다."

"…그러니? 용케 바바루아를 생각해 냈구나. 대단해."

왕비는 눈을 크게 뜨고, 얼굴에 빈정거림이 아닌 미소를 띠었다.

사모바르로 물을 데워서 뜨거운 차를 끓이며 아리아드네는 창밖으로 흐르는 구름의 물결을 바라보고 있었다.

이 하늘과 같은 하늘을 우리 가족도 보고 있을까.

하루하루가 평화로우면 평화로울수록 고향에 남겨둔 가족이 떠올랐다.

무척이나 엄격한 재산 관리인이 관리하고 있어서 식생활에 불편함을 겪고 있지는 않은지, 저택이 매각된 것은 아닌지, 꺼림칙한 상상만이 머릿속을 맴돌았다.

그런 상상을 하는 것은 아리아드네가 왕궁에 온 지 삼 주가 지났는데도, 아무리 편지를 써도 가족으로부터 답장이 한 통도 오지 않았기 때문이다.

무소식이 희소식이라고는 하지만, 편지에 붙일 우표 값

조차도 절약하게 하는 재산 관리인이라면 어쩌나 싶었다.

"언니, 나 매일 편지 쓸게."

울면서 그렇게 말했던 콜레트의 말을 아무래도 잊을 수가 없었다.

난로 위에 놓인 금색으로 빛나는 태엽시계가 두 시를 가리켰다.

슬슬 왕비에게 오후의 방문객이 찾아올 시간이었다.

아리아드네는 왕비의 처소에서 나가 주방에 부탁한 과자를 받기 위해 복도로 내려갔다.

주방으로 이어지는 플로어를 종종걸음으로 나아가자 건너편에서 에이프런 드레스를 입은 시녀들이 걸어오는 것이 보였다.

"…저기 말이야, 그 애 아냐?"

"참 불쌍하기도 하지."

시녀들은 아리아드네를 스쳐지나가면서 복잡한 표정을 지으며 얼굴을 찡그렸다.

뭐가 불쌍하다는 걸까.

그다지 좋은 뜻이 담긴 웃음이라고는 볼 수 없었기 때문에 아리아드네는 그녀들이 자신을 비웃는 듯한 느낌이 들었다.

고개를 갸우뚱거리며 주위를 내다보자 모든 하인이 그녀의 시선을 피했다. 아무래도 아리아드네에게 무슨 일이 일어난 듯했다.

대체 무슨 일이 있었던 거지⋯⋯?

좋은 일일까, 나쁜 일일까. 아마도 나쁜 일이겠지, 하고 아리아드네는 예상했다.

"부탁했던 바바루아를 가지러 왔습니⋯⋯."

주방은 하인들의 기숙사로 이어지는 복도가 꺾어지는 곳에 위치해 있었고, 바로 그 옆에 엉성한 나무판자를 검게 칠한 게시판이 있었다.

그곳에는 하인들에게 전하는 메시지와 명령서와 함께 편지로 보이는 종이 여러 장이 회색의 작은 압정에 박혀 있었다.

꺼림칙한 예감이 들었다.

"아리아드네, 보면 안 돼!"

나네트가 복도 건너편에서 달려와 아리아드네의 손을 잡아끌며 그 자리에서 그녀를 떨어뜨리려고 했다. 나네트가 오자 편지 앞에 몰려와 있던 하인들의 비웃음과 동정과 호기심 어린 시선이 아리아드네를 향해 일제히 쏟아졌다.

"아리아드네!"

"비켜주세요."

아리아드네는 나네트의 손을 뿌리치고 게시판 앞에 모인 사람들을 헤집고 들어가서 편지 앞에 섰다.

내 딸, 아리아드네에게

아니나 다를까 그것은 가족 모두가 아리아드네에게 쓴 편지였다.

네 덕분에 왕실에서 융자를 받을 수 있었단다. 아리아드네, 고맙구나.

그리움이 묻어나는, 독특한 그 글씨체는 아버지 장 파티스트가 쓴 것임이 틀림없었다. 아리아드네는 한순간 현기증에 휩싸였다.

빚을 변제하기 위해 팔았던 영지뿐만 아니라 선조에게서 물려받은 가구와 그림까지도 돌아왔단다. 왕실에서 붙여준 우수한 재산 관리인 덕분에 빠듯하지만 옛날처럼 평화로운 생활을 할 수 있게 되었구나. 이젠 걱정하지 않아도 된단다······.

편지에는 근처 농장에서 낙엽을 줍는 어머니와 콜레트의 모습을 그린 서툰 그림이 곁들여져 있었다. 아직 글자를 쓸 수 없는 콜레트가 그린 듯했다.

이건··· 이건 대체 어떻게 된 일이지?

아리아드네는 자신에게 일어난 일을 여전히 이해할 수

없었다.

이게 어째서 여기에 있는 걸까? 내 손에 바로 오지 않고? 어째서?

편지는 게시판 가장 높은 곳에 반듯하게 나란히 붙어 있었고 검은 판자 앞에 서 있는 아리아드네와 그 모습을 겹겹이 둘러싸서 보고 있는 하인들을 흘겨보고 있었다.

너무나도 충격적인 나머지, 아리아드네는 편지를 올려다본 채 망연자실하게 서 있었다.

아리아드네의 손에 이 편지가 배달되었다면 아무 문제가 없었을 것이다. 하지만 왕가와 연관된 명문 귀족 보아모르티에가의 재무 상태를 상세하게 쓴 편지의 내용은 충분히 스캔들 감이었기 때문에 그것이 게시판에 붙어 있게 되면 이야기가 달랐다.

누군가가 악의를 품고 이런 짓을 한 거야…….

"보아모르티에가가 빚이 많다는 건 알고 있었지만 설마 옴짝달싹도 할 수 없는 지경이었을 줄이야."

"갑자기 시녀가 바뀐 건 왕비님의 변덕 때문이 아니었나 보네."

"그래서 나네트가 응접실 담당으로 격하된 건가?"

"나네트한테도 이건 재앙이야."

하인들은 아리아드네를 멀리서 둘러싼 채 제멋대로 의견을 주고받고 있었다.

하인이라고 해도 왕궁에 들어온 그들은 좋은 집안의 자

녀이거나 인척 관계에 있는 이들이었다. 남자들은 모두 글을 읽을 수 있거니와, 여자들 중에서도 더듬더듬이나마 글을 읽을 수 있는 이가 있기 때문에 편지의 내용은 입에서 입으로 전해졌을 것이다.

아리아드네는 도망치고 싶은 기분이 들었지만, 그 자리에서 움직일 수가 없었다.

아버지에게 자산 운용 능력이 없다는 것과 가족이 빈곤한 생활을 했던 것은 사실이며 수치스럽게 생각했던 적은 없었다. 다만 이렇게 비겁한 수단으로 자신의 가정사가 알려지게 되었다는 사실에 분노와 슬픔과 그 밖의 엉망진창인 감정이 뒤섞여 혼란스러웠던 아리아드네는 우두커니 서 있을 수밖에 없었다.

감정이 몸속에서 고조되어 밖으로 흘러넘칠 것 같았다. 관자놀이 부근이 지끈거렸고 눈시울이 뜨거워졌다.

이 정도는 아무것도 아니야. 보아모르티에가가 궁핍했던 것은 숨길 수 없는 사실이잖아.

아리아드네는 다른 하인들 몰래 입술을 꽉 깨물고 눈물을 삼켰다.

"무슨 소란이야?"

저 멀리 복도 건너편에서 쩌렁쩌렁한 큰 목소리가 들렸다. 막시밀리안이었다.

이런 소란을 일으킨 것을 보게 되면 그가 자신에게 얼마나 지독한 말을 던질지 불 보듯 뻔했다.

대부분의 하인들보다도 머리 하나만큼 커다란 그의 실루엣을 보고 아리아드네는 황급히 게시판에 붙어 있는 편지를 잡아떼려고 손을 뻗었다. 하지만 아무리 발돋움해도 높은 위치에 있는 편지에 손이 닿지 않았다.

뭔가 발판으로 쓸 수 있는 게 없을까… 하고 주위에 고개를 돌리는 사이에 성큼성큼 다가온 막시밀리안이 압정을 뽑아 게시판에서 편지를 떼어냈다.

"이건 네가 붙인 건가?"

스스로 붙이다니, 터무니없는 말이다. 아리아드네는 고개를 가로저었다.

"그럼 어째서 여기에 사적인 편지가 붙어 있는 거지?"

막시밀리안은 시종장인 테오도르의 얼굴을 발견하자마자 커다란 목소리로 물었다.

"저희가 이곳에 왔을 때는 이미 이런 상태였습니다."

"그렇군."

충격으로 새파랗게 질린 아리아드네를 한 번 보고, 막시밀리안은 갑자기 아리아드네의 앞에서 한쪽 무릎을 꿇었다.

샤락 하고 천이 스치는 소리가 들렸고 검은 망토가 바닥에 크게 펼쳐졌다.

이런 행동은 하지 말아줘. 부탁이니까 소란은 일으키지 말아줘.

여러 하인들이 보는 앞에서 한낱 시녀에 지나지 않는 아리아드네에게 무릎을 꿇다니. 왕족이 할 행동이 아니라고 생각했다.

"막시밀리안 전하. 부탁입니다, 일어서십시오."

다부진 어깨에 손을 얹고 흔들었지만, 커다란 바위 같은 그의 몸은 꿈쩍도 하지 않았다.

"이런 비겁한 짓을 한 자를 이 성에 불러들인 것은 우리 왕실의 책임이다. 국왕을 대신하여 용서를 구하지 않으면 안 되지."

막시밀리안은 무릎을 꿇은 채 아리아드네의 작고 하얀 손을 잡아 그 손등에 입을 맞추었다.

"꺄앗."

그의 의외의 말과 행동에 놀라 아리아드네의 가슴속에 맺혀 있던 질척질척한 감정이 한순간에 깨끗이 사라져 버렸다. 그의 입술은 무척 뜨거워서, 아리아드네는 자신의 손등이 화상을 입은 듯한 착각이 들 만큼 욱신거리는 아픔을 발하는 것을 느꼈다.

곧이어 막시밀리안은 갑자기 일어나서 다른 하인들을 향해 이렇게 공언했다.

"하인이든 귀족이든 사람의 법도에 어긋나는 짓을 하는 족속들은 절대로 용서치 않을 것이다."

적동색으로 불타는 눈이 그 자리에 모여 있던 하인 모두를 날카롭게 바라보았다.

"아리아드네의 명예를 회복하기 위해서라도 범인은 반

드시 찾아낼 테니까."

으르렁대듯이 그가 말했다.

아리아드네는 열심히 눈물을 참고 있었던 탓인지 얼굴이 빨개져서 당장에라도 불을 내뿜을 것 같았다.

느닷없이 억지로 키스하고 비아냥대듯 잔인한 말만 던지는 변덕쟁이 왕자라고 생각했는데.

적어도 그가 비겁한 짓을 하는 사람이 아니라는 사실은 알았다.

하지만… 이건, 반칙이야.

"그럼, 다들. 오후 준비로 돌아간다. 자아, 어서!"

막시밀리안이 짝짝 하고 손뼉을 치자, 멀리서 빙 둘러싸고 아리아드네를 지켜보던 하인들도 거미새끼가 흩어지듯 저마다 자기 위치로 돌아갔다.

"고맙… 습니다."

아리아드네는 고개를 꾸벅 숙였다.

막시밀리안은 아무 말 없이 돌아서서 재킷에서 손수건을 꺼내어 아리아드네의 뺨에 살짝 갖다댔다.

아아…….

그 커다란 손의 온기가 눈물로 젖은 뺨에 천천히 스며들었다.

"난 눈물을 싫어해."

참으려고 했지만 아리아드네의 뺨에는 눈물 몇 줄기가 흐른 흔적이 남아 있었다. 막시밀리안은 그 흔적들을 정성스럽게 닦아 주었다.

"단, 내 침대 위에서 흘리는 눈물은 별개지만."

어른스러운 농담에 아리아드네의 뺨이 붉게 물드는 것을 보고 막시밀리안은 입술 가장자리를 끌어올려 만족스러운 웃음을 지었다.

"실… 실례하겠습니다."

아리아드네는 막시밀리안의 손에 그의 손수건을 쥐어주고 왕비의 손님에게 대접할 과자를 가지러 가기 위해서 주방으로 달려갔다.

심장이 터질 것처럼 두근거렸다.

어쩌면 막시밀리안 전하는 내가 생각하는 그런 사람이 아닐지도 몰라.

아리아드네는 그의 손길이 닿았던 자신의 뺨에 손을 갖다댔다. 손수건 너머로 느껴졌던 그의 온기가 여전히 남아있는 듯한 느낌이 들었다.

하지만 아리아드네를 향한 괴롭힘은 그날로 끝나지 않았다.

여느 때처럼 저녁 식사를 마칠 때까지 왕비의 시중을 든 후, 자신의 방으로 돌아오자 밖은 해가 완전히 저물어서 작은 채광창으로 들어오는 달빛만이 먼지가 날리는 자신의 방을 비춰주고 있었다.

문을 열고 딱딱한 침대에 걸터앉았다. 숨 막히는 일과에서 벗어나 한숨을 돌리는 시간이었다.

하지만 그날은 달랐다.

뭐라 형용할 수 없는 위화감이 방 안을 떠돌았다. 가구가 움직인 것도 아니었고 어지른 흔적도 없었지만 아침과는 무언가 달랐다.

만약 도둑이라도 들었다 해도 사층 옥상 뒷방에까지 침입하리라고는 생각하기 힘들었다. 편지 사건도 머릿속을 스쳤지만 이제 더 이상 왕궁에서 일하는 사람들을 의심하고 싶지 않았다.

아리아드네는 무심코 방 한쪽 구석에 있는 호두나무로 만들어진 벽장 쪽을 보았다.

평소에는 반듯하게 닫혀 있을 터인 벽장문에서 옅은 핑크색의 드레스 자락이 살짝 비집고 나와 있었다.

막시밀리안과 제롬에게 선물 받은 드레스였다. 어느 쪽을 골라야 할지 고민하며 구겨지지 않도록 옷걸이에 걸어서 벽장 속에 넣어두었던 터였다. 그 소중한 드레스 자락이 비집고 나온 채로 문을 닫았을 리가 없다.

벽장문을 연 순간, 아리아드네의 등줄기에 식은땀이 확 솟구쳐 흘러내렸다.

"이럴 수가… 말도 안 돼……."

솜이 들어간 새틴 옷걸이에 걸려 있던 드레스 두 벌이 형체를 알아볼 수 없을 정도로 갈기갈기 찢겨 있었던 것이다.

드레스뿐만이 아니었다. 비즈가 달린 펌프스와 드레스

안에 착용하는 전용 코르셋과 페티코트, 고래수염으로 만들어진 파니에 등 속옷 종류에 이르기까지 수선을 할 수 없을 만큼 잘게 가위질을 해놓았다.

진주 목걸이도 잡아 뜯겨 있었고, 귀걸이 같은 금붙이도 휘어져 있었다.

게다가 데뷔탕트의 참석을 증명하는 디아뎀 두 개까지 홀연히 사라져버린 것이었다.

이래서는 데뷔탕트에 나가고 안 나가고의 문제가 아니었다. 막시밀리안와 제롬도 낙담하겠지. 그뿐이라면 다행이지만,

'하인이든 귀족이든 사람의 법도에 어긋나는 짓을 하는 족속들은 절대로 용서치 않을 것이다.'

그렇게 공언하던 막시밀리안의 으르렁대는 듯한 목소리가 아직 귓가에 남아 있는 것 같았다. 분노로 불타던 붉은 눈동자. 그가 알게 되면 분명히 왕궁 전체를 둘러싼 큰 소동이 일어날 터였다.

방에 들어온 순간부터 마음속 어딘가에서 예상하고 있던 일이 지금 눈앞에 펼쳐졌다. 이런 식으로 자신을 향한 악의를 또다시 눈으로 확인하자 충격이 컸다.

어쩌지.

노골적인 악의를 받은 아리아드네는 다리가 떨려 제대로 서 있을 수 없어서 그 자리에 흐물흐물 주저앉아 버렸다.

아리아드네는 나네트 이외의 하인들과는 어중간한 관계

를 맺고 있었다.

누가 범인인지는 도무지 짐작이 가지 않았다. 아리아드
네의 눈에는 다른 하인들 모두 열심히 일하고 있는 것처럼
보였고, 편지 사건도 그렇고 드레스 사건도 그렇고 자신을
이렇게 골탕 먹일 만한 인물이 짚이지도 않았다.

"나… 이제 어쩌면 좋지……?"

아리아드네는 혼잣말을 했다.

일어설 기력조차 잃고 어둠속에서 웅크리고 앉아 있자
왕비의 처소에서 작은 벨 소리가 들려왔다. 잠자리에 들기
전에 밀크티를 드시고 싶다는 거겠지. 왕비는 아주 가끔이
지만 잠들기 전에 밀크가 들어간 음료를 주문하고는 했다.

아리아드네는 마음을 추스르지 못한 채, 멍한 상태로 왕
비의 방에 차 도구를 옮겼다.

"이렇게 밤늦게 불러서 미안하구나. 차가 좀 마시고 싶
어서."

왕비는 침대 위에서 상반신을 일으켜 세우고 커다란 쿠
션에 기대어 앉아 있었다.

"아… 아닙니다. 신경 쓰실 것 없습니다."

왕비 앞에서는 밝고 즐거운 이야기만 하려고 마음먹었는
데도 불과 얼마 되지도 않는 시간 동안에 두 번이나 지독한
괴롭힘을 받은 탓인지 뜻대로 되지 않았다.

하지만 소동만은 일으키고 싶지 않았다. 자신이 아무리
왕실과 먼 일가에 해당하는 공작가의 딸이고 온힘을 다해

서 열심히 일한다고 해도, 늘 성가신 일의 중심에 있어서는 해고당할 수밖에 없었다.

아리아드네는 애써 억지웃음을 지었다. 하지만.

"…또 무슨 일이 있었던 거지?"

왕비는 캐노피 레이스의 그림자에서 막시밀리안과 쏙 빼닮은 적동색 눈동자로 아리아드네의 얼굴을 바라보며 말했다.

"누구한테 괴롭힘을 당한 거니? 말해 보렴."

"아닙니다. 왕궁에 계신 분 모두가 친절하게 대해주고 있습니다. 괴롭힘이라니… 그런 일은 없습니다."

안 돼. 아무리 속상해도 울어서는 안 돼.

입술을 깨물고 눈물을 참으며 아리아드네는 온힘을 다해서 입가를 끌어올렸다. 괴롭고 힘든 일이 있어도 아리아드네는 이렇게 웃어왔다. 괜찮아, 반드시 해결책이 있을 거야… 라고.

하지만 오늘만큼은 제대로 웃을 수 있을지 어떨지 확신할 수 없었다.

"네 얼굴에 먹구름이 드리워져 있으니 신경 쓰이는걸. 내 앞에선 거짓말은 하면 안 돼."

"왕비님……"

이미 편지에 관한 일은 왕궁 전체에 소문이 퍼져 있었다. 당연히 왕비의 귀에도 들어갔을 터였다.

"말해 보렴. 네가 내 곁에서 시중을 드는 시녀라고는 하지만, 보아모르티에가는 왕가와 연관된 유서 깊은 가문. 그 집안의 아가씨를 우리가 맡고 있는 한 널 괴롭히는 건 왕실에 대한 모욕과 같단다."

날카로운 어조에 더 이상 숨길 수 없을 것 같았다.

아리아드네는 어떻게 말하면 좋을지 갈피를 잡을 수 없어서 말없이 왕비의 방을 뛰쳐나와 자신의 방으로 돌아가서 갈기갈기 찢어진 드레스 두 벌을 가지고 왔다.

왕비는 눈을 살짝 크게 떴을 뿐, 아무 말 없이 손을 뻗어서 이미 헝겊조각이 되어버린 두 드레스를 매만졌다.

"막시밀리안과 제롬에게 받은 선물을 낮에 누구든지 들어올 수 있는 숙소의 벽장 속에 보관한 너한테도 책임은 있는 거구나."

지당한 말이었다.

왕비의 말은 신랄했다. 아리아드네는 흘러넘칠 것만 같은 눈물을 필사적으로 참기 위해서 눈을 질끈 감고 입술을 깨물었다.

"하지만 지금 그곳은 네가 머무는 공간일 터. 타인의 방에 마음대로 들어와, 게다가 데뷔탕트에서 입을 중요한 드레스를 갈기갈기 찢은 하인이 지금도 이 왕궁에서 태연한 얼굴로 일하고 있을 거라는 생각을 하기만 해도 기분 나빠서 참을 수 없구나."

늘 매우 엄격하게 들리던 그 말에 담긴 자상함에 주체할 수 없는 억울함과 슬픔으로 아리아드네의 얼굴은 일그러졌고 눈은 몹시 시큰거렸다.

"내 앞에서 눈물은 보이지 말라고 했잖니. 울면 안 돼.
…울면 졌다는 걸 인정하는 거야."

"죄… 죄송합니다."

아리아드네는 손수건을 꺼내어 눈시울에 가만히 갖다댔
다. 아리아드네의 노력에 눈물은 멈추었고, 다행히도 왕비
에게 우는 얼굴을 보이지 않고 끝낼 수 있었다.

그 모습을 잠시 지켜보던 왕비는 침대 위에서 상반신을
일으켜 몸을 틀어 비즈로 장식된 새틴 실내화에 맨발을 집
어넣었다. 아리아드네가 부축하자 왕비는 안쪽에 자리한
드레스 룸을 향해서 발걸음을 옮기기 시작했다.

"그 못된 하인을 깜짝 놀라게 해줘야지. 아리아드네, 넌
어떻게 해서든지 무도회에 나가야 해."

"왕비님……?"

침실 안에 위치한 떡갈나무 한 장으로 만들어진 드레스
룸의 문을 열자 방충제 역할을 하는 포푸리 향기가 코끝을
스윽 간질였다.

"우선은 드레스랑 디아뎀이겠지. 그것만 있으면 데뷔탕
트에 나갈 수 있잖아."

왕비는 옷장 안에서 더 안쪽으로 나아가 드레스 한 벌과
작은 티아라를 들고 나왔다.

"내 건 낡아서 미안하구나."

그것은 카나리아 옐로 빛을 띠는 새틴 드레스였다. 가느

다란 허리가 도드라져 보이도록 스커트는 파니에로 크게 부풀려져 있었고, 화려한 프릴에는 진주가 들어간 자수가 놓여 있었다. 가슴 언저리는 깊게 파여 있었고, 등도 경박하게 보이지 않을 수준으로 아슬아슬한 라인을 그리고 있었다. 풍만한 가슴이 보일 듯 말 듯 한, 언뜻 보기에는 선정적인 디자인이면서도 퍼프 슬리브에는 장미 봉오리와 나팔꽃 모양의 소매가 붙어 있어서 무척이나 앙증맞았다.

확실히 최신 유행에는 뒤떨어져 있을지도 모르지만, 오히려 그 복고적인 느낌이 정성스러운 바느질과 고급스러운 소재와 어우러져서 드레스를 무척이나 품위 있어 보이게 했다.

"예뻐……."

무척이나 화려하고 아름다워서 아리아드네는 넋을 놓고 말았다.

디아뎀은 지금의 것과 디자인이 전혀 다르지 않았다. 아마도 왕비가 사교계에 데뷔하기 전부터 데뷔탕트 디아뎀은 모양이 바뀌지 않은 듯했다. 그 역사의 무게감에 또다시 몸이 움츠러드는 듯한 느낌이 들었다.

"내가 현재 국왕을 처음 봤을 때, 이 드레스를 입고 있었단다. 이 드레스는 말이지, 마법이 걸린 행운의 드레스야."

아리아드네는 믿을 수 없는 상황에 드레스를 손에 들고 우두커니 서 있었다. 자세히 보니 왕비의 방에 걸린 초상화 속의 그녀가 입고 있던 것이 이 드레스였다.

"그럴 수는… 없습니다, 왕비님. 이런 소중한 물건을 빌려주시면 더럽혀질지도 모릅니다."

"네가 이걸 입지 않으면 이 드레스도 나와 마찬가지로 늙어갈 뿐이란다. 이렇게 예쁜데 불쌍하잖아? 마지막 꽃길을 장식해 주렴."

"하지만……."

"그럼 이렇게 하자꾸나. 이번에는 특별히 내가 신데렐라에 등장하는 마법사가 되어줄게."

"…네에?"

"알지? 신데렐라 동화."

왕비가 장난스럽게 웃었다.

"네에……. 마법사가 신데렐라에게 마법을 걸어서 무도회에 가게 해 준다는 이야기지요."

아리아드네는 왕비가 느닷없이 무슨 말을 하는 건가 하고 그녀의 입가를 바라보고 있었다.

"그래. 하지만 마법사는 호박 마차와 멋진 드레스와 유리 구두는 만들어 줬지만, 신데렐라의 얼굴이랑 몸은 바꾸지 않았어. 그 아이가 마법사를 통해 얻은 것은 기회였지. 그리고 같은 조건에 있던 다른 아가씨들을 이겼어. 혹시 신데렐라 이야기를 동경한다면 너한테도 그만한 실력이 있어야 할 거야… 무슨 말인지 알지?"

왕비가 조용히 말했다.

"너한테 그런 실력이 있다면 이 드레스는 분명히 널 행운으로 이끌어 줄 거란다. 데뷔탕트에 나가서 한 곡이라도 좋으니 신사분과 왈츠를 추고 어엿한 여성이 되어 이 방에 돌아오도록 하렴."

이건 꿈일까?

막시밀리안과 닮아 냉소적이고 변덕스러운 왕비라고 생각했는데, 마법사 할머니의 역할을 자처할 줄이야…….

아리아드네는 왕비의 드레스를 품에 꼭 끌어안았다. 그러자 한 번 멈추었던 눈물이 또다시 흘러넘치려고 했다. 하지만 온힘을 다해서 참아야만 했다.

"네 성격으로는 소동이 일어날까 봐 범인을 찾는 데에 협력해 주지 않을 거잖아?"

"…네."

"이 드레스 룸에 있는 한 드레스는 걱정하지 않아도 돼. 이곳에 들어가려 하는 무엄한 자는 내가 모두 체크해 줄게. 저 침대에서 하루 종일 누워 있으니까."

왕비님을 파수꾼으로 삼다니 터무니없는 일이다!

고개를 가로저으며 드레스를 돌려주려고 했지만, 왕비는 받으려고 하지 않았다.

"됐으니 갈아입고 보여주렴. 나도 삼십 년 만에 그 드레스가 보고 싶구나."

왕비는 그렇게 말한 후 안쪽에 있는 탈의실에 억지로 아리아드네를 밀어 넣고 문을 닫아버렸다.

3장
짓밟힌 데뷔탕트

그리고 마침내 데뷔탕트 날이 찾아왔다.

아리아드네는 휴가를 얻어서 이른 아침부터 몸을 청결히 하고 화장을 하며 데뷔탕트를 준비했다.

이윽고 해가 저물고 왕궁 내에 놓인 촛대에 양초의 불빛이 밝혀지자, 아리아드네는 홀로 대연회장으로 향했다.

아리아드네는 호화롭고 아름다운 왕궁에 평소에도 혀를 내두르고는 했지만, 처음 발 내딛는 대연회장은 더욱 압권이었다.

연회장 벽 전체를 뒤덮은 거울이 촛대에 세워진 양초의 불빛을 난반사하고 있었다. 그리고 천장 한 면에 그려진 프레스코화와 벽에 걸린 초상화나 풍경화, 크리스탈 유리로 만들어진 커다란 샹들리에 등이 멋을 한껏 낸 남녀를 내려다보고 있었다.

자줏빛을 바탕으로 검은 기하학적 무늬가 들어간 조밀하게 짜인 카펫이 바닥에 깔려 있었고 안쪽에는 반쿠르 대공 전하의 초상화가 걸려 있었다.

거무스름한 적색의 벨벳 융단이 깔린 긴 의자와 일인용 소파는 모두 마호가니제였으며 우아한 곡선을 그렸다.

오늘 밤 반쿠르에서 열리는 무도회는 가면무도회였다. 가면무도회에서는 데뷔탕트에 나가는 소녀 이외에는 모두 가면을 쓰는 것이 관례였다. 그것은 급사와 왈츠를 연주하는 악단의 단원들도 철저히 지키고 있었다.

데뷔탕트란 소녀들에게 있어서 어엿한 숙녀가 되기 위한 의식과 같은 것이었으므로, 주인공인 소녀 이외의 사람들이 눈에 띄는 것은 의미가 없었다.

옅은 색을 바탕으로 한 드레스를 입고 있는 아가씨들과는 대조적으로 오늘 데뷔탕트에 참가하는 아가씨의 어머니나 이미 사교계에 데뷔한 여성들은 어두운 남색이나 짙은 녹색, 거무스름한 붉은 색 등의 어두운 계열의 드레스를 입는 것이 관례였다. 남성들은 모두 검은 연미복을 입고 있었고, 남녀 모두 얼굴을 절반쯤 뒤덮는 하얀 가면을 쓰고 있었다.

무수히 밝힌 양초의 불빛이 대연회장 옆의 앞방[前室]을 비추고 있었고, 오늘 밤에 데뷔할 아가씨들의 머리 위에 씌워진 디아뎀과 몸에 달고 있는 보석들이 눈부실 만큼 반짝이고 있었다.

그녀들 모두 처음 참석하는 무도회에 부푼 가슴을 안고 있었다.

아마도 연령은 열여섯에서 열여덟 정도. 귀족 계급 사이에서는 열여덟까지 데뷔탕트를 마치는 것이 통례였기 때문이다.

첫 무도회를 앞에 두고 긴장하고 있던 아리아드네는 눈에 띄지 않도록 조용히, 무도회가 열리기를 기다리는 숙녀들 맨 끝에 나란히 섰다.

"어머나……."

"저 드레스 멋지다."

여기저기에서 그런 속삭임이 들려오자 아리아드네는 조금 부끄러워졌다.

젊은 시절의 왕비가 입고 데뷔탕트에 참석했다고 하는 카나리아 옐로빛 드레스는 아리아드네의 땋아 올린 금발에 무척이나 잘 어울렸다. 사이즈도 다행히 맞춘 듯 딱 맞았다.

대연회장 전체에 놓인 양초의 밝은 불빛을 받자 옅은 노란색 소매가 금색으로 빛나 보여서 화려하고 아름답다고밖에 표현할 길이 없었다.

가느다란 목을 장식한 것은 디아뎀에 뒤지지 않을 만큼 호화로운 다이아몬드 목걸이였다. 이것 또한 왕비에게 빌린 물건이었기에 세공의 훌륭함과 화려함으로 말하자면 데뷔탕트에 참석한 남녀로부터 감탄의 숨결이 새어나오는 소리가 들릴 정도였다.

하지만 그뿐이었다.

잠시 후, 무도회 개최를 알리는 팡파르 소리가 울려 퍼졌다.

주위의 아가씨들은 남성들이 이끄는 대로 홀에 나가서 왈츠 대열에 연이어 합류했지만, 아리아드네에게 춤을 청하려 하는 남성은 없었다. 그러기는커녕 아리아드네의 얼굴을 보고 보아모르티에 공작의 딸이라는 사실을 안 이들로부터 호기심과 멸시의 눈초리를 받았다.

"저 사람이 가난뱅이 공작의 딸이었어?"

그렇게 서로 속닥이는 소리가 들려오자 아리아드네는 그때 처음으로 아버지가 다른 귀족들에게 어떻게 불리고 있는지를 알았다.

가슴에 한심스러움과 분노의 불길이 타올랐다. 아리아드네는 빨갛게 물들인 입술을 꽉 깨물었다.

이럴 때 곁에 …가 있어주면 좋을 텐데.

아리아드네는 자신의 마음의 속삭임에 깜짝 놀랐다.

곁에 있어줬으면 하는 사람은 제롬? 아니면 막시밀리안?

시선은 자연스럽게 마스크를 쓴 연미복 차림의 남자들 사이에서 헤매었다. 남자들 사이에서 적동색 머리카락을 한 키 큰 남자를 발견하고서는 한숨을 내쉬었고, 윤기 나는 검은 머리카락을 한 남자를 발견하고서는 가슴이 고동쳤다.

바보.

두 사람이 아무리 드레스를 선물해 줬다고 해도 너무 분수를 모르잖아. 그 두 사람은 날 단순히 왕비의 곁에서 시중드는 시녀로밖에 보고 있지 않을 거야. 그러니까 드레스를 선물해서 데뷔탕트에 데리고 온 거지.

데뷔탕트에 참석한 여자아이들이 연이어 남성의 손에 이끌려 대연회장으로 나갔다. 아리아드네에게 춤을 청하려는 남성은 나타나지 않았다. 하는 수 없이 앞방 구석에 가서 부채를 펼쳐 얼굴을 가리고 고개를 숙이고 있었다.

그때의 소년은 '꼭 데리러 갈 테니까'라고 말했지만 이게 현실이겠지…….

아리아드네는 어린 시절의 추억을 생각하며 언제까지고 나약하게 감상에 젖어 있는 자신을 질책했다.

데뷔탕트도 왕궁에서 계속 일하기 위한 과정이야. 보아모르티에가를 위한 일이니까 견뎌야 해, 아리아드네.

그렇게 자신을 타이르고 있을 때였다.

"아름다운 아가씨. 저와 춤추시지 않겠습니까?"

아리아드네의 손을 레이스 장갑 위로 억지로 끌어당긴 남자가 있었다.

촛불의 불빛에 반짝이는 스트로베리 블론드 색의 생머

리. 갈색이 감도는 루비색의 눈동자. 가면을 쓰고 있어도 금방 알 수 있었다. 제롬이었다.

"아, 저기… 그……."

"데뷔탕트에 나오면 나랑 춤추기로 약속했지?"

다음 곡의 연주가 시작되자 거절할 틈도 없이 제롬은 깊게 파인 그녀의 등에 팔을 둘렀고, 두 사람은 홀 중앙으로 걸어 나왔다.

"저… 저 왈츠를 춰본 지 오래 돼서… 아마도 엄청 서툴 거예요."

"괜찮아. 그런 건 신경 쓰지 마. 나한테 맡겨줘."

제롬은 가면 너머로 숨겨진 고동색 눈을 가늘게 뜨고 멋진 형태의 입술에 미소를 머금었다.

왈츠를 추다니, 어릴 적 이후 처음이었다. 마지막에 췄던 것은 보아모르티에가의 주최로 만찬회가 열렸을 적에 할아버지가 세상을 떠나기 직전이었다. 하지만 스텝도 턴도 몸이 어렴풋이 기억하고 있었다. 아마도 제롬이 능숙하게 리드해 준 덕분에 생각난 거겠지.

"그 드레스, 잘 어울리는군. 내가 선물한 것보다 훨씬 멋져."

제롬은 춤을 계속 추며 아리아드네의 뺨에 입술을 가까이 대고 속삭였다.

"…고맙습니다. 이건 왕비님께 빌린 거예요."

"그거 잘됐군. 어쨌든 오늘 데뷔탕트에 나올 수 있게 된

걸 축하해."

제롬은 온화하게 미소 지었다. 아마도 그는 왕비에게서 자초지종을 들은 것이 틀림없었다. 아리아드네에게 온 사적인 편지가 공개되었다는 사실도, 선물 받은 드레스가 갈기갈기 찢어졌다는 사실도 모두.

아리아드네는 가면에 뚫린 두 구멍으로 그의 눈을 바라보았다. 그도 마찬가지로 아리아드네를 바라보았다.

당신이 그때의 소년인가요?

그 말을 묻고 싶은 충동이 목구멍에까지 치밀어 올라왔지만 이상하게도 아무리 애를 써도 목소리가 나오지 않았다.

"아리아드네, 이제 곧 곡이 끝날 거야. 그 의미를 아니?"

"아… 네에. 어엿한 여성으로서 왕비님의 시중을 제대로 들 수 있게 되었다는 뜻이지요?"

"아니야. 넌 진짜 의미를 모르고 있구나. 데뷔탕트에서 왈츠를 한 곡 추고 나면 어른들의 무리에 들어올 수 있어……. 즉, 남성이 널 연애 대상으로서 볼 수 있다는 뜻이야."

"네에……?"

아리아드네는 되물었다. 데뷔탕트에 그런 의미가 담겨 있을 줄은 몰랐다.

"넌 이제부터 계속해서 열릴 무도회에 몇 번쯤 초대받아서, 머지않아 어떤 남성과 첫눈에 반해 결혼하게 되는 거야."

제롬님이 그렇게 말해도 가난뱅이 공작 딸에게 손을 내밀 남성은 없겠지만…….

아리아드네는 자연스럽게 주위를 둘러보았다. 춤추는 아리아드네를 멀리서 둘러싸고 숙덕대는 귀족들은 있어도, 다음 곡에서 왈츠를 청하려 하는 남성은 역시 없는 듯했다.

"내가 널 그런 눈으로 봐도 될까?"

"네에……?"

제롬의 입술에서 흘러나온 말에 아리아드네는 한순간 자신의 귀를 의심했다. 되물을 틈도 없이 악단은 왈츠의 마지막 한 소절의 연주를 마쳤다.

"자, 이 순간부터 넌 어엿한 숙녀야."

제롬이 얼굴을 가까이 대고 귓가에 그렇게 속삭였다.

곡이 끝나자 실내의 사람들이 아리아드네와 제롬을 주목하고 있다는 것을 알 수 있었다. 가면무도회라고는 하지만, 코 윗부분부터 가리는 간소한 가면이었기 때문에 제롬의 정체는 금방 알아차릴 수 있을 터였다.

게다가 함께 춤춘 것은 반쿠르 귀족들의 수치라고 일컬어지는 보아모르티에가의 장녀 아리아드네다.

"저… 역시……."

가난뱅이 귀족의 딸 주제에 반쿠르 가의 자제와 왈츠를 추는 것을 용납하지 못하는 이들도 여럿 있을 터였다. 아리아드네는 질투와 선망이 뒤섞인 싸늘한 시선이 깊게 파인 등을 몇 번이고 찌르는 것을 느꼈다.

같은 시선을 느꼈는지 제롬이 말했다.

"여긴 공기가 안 좋군. 바깥 공기를 쐬는 편이 좋을지도 모르겠어."

그리하여 제롬은 레이스 장갑에 둘러싸인 그녀의 작은 손을 잡고 두꺼운 캐노피 융단으로 만들어진 커튼 뒤에 있는 발코니로 아리아드네를 데리고 갔다. 발코니 구석에는 완만한 대리석 계단이 이어져 있었고, 그 계단으로 안뜰에 내려갈 수 있었다.

오늘은 보름달이 떠 있었다. 낮처럼 달빛이 밝게 비치는 안뜰을 가로질러 제롬은 아리아드네를 끌고 가듯 성큼성큼 걸었다.

"잠깐… 제롬님. 기다려 주세요."

제롬을 따라가기 위해서는 종종걸음으로 걸을 수밖에 없었다. 발에 익숙하지 않은 펌프스를 신고 걷고 있었기 때문에 아리아드네는 다리에 둔탁한 통증을 느꼈다.

아리아드네는 평소와 다르게 강압적이고 다급한 모습인 그를 당혹스러운 눈빛으로 보았지만, 그는 개의치 않고 정원 구석에 있는 온실로 들어갔다.

에칭 기법을 이용한 유리문을 연 순간, 아리아드네는 꽃과 흙의 짙은 향기에 숨이 턱 막힐 것 같았다.

그 온실에는 남쪽 나라에서 채집한 나비와 새들이 모여 있었고 진귀한 나무들이 울창하게 우거져 있었으며, 가운데에는 난꽃이 흐드러지게 피어 있었다. 남쪽 나라의 나무는 하나같이 키가 크고 커다란 잎이 나 있었기 때문에 온실 밖에서 언뜻 봐서는 그리 쉽게 안쪽의 모습을 들여다볼 수 없게 되어 있었다.

온실 중앙에 있는 자그마한 공간에는 백목으로 만들어진 간소한 티 테이블과 의자 두 개가 놓여 있었다.

제롬은 아리아드네에게 의자에 앉도록 권한 후, 그녀의 앞에 서서 가면을 벗어던지고 천천히 입을 열었다.

"난… 널 내 사람으로 만들고 싶어. 네가 좋아."

꿈같은 말이었다. 어릴 적에 그 약속을 한 이후부터 아리아드네가 쭉 꿈꾸어왔던 현실이 지금 이곳에서 실현될지도 모른다는 생각을 했다.

확실히 공작가의 딸이라면 같은 공작가의 자제를 연애 상대로 삼기에 적합할 것이다. 하지만 지금의 자신은 한낱 시녀에 지나지 않는다. 게다가 육천만 클랑이나 되는 거액의 담보로 잡혀 있다.

좋다고 대답하고 싶은데 머릿속에서는 온갖 변명이 격렬하게 맞서 싸우며 목구멍이 들러붙은 듯 말이 나오지 않았다.

나는 어째서 제롬님에게 답할 수가 없는 걸까……?

입술을 다문 채 고개를 숙인 아리아드네의 뺨을 제롬이 다음 말을 재촉하듯이 뜨거운 손가락으로 매만졌다.

하지만… 나…….

제롬을 싫어하지는 않는다. 이렇게 둘이 있으면 가슴이 두근거렸고 머릿속이 아찔아찔했다. 하지만 이게 확실히 몸의 반응이기는 하나, 무언가가 다르다고 몸속 깊숙한 곳에서 외치는 목소리가 들려 왔다.

또다. 또 이런 느낌.

"이 손으로 날 만져주지 않을래?"

아리아드네의 가냘픈 손가락을 거세게 잡고 마치 충성을 맹세하듯이 그는 레이스 위로 그녀의 손등에 입맞춤했다.

하지만 이번에는 그것만으로 끝나지 않았다. 손등에서 손가락으로 기어온 입맞춤이 손바닥에까지 도달했다.

망설이고 있으니까 안 되는 거야. 제롬님이 그때의 소년이 맞는지 아닌지 확인하려면 지금밖에 없어.

하지만 어떻게 해야 할까…….

아리아드네가 손등으로 그의 입맞춤을 받으며 머뭇거리고 있자 예상치도 못한 거센 힘으로 그가 끌어안았다.

얼른 일어나려고 했지만 이를 저지하듯 그녀의 등에 두른 그의 손에 힘이 들어갔다.

"안심해도 돼. 여기엔 아무도 안 오니까."

"하지만……."

"가만히 있어."

그리고 마치 물에서 소중한 무언가를 건져 올리는 듯한 손짓으로 양 뺨을 감싸듯이 들어 올린 제롬이 아리아드네의 입술에 자신의 입술을 떨어뜨렸다.

쪼옥 하고 소리를 내며 입술이 떨어졌다. 아리아드네는 명한 표정으로 제롬을 올려다보았다. 그는 장난스러운 웃음을 지으며 또다시 아리아드네의 입술에 자신의 입술을 갖다댔다. 입술은 더욱 깊게 서로에게 닿았고 타액에 젖은 부분이 포개어졌다.

"만져도 될까?"

"네에……?"

아리아드네의 답은 듣지도 않고 제롬이 손을 움직였다.

파니에를 넣어 풍성한 스커트 자락 안으로 손이 들어왔다.

"…하아아……."

레이스로 만들어진 얇은 페티코트 너머로 허벅지를 만지자 아리아드네는 그 손의 열기에 무심코 소리를 내고 말았다.

스스로도 귀를 틀어막고 싶어지는 수치스러운 소리였다. 그 소리를 막듯이 제롬이 각도를 바꾸어 입맞춤했다.

묘한 위화감이 입술을 찔렀다.

아리아드네에게 입맞춤을 하면서 제롬은 화이트 타이를 풀고 재킷 단추에 가만히 손을 대고 똑똑 소리를 내며 단추를 풀었다. 달빛 아래, 상상했던 것보다 훨씬 다부진 가슴 근육이 셔츠 너머로 드러났다.

반쿠르에는 군대 최고의 지위에 있는 왕이 있고, 왕위 계승권을 가진 이가 자동적으로 군대를 지휘하는 장군직을 맡도록 되어 있었다. 막시밀리안과는 대조적으로 제롬은 시와 음악을 사랑하는 낭만적인 사람이라고 알려져 있었지만, 그도 역시 군인이었다. 최소한 몸을 단련하는 것만큼은 소홀히 하지 않는 듯했다.

제롬이 웃음 짓자, 어쩜 이렇게 대담한 행동을 하는 걸까 하고 또다시 부끄러워진 아리아드네의 뺨은 불에 덴 것처럼 붉어졌다.

셔츠 앞이 벌어지자 의외로 다부진 가슴이 달빛에 드러났다. 입맞춤을 받으며 휘감아오는 그의 혀에 숨결을 빼앗기면서도 아리아드네는 제롬의 가슴 윗부분을 보았다.

"…읍!"

오리온의 허리띠처럼 같은 간격으로 늘어선 점 세 개.

적당한 근육질의 가슴에서 쇄골에 걸쳐 확실히 그 점이 있었다.

아아, 그가 역시 그때의 소년이었구나…….

동경하던 소년과 십몇 년 만에 재회하게 된 것인데도, 그 기쁨 탓인지 아리아드네의 머릿속은 안개가 낀 것처럼 멍했다.

아리아드네의 의도와 달리 제롬의 입술이 뺨으로 이동했고 귀걸이로 장식한 귓불을 부드럽게 깨물었다. 그는 그녀의 귀에 숨결을 불어넣으면서도 한 손으로는 드로어즈를 더듬고 다른 한 손으로는 드레스 위로 가슴을 잡듯 움켜쥐었다.

"아… 파……."

옷감을 사이에 두고 있었지만, 남성이 자신의 가슴을 만지는 것은 첫 경험이었다. 아리아드네는 놀라서 엉겁결에 제롬의 어깨를 건너편으로 밀어제쳤다.

"아……."

두 사람 사이에 침묵이 흘렀다.

"…미안, 내가 너무 서둘렀지."

제롬의 사과에 아리아드네는 정신이 돌아왔다. 그만큼 열렬하게 자신을 원했던 것이 거짓말처럼 두 사람 사이에는 차가운 기류가 흐르고 있었다.

"저야말로… 죄송합니다."

당신의 마음에 응할 수 없어서. 아리아드네는 혼신을 다해 사과했다.

제롬은 흐트러진 셔츠를 정돈하고 타이를 고쳐 맸다. 아리아드네도 그를 따라서 드레스 매무새를 정돈했지만, 입맞춤으로 지워져버린 입술연지만큼은 어떻게 할 도리가 없었다. 엄청난 수의 양초가 촛대 위에서 밝게 불타고 있는 무도회장에는 이제 돌아갈 수 없겠지.

"돌아갈까? 데뷔탕트의 밤을 좀 더 즐기는 편이 좋을 테니."

제롬은 가면을 고쳐 쓰고 아리아드네를 향해서 손을 내밀었다. 아리아드네가 고개를 가로저어서 거부의 뜻을 밝히자, 제롬은 입술 언저리로 부드러운 미소를 지었다.

"혹시 나한테 화난 거야?"

"아니요. 입술에 화장이……."

"아아. 미안. 그거라면 화장 담당을 부를까?"

"…아니요. 괜찮습니다."

아리아드네는 웃음 지으며 고개를 흔들었다.

"실은… 다리가 아파서요. 평소에 목구두만 신고 있어서, 굽이 높은 신발은 익숙하지가 않아요."

"그럼 여기서 잠시 쉴까? 여기라면 조용하고 무도회 손님들도 오지 못할 테니까."

제롬은 테이블을 사이에 두고 건너편에 있는 의자를 끌어당겼다. 아리아드네는 그의 얼굴을 마주할 낯이 없었다. 더 이상 그에게 마음이 있는 듯한 행동을 해서는 안 되었다.

"제롬님. 저 혼자 있게 해주시겠어요?"

"이런 어두운 곳에 널 혼자 두고 갈 수는 없지."

제롬이 고개를 가로저었다.

"괜찮아요. 이런 드레스를 입고 있어도 전 가난뱅이 공작의 딸이고 여기는 왕궁 안인걸요. 아무 걱정할 필요 없으세요. 게다가 전 그런 시끌벅적한 장소가 익숙하지 않아요."

아리아드네가 그렇게 말하며 웃음 짓자 제롬도 웃음 지어 보였다.

"정말 혼자 있어도 괜찮겠어? 무섭지 않아?"

"네."

"그럼, 난 연회장에 먼저 돌아가 있을게."

그렇게 말하고 제롬은 온실을 나갔다.

그의 뒷모습을 배웅하면서 아리아드네는 흐리멍덩한 머리로 생각했다.

그가 바로 내 첫사랑인데, 그가 나를 원하고 있는데 어째서 나는 그를 거부하는 걸까.

앞으로 나아가는 것이 두려웠다. 두렵지만… 첫사랑인 그 소년과 함께라면 헤쳐 나갈 수 있을지도 모르는데…….

제롬이 정말 그때의 소년이라면.

으응, 분명 그럴 거야, 가슴에 그 증거인 점이 있잖아. 그런데도 난 어째서 그를 믿지 못하는 걸까……?

그때 뇌리를 스쳐 지나간 것은 같은 눈동자 색을 한 막시밀리안 왕자였다.

"어째서 그 사람이 생각나는 거야. 내 첫 키스를 억지로 빼앗아간 남자잖아!"

아리아드네는 머리카락이 흐트러질 정도로 고개를 힘차게 가로저었다.

"휴우……."

기껏 그 소년의 정체를 알았는데 마음에 커다란 구멍이 뻥 뚫린 것처럼 허무했다. 아리아드네 자신도 자신의 마음이 어디에 있는지 알 수 없었다. 자신에게 묻는 '어째서'라는 의문만이 가슴에서 솟구쳤다.

별수 없는 일을 아무리 생각해 봤자 나오는 것은 한숨뿐이다. 아리아드네는 무도회가 열리고 있는 연회장에 돌아가지 않고 자신의 방으로 돌아가기로 했다.

대연회장에서 펼쳐지고 있는 왈츠 연주와 이를 즐기는 사람들의 떠들썩한 소리가 바람을 타고 귀에 닿자 괜히 슬퍼졌다.

"가난뱅이 귀족인 나한테는 창고가 어울리겠지."

그렇게 혼잣말을 하고 펌프스를 고쳐 신자 양쪽 무릎에서 욱신거리는 통증이 밀려올라왔다.

제롬과 왈츠를 췄던 것은 둘째 치고 그 뒤에 종종걸음으로 달렸던 탓에 실크 양말이 찢어져 있었고 작고 하얀 발뒤꿈치가 벌게져 있었으며 발톱 끝의 살이 벗겨져 있었다.

이래서는 맨발로 돌아갈 수밖에 없었다.

아리아드네는 실크 양말을 벗고 스커트 자락을 걷어 올린 후 펌프스를 양손에 들고 나무 의자에서 일어났다.

발바닥에 싸늘한 돌바닥의 감촉이 느껴진 그 순간.

등 뒤에서 바스락 하고 잎이 부스럭거리는 소리가 들렸다.

아리아드네는 무심코 고개를 틀어 그쪽을 보고서는 자기도 모르게 숨을 삼켰다.

달빛이 비치는 온실 내부에 울창하게 우거진 남쪽 나라의 식물들. 그 포개어진 커다란 잎 뒤에서 어둠의 색을 한 그림자가 소리 없이 스윽 기어 나오는 것이었다.

"꺄아악!"

갑자기 나타난 침입자에 아리아드네는 비명을 질렀다

눈 부분만을 도려낸 검은 가면으로 얼굴을 가리고 검은 옷과 검은 망토를 걸친 그 인물은 느릿느릿 기어오듯이 아리아드네가 있는 쪽을 향해서 다가왔다. 그 인물은 키가 꽤 컸고 움직임에 무게감이 있었으며, 키와 몸집으로 판단컨대 남성인 듯했다.

한순간 가면무도회의 참가자라고 생각했지만, 그는 보통 귀족은 가지고 있지 않은 섬뜩한 기운을 온몸으로 발산하고 있었다.

"아… 당신은… 누… 누군가요?!"

"……."

"전… 돈 같은 건 없어요. 이런 드레스를 입고 이런 목걸이를 하고 있어도 집안은 가난하고… 지금은 이 궁전에서 일하는 시녀니까요!"

검은 그림자는 아무 답도 하지 않았다. 목소리 대신에 허리에 찬 칼집에서 검을 뽑아서 그 끝을 아리아드네 쪽을 향해 겨누었다.

온실 천장은 투명한 유리로 덮여 있어서 달빛이 수직으로 쏟아지고 있었고, 그 빛에 검이 하얀 강철빛으로 반사되며 번쩍 빛났다. 공포에 떨던 아리아드네는 온몸이 단단하게 경직되었다.

어쩌면.

아리아드네는 무심코 한 발 물러섰다. 그림자가 앞으로 다가왔기 때문이다. 파니에를 넣어 풍성한 드레스 자락이 티 테이블 세트에 닿자 덜컹 하고 작은 소리를 냈다.

내 목숨을 노리는 거구나!

그 순간 아리아드네는 혼신의 용기를 다해 몸을 틀어서 온실의 출입구를 찾아 달리기 시작했다. 맨발로는 종종걸음으로 달릴 수밖에 없었기 때문에 돌바닥의 감촉에 발바닥이 아팠다.

하지만 도망칠 수 없었다. 검은 그림자는 큰 걸음으로 잽싸게 움직여서 아리아드네의 앞으로 돌아와 그녀의 코끝에 아슬아슬하게 닿을 정도로 칼끝을 들이밀었다.

흠칫하며 숨을 삼킨 아리아드네는 고통에 다리를 질질 끌면서도 몸을 틀어서 달렸다. 그러자 또다시 그림자는 아리아드네를 앞질러서 미간을 향해 검을 휘둘렀다. 그림자는 겁에 질려 도망치는 아리아드네를 농락하듯이 온실 내부를 뛰어다녔다.

"어째서 날 노리는 건가요?"

필사적인 마음으로 그림자에게 물었지만, 물론 답은 없었다.

아리아드네는 눈앞에 있는 검에 등을 돌리고 달렸다. 그러자 바로 눈앞에 에칭 기법의 유리문이 있다는 사실을 알아차렸다. 괴한에게 쫓기는 동안에 어느새 온실의 출입구까지 온 것이었다.

아리아드네는 문에 매달려서 무아지경으로 손잡이를 돌렸다.

"아, 안 열려!"

찰칵찰칵 메마른 소리를 낼 뿐, 문은 열리지 않았다. 열쇠는 안에 있을 텐데, 손 주위가 어두워서 잘 보이지 않았다.

"제발, 누군가 알아차려 줘요! 이 문 좀 열어줘요!"

아리아드네는 외치며 유리문을 두드렸다. 그 참담한 소리를 완전히 무시하고 등 뒤로 괴한이 천천히 다가왔다. 오른손에 기다란 검을 들고.

아리아드네는 자신이 결국 막다른 골목에 이르러 도망칠 곳을 잃었다는 사실을 깨달았다. 날카로운 칼끝으로 목을 찌르는 것도, 드레스 위로 심장을 뚫는 것도, 싸늘한 눈빛을 한 괴한에게는 간단한 일일 터이다.

"누… 누가……."

외치고 싶어도 공포에 목이 말라붙어서 목소리가 잘 나오지 않았다. 가령 목소리가 잘 나왔다고 해도 무도회에 정신이 팔려 있는 귀족과 위병들의 귀에 자신의 작은 비명 소리는 닿지 않았을 테지만 말이다.

이제 다 틀렸다.

괴한이 한 발 더 다가왔다.

아리아드네는 열리지 않는 문을 등지고 그 순간이 오는 것을 눈을 질끈 감고 기다렸다. 눈꺼풀에 떠오른 것은 스트

로베리 블론드 머리를 한 추억의 소년도 아니었고 제롬도
아니었다.

……전하.

"우리 왕실의 온실을 피로 더럽히려 하다니, 뭐하는 놈
이냐."

목소리가 들렸다. 겁에 질려 폭발할 듯이 벌렁벌렁 뛰는
심장 소리에 못지않은, 귓속까지 울려 퍼지는 큰 목소리였
다. 그 목소리에 아리아드네는 몸이 움츠러들었다. 분노가
깃든 그 음색은 지금까지 들어본 적 없는 것이었다.

아리아드네는 얼른 숨을 한가득 들이쉬었다.

"살려주세요!"

이윽고 공포심이 목소리가 되어 나왔다.

다음 순간 검과 검이 맞부딪히고, 묵직하고 격렬한 소리
가 온실에 울려 퍼졌다.

아리아드네의 눈앞에서 긴 검이 번쩍였고 결국 괴한의
손에서 검이 떨어졌다.

돌바닥 위에 떨어진 칼자루 부분에 발을 얹은 남자를 보
고 아리아드네는 믿을 수 없는 기분에 가슴이 벅차서 터질
것 같았다.

칠흑의 어둠으로 만든 듯한 검은 연미복, 윤기 있게 반짝
이는 검은 머리카락은 격렬한 움직임에 흐트러져 있었다.
달빛이 비추는 가슴팍에 눈부시게 떠오른 하얀 셔츠와 타
이. 허리에 찬 칼집에는 무수히 많은 칼자국.

그는 자신의 얼굴에서 마스크를 벗어 돌바닥 위로 내던졌다.

"막시밀리안 전하……!"

막시밀리안의 손이 잽싸게 뻗어 와서 아리아드네의 몸을 끌어당겨 가슴에 끌어안았다. 그의 거센 힘에 아리아드네는 신음했다. 그러면서도 불타는 듯한 뜨거운 체온에 안도의 한숨을 내쉬었다.

아리아드네의 몸을 끌어안으며, 적의 숨통을 끊기 위해서 막시밀리안은 또다시 괴한을 향해 검을 휘둘러 내리쳤다.

"꺄악……."

아리아드네는 양손으로 얼굴을 덮었다.

그 순간, 쨍 하는 날카로운 파열음이 귀청을 찢었다. 괴한이 숨기고 있던 단검으로 막시밀리안의 혼신의 일격을 물리쳤던 것이다.

"이런 건방진……!"

다음 일격을 위해서 장검을 고쳐 쥔 막시밀리안에게 폭한은 등을 돌리고 울창하게 우거진 남쪽 나라의 식물 숲을 향해 달아났다.

"거기 서!"

으르렁대는 듯한 소리를 내며 막시밀리안은 검은 그림자를 쫓으려고 했다. 하지만 발을 내딛기만 한 그는 곧 발길을 멈추었다. 그건 아마도 품속의 아리아드네를 배려한 것

인 듯했다.

날카롭게 치솟은 눈이 품속의 아리아드네를 내려다보았
다.

"아리아드네, 괜찮아? 다친 데는 없어?"

"전… 괜찮으니까… 괴한을 쫓아가세요……."

어깨로 숨을 헉헉 내쉬며 용기를 쥐어짜내어 그리 말했
지만, 공포와 안도와 그 외의 영문을 알 수 없는 감정으로
인해 몸속이 찢어질 듯 고동치고 있었다. 어금니까지 덜덜
떨려서 무언가에 매달려 있지 않으면 서 있는 것조차 불가
능했다.

정신이 들고 보니 아리아드네는 막시밀리안의 다부진 목
에 팔을 두르고 뒷덜미에 손가락과 손가락을 단단히 깍지
끼고 매달려 있었다.

"죄, 죄송합니다."

막시밀리안의 목에서 팔을 떼려고 했지만, 양손의 손가
락이 굳은 듯 움직이지 않았다. 이 정도 일로 몸도 뜻대로
움직일 수 없다니 아리아드네는 자신이 한심하게 느껴졌
다.

"괜찮아. 이대로 있어. 위병 있는가! 위병!"

막시밀리안이 커다란 목소리로 두세 번 외치자 얼마 지
나지 않아 군복을 입은 위병이 나타났다.

"역적이 나타났다. 왕궁 안을 샅샅이 찾도록 해라. 그리
고 무도회 손님들을 안전한 장소로 대피시켜라."

"분부대로 따르겠습니다."

막시밀리안의 명령을 받은 위병은 재빨리 물러났다.

그 뒷모습을 보고 아리아드네는 자신에게 일어난 엄청난 사건에 또다시 가슴이 내려앉는 듯한 느낌이 들었다. 경직된 양손에서 이윽고 힘이 빠지자 손가락이 풀려서 금방이라도 떨어질 것 같았다.

"드레스 사건의 자초지종은 어머님께 대강 들었어. 게시판에 네 가족이 보낸 편지를 붙인 것도, 데뷔탕트에서 입을 드레스를 찢고 디아뎀을 빼앗은 것도, 지금 나타난 괴한도 왕궁 안에서 네 존재를 껄끄럽게 여기는 녀석들의 소행이 틀림없어."

막시밀리안은 품에 끌어안은 아리아드네의 뺨에 손을 대고 억지로 얼굴을 위로 향하게 했다. 무척이나 밝은 보름달을 등에 지고 막시밀리안의 얼굴이 떠올랐다.

또 키스 당할지도 몰라.

아리아드네는 막시밀리안의 한일자로 다문 입술을 바라보았다. 그러나.

"그런 사건이 일어난 지 얼마 되지도 않았는데 사람들 눈에 띄지 않는 어두운 장소에 혼자 있으면 안 되지!"

그의 성난 목소리가 떨어졌다.

"…미안해요."

이번만큼은 사과의 말이 입에서 선뜻 나왔다.

"말괄량이 아가씨처럼 행동하는 것도 정도껏 해."

키스가 아니었다는 묘한 안도감과 경솔한 행동을 했다는 미안함이 가슴속에 가득했다.

"어째서 온실에 들어온 거야? 평소에 사람이 거의 없는 장소잖아."

아리아드네는 밤하늘을 향해 열린 발코니를 올려다보며 말했다.

"화려한 장소가 어색해서… 잠시 쉬고 있었습니다. 이 온실이라면 아무도 오지 않을 테니까요."

제롬에게 이끌려서 이곳에 왔다는 사실을 알게 되면 그는 어떻게 생각할까. 차갑게 비웃을까, 아니면 이번에 일어난 일을 수상쩍게 여겨서 대소동이 일어날지도 모른다. 더이상 소동의 중심에 있어서는 안 된다.

"젊은 여성에게 있어서 데뷔탕트는 평생 한 번뿐인 영광스러운 무대로 무척이나 기쁜 것이라 들었는데 너한테는 그렇지 않았나 보군."

결국 데뷔탕트에서는 제롬과 한 곡 추고 밖으로 나왔을 뿐이었다. 한 곡이라도 추면 체면은 유지할 수 있을 테니 그걸로 된 거지만······.

괜한 생각을 해봤자 어쩔 수 없다. 괴한이 나타난 이상 이걸로 무도회는 끝이다.

"그건 그렇고 전하는 어째서 이런 장소에······?"

"난 무도회에는 흥미 없어. 치렁치렁하게 차려입고 춤추는 게 뭐가 재밌는지 전혀 모르겠어. 그래서 안뜰에서 밤바람을 쐬며 시간을 때우고 있었지. 그랬더니 바람을 타고 네 비명이 들려왔어."

"드레스까지 준비해서 절 무도회에 초대해 주셨는데 실은 그런 장소를 싫어한다는 건가요……?"

드레스가 찢어지지만 않았더라면 막시밀리안과 춤출 기회도 있지 않았을까. 아리아드네는 굳게 다문 그의 입술을 보았다.

"그렇지, 뭐."

역시. 기대한 자신이 어리석었다. 아리아드네는 어깨를 털썩 떨어뜨렸다. 그에게 있어서 오늘 밤의 무도회는 어머니를 돌보는 시녀를 어엿한 여성으로 만들기 위한 형식적인 일에 지나지 않았던 것이다.

"하지만 지금은 달라. 내가 함께 있어 주지 못한 탓에 보아모르티에가의 영애를 위험한 상황에 처하게 한 걸 후회하고 있지."

갑자기 엉뚱한 방향을 바라보며 막시밀리안은 그렇게 읊조렸다.

오늘 밤만큼은 시녀가 아니라 어엿한 숙녀로서 대접해 주는 것이다.

그때 등을 끌어안고 있던 막시밀리안의 손이 내려와, 단단하고 두꺼운 그의 팔이 그녀의 허리 부근에까지 이동해 왔다.

눈 깜짝할 사이의 일이었기에 거부할 수 없었다.

"꺄악!"

아리아드네는 그가 또다시 자신을 짐짝처럼 어깨에 짊어지는 것이 아닐까 염려했지만, 그 걱정은 기우로 끝났다. 막시밀리안은 허리를 굽혀서 아리아드네의 무릎 뒤에 팔을 넣어 공주님을 대하듯 끌어안았다.

"막시밀리안 전하, 장난은 그만두십시오."

"장난 같은 게 아니야. …처음 만났을 때도 생각했지만, 네 몸은 깃털처럼 가벼워."

"……"

뭐라고 답해야 좋을지 알 수 없어 아리아드네는 가만히 있었다.

그의 품에서 품위 있고 관능적인 향수의 향기가 났다. 무두질한 가죽과 감귤 향이 뒤섞인 그 씁쓸한 향기는 아리아드네가 처음으로 접한 어른의 세계였다.

가슴의 고동이 커졌고 숨이 가빠졌다. 온몸이 쓰고 달콤한 전율에 잠겼다.

어째서일까? 첫사랑 소년도 아닌데 왜 그의 곁에 있으면 이렇게 두근거리는 걸까?

아리아드네는 막시밀리안의 어깨에 팔을 둘러서 그의 강인해 보이는 머리카락을 매만졌다. 아이가 소꿉장난을 하듯 손가락으로 휘감자 머리카락은 달빛을 받아서 점점 까맣고 윤기 나듯 보였다. 눈꺼풀 뒷면에 되살아난 소년은 스트로베리 블론드 빛의 부드러운 생머리를 하고 있었다.

그가 그때의 소년이라면 좋을 텐데.

아, 나, 대체 무슨 생각을 하는 거야?

터무니없는 생각에 아리아드네는 뺨을 붉혔다. 막시밀리안은 자신을 추억의 소녀는커녕, 단순히 시녀로밖에 보고 있지 않은데……. 자신도 자신의 마음을 알 수 없었다. 그 혼란은 물론 괴한에게 습격당한 탓도 있겠지만 평소에는 냉철한 그와 전혀 다른, 의외이기까지 한 자상한 태도 때문이기도 했다.

막시밀리안이 온실의 출입구에 다다르자 밀어서 돌리는 것만으로 문은 간단하게 열렸다.

아리아드네가 매달려서 그만큼 밀고 당기기를 반복했던 문은 놀랄 만큼 단순한 구조로 되어 있었던 것이다.

"차분하게 열었더라면 됐을 텐데……."

"검을 든 괴한에게 쫓기면서 차분하게 문을 열 여성은 좀 상상하기 힘든데?"

"후훗."

아리아드네는 무심코 웃음을 터뜨렸다.

"뭐가 웃겨?"

"막시밀리안 님도 재밌는 농담을 하는구나 해서요."

그렇게 대답하자 막시밀리안이 훗 하고 코웃음 쳤다. 두 사람은 온실을 뒤로 하고 출입구를 나섰다.

막시밀리안은 대연회장의 발코니를 향하여 바람을 가르듯이 성큼성큼 걸어갔다. 대연회장의 웅성거림과 비명이 점점 커졌고 새어나오는 불빛에 주위가 점점 밝아지자 그에게 안겨 있는 자신이 갑자기 부끄러워졌다.

"내려주세요. 지금의 저는 시녀일 뿐이에요. 이런 모습을 보이면 또 큰 소동이 벌어질 거예요."

"확실히 네가 가는 곳마다 소동이 일어나긴 하는군."

막시밀리안의 목소리는 차가웠다.

"정말 곤란합니다. 이 이상 무슨 일이 일어나면 전 이 궁전에 있을 수 없게 됩니다."

"누가 널 내쫓는다는 거지? 어머님? 나? 웃기지 마. 네가 소동을 일으킨 장본인이 아닌 한 궁전에서 내쫓길 이유는 없어. 오늘 밤에 열린 데뷔탕트에 참석한 아가씨 중 한 명으로서 당당하게 굴면 돼."

"여기에… 있어도 되는 건가요?"

"무슨 말을 하는 거야? 물론 여기에 있어도 되지."

아리아드네는 막시밀리안의 얼굴을 바라보았다. 그도 아리아드네를 바라보았다.

이곳에, 내가, 있을 곳이 있다.

그 말에 아리아드네는 하늘에 날아오를 것 같은 기분이었다.

대연회장 앞에 있는 발코니 아래로 오자, 막시밀리안은 발코니로 이어지는 계단에 아리아드네를 가만히 내려주었다.

그러고는 새파랗게 질린 채 떨고 있는 아리아드네 앞에

무릎을 꿇었다. 무슨 일인가 하고 물으려 하자 그의 긴 손가락이 드레스 자락 너머로 살짝 들여다보이는 맨발의 발목을 잡았다.

"맨발로 걸었던 건가……."

"막시밀리안… 전하?"

아리아드네가 의아한 듯이 그의 얼굴을 들여다보자, 그는 느닷없이 맨발의 발톱에 입술을 가까이 대는 것이었다.

"꺄악."

온몸에 벼락과 같은 무언가가 찌릿하게 용솟음쳤다. 그 느낌의 출처가 발끝의 살이 벗겨져 있어서인지, 막시밀리안의 입술이 닿아서인지 알 수 없었다.

"이러시면 안 됩니다, 전하. 왕족이 할 행동이 아닙니다."

그럼에도 막시밀리안은 개의치 않고 발가락에 혀를 굴렸다. 간지럽기만 한 것이 아니었다. 이제껏 느껴보지 못한 아찔한 감정이 그가 닿은 곳에서부터 끓어올랐다.

"이 정도 상처는 핥으면 나을 거야."

"……."

고양이가 우유를 핥을 때와 같은 소리가 귀에 닿았다.

희미하게 밝은 달빛이 비추고 있는, 새빨갛게 물든 자신의 얼굴을 그가 눈치 채지 못하기를 바랐다.

역적이 침입했다는 사실을 듣고 도피하는 사람들의 발소리가 바람에 실려 발코니로 흘러왔다.

커튼을 젖히고 아래를 들여다보면 누가 무엇을 하는지 바로 알 만한 장소에서 막시밀리안의 입술은 아리아드네의 발등을 기어다니며 그녀의 종아리를 타고 올라가려 하고 있었다.

"흐응… 으응……."

소리를 높이면 계단 위에 있는 사람들에게 들킬지도 몰랐다. 하지만 입술을 악물고 참으려고 하는데도 달콤한 목소리가 새어나왔다.

"역시 잘 느끼는구나."

훗, 하고 웃는 듯한 가벼운 숨결이 다리의 살결을 스쳐갔다. 단지 그뿐인 자극인데도 아찔하게 현기증이 났다. 숨이 막히고 가슴이 고통스러울 정도였다.

또다시 발끝으로 돌아온 그의 입술이 웃음을 짓는 형태로 일그러졌다. 굉장히 장난스러운 표정이었다. 두렵지는 않았다. 그렇게 웃음 짓는 막시밀리안이 멋있어 보였다.

그의 입술은 어느새 무릎을 지나쳐 드로어즈 자락에 도달해 있었다. 발에 입맞춤을 받는 것도 처음이었지만, 그런 곳을 누군가가 들여다보는 것도 처음이었다. 아리아드네는 어찌해야 할 바를 모르고서 그가 하는 대로 따를 뿐이었다.

그러자 그때.

"적이 나타난 것 같다."

계단 위 발코니에서 위병의 목소리가 들렸고 막시밀리안이 드레스에서 고개를 들었다.

"막시밀리안 전하는 어디에 계신 건가."

"전하, 전하."

아리아드네는 거칠게 호흡하며 숨이 간당간당한 채 차가운 계단에 절반쯤 드러누운 듯 앉아 있었다.

막시밀리안은 츳 하고 혀를 찬 후,

"여기에 있다."

하고 일어나서 그 목소리에 답했다. 아리아드네가 흐트러진 드레스를 바로잡을 틈도 없이 그는 또다시 그녀의 등과 무릎 뒤에 팔을 끼워 넣어서 끌어안았다.

막시밀리안은 아리아드네의 귓가에 가만히 입술을 갖다 댔다.

"말괄량이 아가씨가 어른스러워졌군."

그가 그렇게 속삭이자 아리아드네의 뺨은 한층 더 붉게 물들었다.

위병들의 지시로 대부분의 손님은 귀가했지만, 대연회장에는 마차를 기다리는 사람들 수십 명 정도가 아직 남아 있었다.

사람들은 위병들로부터 막시밀리안이 괴한을 무찔렀다는 이야기를 전해들은 듯했다. 가면을 벗고 나타난 막시밀리안에게는 아낌없는 박수갈채가, 그의 가슴에 안겨 있는 아리아드네에게는 시선이 쏟아졌다.

"막시밀리안 전하, 그 아름다운 분은? …어머어머, 보아모르티에가의 아가씨 아리아드네님이시지 않나요?"

가면을 쓴 초대 손님 한 명이 시치미를 떼며 말을 걸었다.

"처음 참석한 데뷔탕트인데 운이 나쁘게도 다리를 다쳤다고 하네."

"그런가요. 전하께서 이렇게 친히 돌봐주실 줄 알았다면 저희 딸 구두도 신기 힘든 걸 고를 걸 그랬네요."

막시밀리안은 형식적인 웃음을 지은 후, 아리아드네를 연회장 구석에 놓인 긴 의자에 살며시 내려주었다.

"…구해주셔서 감사합니다, 막시밀리안 전하."

일어설 수 없었던 아리아드네는 그 자리에서 가볍게 인사했다. 아리아드네는 막시밀리안의 얇은 입술을 바라보고 있었다.

저 입술이… 내 발을…….

그렇게 생각하자 몸이 화악 뜨거워졌다. 평소에 느낀 적 없던, 몸속에서 피어오르는 열기에 아리아드네는 당황했다.

"아리아드네, 무슨 일이야? 얼굴이 빨개."

그 모습을 보고 있던 막시밀리안이 물었다.

"아니요, 아무것도 아닙니다. 목이 조금 말라서요."

생각해보니 무도회가 개최되고서부터 지금까지 물 한 모금도 마시지 않았다. 그런 상태로 온실에 가고 괴한에게 쫓겨 다녔던 것이었다. 목소리가 잠겨 버릴 정도로 목이 바짝 바짝 말랐다.

"그렇다면 마실 걸 준비하도록 하지."

막시밀리안이 오른손을 들어서 급사를 불렀다. 하얀 가면을 쓰고 연미복을 입은 급사가 사람들의 물결을 가르고 곧장 나타났다.

"전 알코올이 들어가지 않은 음료로 부탁드립니다."

오늘 밤의 아리아드네는 왠지 이상했다. 마음이 살랑살랑 들뜨는데다가 두근거리는 가슴이 죄어드는 듯 아팠다. 막시밀리안이 그런 행동을 했기 때문에 지금도 얼굴이 빨간 것이 분명하다. 알코올을 입에 대어 얼굴이 더욱 빨개지면 무슨 일인가 하고 생각되겠지.

"분부대로 하겠습니다."

가볍게 인사를 하고 물러난 급사는 은쟁반을 들고 얼른 돌아왔다. 쟁반에는 담쟁이덩굴 무늬와 왕실의 문장이 에 칭된 스쿱 형태의 호화로운 잔 두 개가 놓여 있었다. 잔에는 짙은 주황빛을 띠는 오렌지주스가 담겨 있었다.

막시밀리안이 잔 두 개를 잡고 한쪽을 아리아드네에게 건네주었다. 아리아드네는 예의에 어긋나는 행동이라는 사실을 알면서도 목마름을 이기지 못하고 산뜻한 향기가 감도는 오렌지주스를 단숨에 목구멍으로 흘려보냈다.

"……?"

그 순간 입안에 퍼진 것은 상큼한 오렌지의 달콤한 맛이 아닌, 약품 냄새가 나는 이상한 쓴맛이었다.

"왜 그래?"

기침을 심하게 하기 시작한 아리아드네를 보고 막시밀리안도 자신이 마시려고 한 것이 무엇이었는지를 알아차린 듯했다.

괴로웠다. 가슴도 배도 불타듯이 뜨거웠다. 마치 굵은 말뚝이라도 박힌 듯 심장이 무겁고 격렬하게 울렸다.

아리아드네는 긴 의자로 돌아가려고 했다. 하지만 뜻대로 움직일 수 없었다.

발아래가 부드럽게 푹 일그러지는 것을 느꼈다. 웅성거리는 사람들의 소리가 쿵쾅대는 소음이 되어 머리를 매우 고통스럽게 했다. 다리를 접질려서 제대로 걸을 수가 없었다.

단숨에 혈압이 떨어지자 서 있을 수조차 없게 되었다, 아리아드네는 그 자리에서 휘청 쓰러질 것 같아졌다.

"위험해!"

그녀의 몸을 누군가가 다부진 팔로 지탱해 주었다. 기력은 거기까지였다.

"막시밀리안… 전하……. 전하가 아니라서… 다행이에요……."

막시밀리안의 얼굴은 새파랗게 질려 있었지만, 그가 무사하다는 것을 확인하자 아리아드네는 안도의 한숨을 내쉬며 또다시 기침했다.

"말하지 마. 지금 의사를 부르러 사람을 보냈어. …그래, 난 괜찮아."

"무사하셔서… 정말 다행이에요."

아리아드네는 더욱 격렬하게 기침을 했다. 목이 불타듯이 뜨거웠다. 숨 막혀 하는 아리아드네를 안아서 일으켜 세운 그는 몇 번이고 그녀의 이름을 불렀다.

이제 됐어.

아리아드네는 마음속으로 읊조렸다.

내 운명에 딱이야. 마음으로 그려온 상대가 아닌 다른 사람을 좋아하게 되다니.

이건 사랑이 담겨 있지 않은 단정치 못한 행위를 동경하고 만 나 자신을 향한 신의 벌인 거야…….

아리아드네는 멀어지는 의식으로 그렇게 생각했다.

거센 바람이 불어오고 공기를 머금은 드레스 자락이 두둥실 펄럭였다.

아리아드네는 졸졸 흐르는 작은 시내의 여울에 서 있었다. 한쪽 편에는 밀을 빻는 물레방아 오두막이 있었고 물레방아는 천천히 돌고 있었다.

괴롭고 힘들 때 몇 번이고 꿈에 그리던 풍경이었다.

하지만 지금은 즐거운 마음만을 가슴에 품고 있었다. 반짝반짝 싱그러운 어린 시절의 추억이 연이어 바뀌는 풍경화를 바라보는 듯한 그런 느낌.

아리아드네는 자신의 발치를 보았다. 이상하게도 왕비에게 빌린 드레스 차림으로 시냇물의 푸른 물결에 발을 담그고 있는 것이 아닌가.

"아리아드네님, 이쪽이에요. 어서!"

"도망치세요!"

물레방아 오두막에서는 하녀들이 비통하게 외치는 소리가 울려 퍼지고 있었다.

아리아드네는 앞으로 일어날 일을 이미 알고 있었다.

바로 근처에서 날카로운 말 울음소리가 높아졌다. 그 소리에 고개를 들자 사나운 말 한 필이 맹렬한 기세로 달려오고 있는 것이 보였다.

사나운 말의 등에는 어린 소년이 타고 있었다. 말은 등에 탄 아이를 어떻게든 떨어뜨리려고 버둥거리면서 아리아드네가 있는 작은 시내를 향해 돌진해 왔다.

앞으로 무슨 일이 일어날지 알고 있으면서도 무서웠다. 두려워서 몸이 꿈쩍도 하지 않았다. 분노가 담긴 말 울음소리가 바로 저쪽에서 들렸다.

"!"

시녀들이 물레방아 오두막 안에서 비명을 질렀다. 말발굽 소리가 커졌고 말은 물레방아 오두막 옆의 여울에서 건너편 언덕으로 도약했다.

그 순간, 말 등에 매달려 있던 소년의 손이 고삐에서 떨어졌다. 그리고 그의 몸은 말의 비상과 동시에 시내로 곤두박질쳐졌다.

아리아드네는 드레스가 젖는 것도 개의치 않고 강에 뛸

어진 소년의 곁으로 달려가 소년의 겨드랑이에 팔을 넣어서 얕은 여울로 끌어올렸다. 그의 몸은 물을 빨아들인 천처럼 점점 무거워졌고 가냘픈 소년의 몸은 어느새 듬직한 청년으로 바뀌어 있었다.

그 청년은 물에 젖어 윤기 있게 빛나는 검은 머리카락을 가지고 있었고 햇볕에 그을린 거무스름한 피부를 하고 있었으며 어두운 색의 군복과 함께 그와 세트인 망토를 걸치고 있었다.

"……."

"괜찮아?"

어깨에 손을 두르자 청년은 예리한 통증을 느낀 듯이 신음했다.

"울어선 안 돼. 남자잖아. 이 정도 상처쯤은……."

아리아드네는 손을 뻗어 청년의 뺨에 가만히 갖다 댔다. 고통으로 일그러진 청년의 얼굴이 당장에라도 울음을 터뜨릴 듯 보였기 때문이다.

"이 정도 일로 누가 운다고 그래. 시냇물이 눈에 들어갔을 뿐이야."

청년은 날카로운 시선으로 아리아드네를 올려다보았다. 적동색으로 빛나는 불꽃같은 두 눈이 불안해 보였다. 열아홉인 아리아드네가 그 눈에 비치고 있었다.

사냥감을 노리는 맹금류처럼 날카로운 그 눈동자를 보고 아리아드네는 어디에선가 그를 만난 적이 있다는 사실을 떠올렸다.

어디였지? 기억이 안 나…….

"부탁이야. 울어선 안 돼… 눈물은 싫어……."

아리아드네는 꿈과 현실을 왔다 갔다 하며 누군가를 필사적으로 계속 위로했다.

커튼 틈 사이로 보드라운 햇살이 얼굴에 떨어지자 눈이 부셨다.

빛이 쏘아대는 눈꺼풀을 열자 하얀 빛 속에서 천막과 기둥 네 개가 지탱하고 있는 캐노피가 보였다.

이곳은 자신의 방이 아니었다. 자신의 방에는 이렇게 훌륭한 쿠션도 없거니와 깃털이불도 없었다.

깃털이불 속의 몸은 왕비의 드레스가 아닌 포근한 리넨에 실크를 덧댄 따뜻한 잠옷으로 갈아입혀져 있었다.

아리아드네는 베개에 파묻힌 채 주위를 둘러보고 숨을 머금었다.

이곳은 아무래도 객실인 듯했다. 눈이 부신 이유를 알 수 있었다. 담쟁이덩굴 무늬의 금박이 들어간 하얀 벽지와 체어 레일과 케이싱이 남쪽 햇살에 금빛으로 반사되어 방 전체가 금색으로 빛나고 있었던 것이다.

아리아드네는 방 중앙에 놓인 캐노피가 달린 침대에 누워 있었다. 캐노피는 이중으로 되어 있었고 기둥에는 복잡하게 세공된 장식이 있었으며 구석에 놓인 다리가 짧은 긴 의자에는 호화로운 아라베스크 문양이 들어가 있었다.

아리아드네는 그 무척이나 화려한 장식을 보고 자기도 모르게 감탄의 숨을 내쉬었다.

"……?"

문득 어깨에 보슬보슬하고 단단한 머리카락의 감촉을 느낀 아리아드네는 고개를 들어올렸다. 그러자 어깻죽지 부근에 엎드려 있는 사람의 얼굴이 보였다.

아리아드네는 말이 나오지 않을 만큼 놀라 벌떡 일어나려던 것을 참고 베개에서 미묘한 각도로 머리를 들었다.

베개 맡에서 막시밀리안이 쌔근쌔근 숨소리를 내며 자고 있었다.

아리아드네는 무심코 그의 생머리에 살짝 손을 갖다댔다.

"단단해……."

아리아드네는 그렇게 중얼거리고 머리카락 다발을 손가락에 말았다. 확실히 그때의 소년처럼 살랑살랑 흐르는 듯한 매끄러운 느낌은 없었다. 단단하고 굵은, 남자의 머리카락이었다.

아리아드네는 조금 전까지 길고 긴 꿈을 꾸고 있었다. 몇 번이고 반복해서 꾼 어린 시절의 꿈이었다. 어째서 꿈속에서 막시밀리안을 그 소년과 혼동했는지 알 수 없었다. 그때 낙마했던 소년은 제롬일 터였다. 그 스트로베리 블론드 빛의 머리카락을 절대로 잘못 보았을 리가 없었다.

자고 있는 막시밀리안의 말쑥한 얼굴을 지그시 바라보고

있을 때였다.

"으음……."

검은 속눈썹이 파르르 떨리며 눈꺼풀이 열렸고 적동색 눈동자가 아리아드네를 바라보았다.

"정신이… 든 거야……? 다행이야……."

느닷없이 그의 긴 팔이 뻗어 와서 아리아드네의 가냘픈 어깨를 두르고 꼬옥 끌어안았다.

"아… 대체 무슨……?"

무슨 일이 일어난 걸까. 궁금해 하는 아리아드네의 오른 쪽 뺨에 보드라운 감촉이 닿았다. 막시밀리안이 입맞춤을 한 것이었다.

"……."

놀란 아리아드네는 힘을 실어서 막시밀리안의 어깨를 밀쳤다. 그러나 그는 여전히 아리아드네의 입술을 쫓기를 멈추지 않았다.

"…으읍 …읍. 그만둬요… 아직, 독이……."

아직 몸속에 독이 남아 있을지도 모르는데 입맞춤을 하다니, 있을 수 없는 일이었다.

아리아드네는 자신의 입술을 손등으로 덮었다. 막시밀리안은 잠이 덜 깼는지 그 손등 위로 입술을 들이댔다.

너무나도 뜨거운 입맞춤에 몸이 저려왔다. 거센 팔에 꼭 끌어 안기자 숨결이 새어나왔다.

"아… 안 돼……. 그만하세요……."

끌어안는 팔의 포근한 온기에 몸도 마음도 천천히 저려 오며 무심코 그에게 모든 것을 맡기고 싶어졌다.

그는 잠이 덜 깼을 뿐이다. 그에게는 분명 아리아드네에게 입맞춤을 하고 있다는 인식이 없다. 반쿠르 제일의 바람둥이라고 불리는 막시밀리안이다. 아마도 자신의 애첩이나 놀이상대인 아가씨와 착각하고 있는 거겠지.

"…읍, 크으읍……."

아직 독이 완전히 해독된 것은 아닌지 머리가 죄어들 듯이 아팠다.

"막시밀리안 전하. 슬슬 일어나는 게 어떠시겠습니까."

목소리와 함께 느닷없이 뻗어 온 남자의 손이 막시밀리안의 어깨를 두드렸다.

"하아……."

막시밀리안은 지금 막 일어난 것처럼 아리아드네의 가슴 위에서 잠이 덜 깬 눈을 빛내고 있었다. 아리아드네가 가볍게 상체를 일으키자 침대 한쪽에 서 있는 노집사 클라베리의 모습이 보였다.

"아리아드네님도 잠에서 깨셨습니까?"

아리아드네는 뺨이 새빨개진 채 고개를 숙였다. 막시밀리안이 잠결에 키스를 하려고 한 것뿐만이 아니라, 그것을 자신이 받아들이려고 한 모습까지 그가 보고 말았기 때문이었다.

그러나 역시 그는 베테랑 집사였다. 입맞춤 장면을 직접

보았는데도 눈썹 하나 까딱하지 않았다.

"아리아드네님. 조금 전의 무례함, 저를 봐서 아무쪼록 용서해 주시지 않겠습니까."

"네에? …아, …알겠습니다……."

아리아드네는 자신의 베개 맡에 푹 엎드려서 쌔근쌔근 자고 있는 막시밀리안을 내려다보았다. 그는 또다시 꿈나라에 빠져든 것 같았다. 조금 전의 입맞춤은 역시 잠결에 한 것인 듯했다. 아리아드네는 막시밀리안의 입술이 닿은 손등을 문질렀다.

"허허, 푹 주무시고 계시군요. 막시밀리안님께선 공무를 보는 틈틈이 밤새 아리아드네님의 간병을 하셨습니다. 그 것도 나흘씩이나."

"밤새도록 나흘간……?"

그 말에 놀람과 당혹감이 한 번에 밀려왔다.

어째서 나한테 그렇게까지 하는 거지? 어째서……?

아리아드네는 고개를 들어서 클라베리를 보았다.

"그런데 범인은 잡혔나요?"

그는 눈썹을 축 늘어뜨리고 곤란한 듯한 표정으로 고개를 가로저었다.

"그날 밤은 가면무도회였으니까요. 용의자는 성에 상주하는 이뿐만 아니라, 초대 손님 전원으로 대상을 넓혀야 합니다. 지금 위병들이 손님들을 취조하고 있습니다. 죄송합니다만 진상을 밝히기에는 아직 시간이 필요할 듯합니다."

"그렇… 군요."

아리아드네는 마음속으로 불안감이 뭉게뭉게 퍼져가는 것을 느꼈다. 설령 마신 독은 해독되었다고 해도 이 성에서 자신의 안전이 보장된 것은 아니다.

공개된 편지 사건. 갈기갈기 찢겨진 선물 받은 드레스. 온실에서 맞닥뜨린 괴한. 그리고 주스에 넣은 독. 모두 다 아리아드네를 왕궁에서 내쫓기 위한 꿍꿍이로밖에 생각되지 않았다.

어째서 자신이 이렇게 원한을 받아야 하는 것인지 아리아드네는 전혀 짐작이 가지 않았다. 불안하고 두려웠다. 지금 당장 이 왕궁에서 도망치고 싶을 만큼.

하지만… 난, 육천만 클랑의 담보…….

그 사실이 아리아드네를 옭아맸다.

"시끄러워, 클라베리."

이윽고 막시밀리안이 몹시 졸린 듯이 눈을 비비며 침대에서 일어났다. 그러다 순간 현기증이 났는지 침대 옆에 놓인 의자에 쓰러지듯이 앉았다.

유심히 보니 뺨이 조금 수척해져 있고, 날카로운 적동색 눈 아래에는 다크서클이 내려와 있는 것이 아닌가.

그 모습에 깜짝 놀란 아리아드네는 막시밀리안의 얼굴을 들여다보듯 물었다.

"어째서, 이렇게까지 제 간호를 하셨나요? 나네트나 시녀장, 그 외에도 시녀는 많이 있을 텐데……."

"넌 어머님의 말동무를 해야 하는 중요한 존재이고, 널 담보로 맡은 이상 건강관리는 고용주의 의무야."

쌀쌀맞은 그의 말에 아리아드네는 자신의 마음에 칼날이 푹 꽂히는 것을 느꼈다.

역시 그런 존재일 뿐이구나…….

고개 숙인 아리아드네를 앞에 두고 막시밀리안은 다른 쪽을 바라보며 말을 이어갔다.

"게다가 넌… 날 대신해서 독을 마신 걸지도 모르니까."

그 순간 뺨이 사르륵 붉어졌다. 조금 전에 집사 클라베리에게 자신이 막시밀리안에게 키스 당하는 모습을 들켰을 때보다 훨씬 뜨거웠다.

머리가 어질어질하고 가슴이 두근거리며 괴로운 것은 몸속에서 독이 다 빠져나가지 않았기 때문만은 아니었다.

조금 전의 키스도 막시밀리안의 입장에서 보면 가벼운 놀이에 지나지 않을 것이다. 평소의 키스 상대는 자신의 애첩이거나 놀기 좋아하는 아가씨였을 테니 말이다.

하지만 아리아드네는 기분이 들뜨는 것을 느꼈다. 그것은 기쁨이기도 했고, 괴로움이기도 했다. 이 가슴의 통증을 아리아드네는 뭐라고 불러야 할지 알 수 없었다.

아리아드네는 자신의 가슴에 이는 통증을 그가 알아차리지 못하도록 가능한 한 굳은 표정으로 말했다.

"막시밀리안 전하. 당신은 이 나라의 중요한 왕자님이십니다. 철야는 삼가시고 자신의 몸을 우선적으로 생각해 주십시오!"

그 순간 막시밀리안의 사나이다운 미간이 일그러지며 세로로 주름을 깊이 새겼다.

아아, 내가 또 그의 기분을 거슬리게 하는 말을 했나 보구나…….

정중하게 감사의 인사를 올려야 할 터인데 나는 어째서 늘 얄미운 말만 하는 걸까.

"어째서 너한테 혼이 나야 하는 거지?"

목소리의 톤이 한층 더 낮아졌다.

아리아드네는 막시밀리안에게 등을 돌리고 깃털이불을 끌어당겨 덮었다.

"저… 저는 이제 괜찮으니 내버려 두세요."

자신의 말에 막시밀리안의 분노가 한층 더 치밀어 올랐다는 사실을 알아차렸다. 등으로 그의 분노를 받고 있는데도 어째서인지 뺨이 뜨거워졌고 가슴이 졸아드는 듯한 느낌이 들었다.

이런 말을 하려던 게 아닌데. 간병해 줘서 고맙다고 말하며 끌어안고 싶을 만큼 기쁜데.

난 구제불능이야…….

눈을 감자 등 뒤에서 침대가 삐걱대며 막시밀리안이 아리아드네의 목덜미 뒤로 손을 갖다 대는 것이 느껴졌다.

"넌 날 대신한 거나 마찬가지야. 감사의 표시는 하게 해줘."

평소와 다르게 자상한 손길로 그의 긴 손가락이 흐트러

진 아리아드네의 금발을 빗질했다. 그리고 향수 냄새를 확 풍기며 아리아드네의 뺨에 또다시 뜨거운 입술을 갖다 댔다.

소중한 보물에라도 하는 듯한 입맞춤이 무척이나 따스하게 느껴졌다.

그의 입술이 뺨에서 멀어졌고 막시밀리안은 방을 나갔다. 그 뒤로 집사 클라베리의 발소리가 이어졌다.

그 발소리를 들으며 아리아드네는 마침내 자신의 진심을 알아차렸다.

막시밀리안이 첫사랑이 아니라고 확신한다면 그의 곁을 떠나서 제롬의 마음을 받아들이면 된다. 그 바람이 이루어지지 않더라도 보아모르티에가의 재정 상태는 재산 관리인의 능력 덕분에 회복되고 있으니 왕비를 모시는 시녀에서 물러나게 되어도 밥 짓기 담당이라도 할 수 있으면 감지덕지하다.

막시밀리안은 자신을 반쿠르 제일의 바람둥이라고 큰소리치고 있으니 파렴치한 키스는 거부하면 된다. 아리아드네를 돈으로 샀다는 말을 퍼뜨리는 사람은 최악이다.

그럼에도 불구하고 이 왕궁에 있는 것은. 누군가가 자신의 목숨을 노리며 독까지 탔는데도 여전히 그의 곁에 계속 있고 싶다고 생각하는 것은.

막시밀리안을 좋아하기 때문이야…….

4장
꿈같은 일

좋아해.

그렇게 생각하자 모든 것이 납득이 갔다.

계속 꿈에 그리던 첫사랑과 쏙 빼닮은 제롬보다도 막시밀리안과 함께 있는 자신을 상상하는 것이 더 애절하게 느껴졌다. 이것은 연애소설에 등장하는 사랑의 아픔인 것이다.

아리아드네는 눈을 질끈 감았다. 긴 속눈썹 사이로 솟구쳐 오르는 물방울이 관자놀이를 타고 흘러서 베개에 스며들었다.

좋아한다고 자각한 순간에, 이별이 정해져 있다니.

어찌할 수 없는 슬픔에 악물고 있던 입술이 떨렸다.

막시밀리안을 사랑하게 되었다는 사실을 왕비에게 솔직하게 고하고 나네트와 마찬가지로 자신도 왕비를 모시는 시녀 자리에서 물러나야만 한다.

고용주에게 연정을 품다니 불경하기 그지없는 일이었다.

막시밀리안에게서 멀어지는 것은 물론 싫었다. 하지만 왕비는 눈치가 빨랐다. 아무리 능숙하게 거짓말을 하여 속인다 해도 그를 향한 마음을 깨달은 자신을 왕비는 곁에 두지 않을 것이다.

"…왕비님께 인사드려야지."

타인에게 엄격한데다 변덕스럽고 성미 급한 왕비였지만, 아리아드네의 데뷔탕트를 위해서 자신이 입었던 드레스를 빌려줄 만큼 친절한 면도 가지고 있었다. 아리아드네는 그런 그녀를 좋아했다.

좋아하니까 제대로 마무리 짓고 싶었다.

아리아드네는 일단 자신의 방으로 돌아가서 머리를 빗질하고 에이프런 드레스로 갈아입은 다음, 왕비의 처소를 찾아가기로 했다.

며칠 만에 입은 에이프런 드레스는 왠지 몸에 맞지 않는 듯한 느낌이 들었다. 혼자서 왕궁 내를 제멋대로 돌아다니는 것을 수상히 여기는 이가 있지 않을까 염려했지만, 그곳에는 아무도 없었고 차가운 대리석 복도가 좌우로 길게 이어지고 있을 뿐이었다.

남아 있는 독 때문인지 막시밀리안과의 이별이 가까워진 탓인지 알 수 없지만, 머리가 어질어질했다.

한 발 한 발, 발을 내딛을 때마다 몸의 중심이 휘청거렸고 식은땀이 흘러나왔다.

걸을수록 기력이 떨어졌고 가슴에 고통이 더해갔다. 병석에서 일어난 지 얼마 되지 않은 몸으로는 더 이상 왕궁을 돌아다닐 수 없을 것 같았다.

몸을 질질 끌다시피 하여 자신의 방으로 돌아온 아리아드네는 놋쇠 문에 열쇠를 꽂고 돌렸다.

"……?"

문이 열려 있다…….

그 사건 이후로 방에서 나올 때마다 꼼꼼하게 문단속을 했는데도 문이 열려 있었던 것이다.

혼란스러운 머리로 손잡이를 살짝 돌려 안을 들여다본 아리아드네는 무심코 소리를 지를 뻔했다.

"넌……."

그곳에 있었던 것은 나네트였다. 그녀는 평소처럼 풍성하고 긴 흑발을 리본으로 묶어서 에이프런 드레스 등 뒤로 늘어뜨리고 있었다.

그리고 한 명 더, 의외의 인물이 방 안에 있었다. 시종장인 테오도르였다.

"두 분이 어째서 제 방에 있는 거예요……?"

테오도르는 열쇠가 잔뜩 달린 열쇠꾸러미를 손에 들고

있었다. 그는 그것을 근무복 바지주머니에 미꾸라지처럼 숨겼다. 아마도 왕궁에 있는 방을 열 수 있는 열쇠꾸러미인 듯했다. 시종장이라면 가지고 있어도 이상할 것 없는 물건이었다.

꺼림칙한 예감이 들었다.

"데뷔탕트 사건을 듣고 아… 아리아드네에게 병문안 꽃을 가지고 왔어. 이것 봐."

나네트의 품속에는 한 손으로는 다 들 수 없을 만큼 많은 검붉은 장미가 있었다.

그녀는 아리아드네를 향해서 싱긋 웃음 지었다. 고민을 들어줄 때의 그녀의 미소와 다를 바 없는 해맑은 미소였다. 하지만 그 티 없는 모습이 오히려 그녀의 미소를 왠지 섬뜩하게 보이게 했다.

조금 전 집사 클라베리는 무도회 사건은 여전히 해결되지 않았다고 말했다.

아리아드네는 그날 밤의 일을 생각했다. 독이 들어간 샴페인을 가져다줄 수 있었던 것은 급사 복장을 입은 자에 한정된다. 게다가 가면무도회가 열린 밤이었다. 슬쩍 본 것만으로는 누가 누구인지 쉽게 식별할 수 없을 터였다.

설마. 등줄기에 식은땀이 주르륵 흘러내렸다.

"…그, 그래? 예쁜 꽃을 가져다줘서 고마워. 근데 내 방에 들어올 때는 나한테 한마디라도 해줬으면 해."

아리아드네는 놀란 마음을 숨기고 아무렇지도 않게 옷장

을 열었다.

역시, 예상한 대로였다.

옷장 속에 걸려 있던 드레스가 모두 갈기갈기 찢겨 있었다.

그 중에서도 몇 벌 되지 않는 심플한 외출용 드레스는 어머니가 자신의 드레스를 수선하여 왕궁에 가는 아리아드네에게 준 추억의 물건이었다.

아리아드네는 찢겨진 드레스 자락을 매만졌다. 꼼꼼하게 달려 있던 수수한 레이스 프릴은 지금은 누더기 천 조각으로 변해 있었다.

요 몇 주간이지만 아리아드네는 나네트에게 신세를 지고 있었다. 그리고 사소한 고민도 서로 털어놓고 있었다. 그런 나네트를 의심하고 싶지 않았지만 이런 상황에서는 역시 그녀가 한 짓이 틀림없는 듯했다.

어렴풋이 예감은 하고 있었다. 이곳에 왕자들이 선물한 드레스가 있다는 사실을 알고 있는 사람은 자신과 나네트밖에 없었기 때문이다.

하지만 아무래도 믿을 수가 없었다. 아니, 믿고 싶지 않았다.

"왜… 이런 짓을 한 거야?"

너무나도 슬퍼서 눈물이 쏟아질 것 같았다. 차디찬 이 왕궁에서 모처럼 생긴 친구였는데 이런 식으로 배신당할 줄은 생각지도 못했다. 아리아드네는 갈기갈기 찢어진 천 조각이 된 자신의 드레스 자락을 잡고 뺨에 갖다댔다.

그러자 등 뒤에서 턱 하는 메마른 소리가 들렸다. 소리에 돌아보자 나네트가 꽃다발을 바닥에 내던지던 참이었다.

"나네트……?"

그녀의 오른손에는 폭이 넓은 단검이 들려 있었다. 그녀는 아리아드네를 위해서 준비한 꽃다발 속에 그 검을 숨겨 들고 있었던 것이다.

그 단검은 낯이 익었다. 데뷔탕트가 열린 날 밤, 자신과 막시밀리안을 덮친 괴한이 들고 있던 것과 같은 것이었기 때문이다.

"어째서 이런 짓을 했냐고, 조금 전에 물었지? 가르쳐 줄 게. 그건… 네가 나한테서 막시밀리안님을 빼앗았기 때문이야!"

나네트가 단검을 테오도르에게 건넸다. 테오도르는 단검의 칼자루를 거꾸로 쥐고 아리아드네를 향해서 휘둘렀다.

"꺄악!"

아리아드네는 바로 앞에서 칼끝을 피했다. 뒤로 물러났지만 머릿속이 휘청 흔들렸다. 다리에 힘이 풀렸고 허리가 꺾였다. 그런 가운데 테오도르가 아리아드네의 팔을 붙잡은 채 휙 끌어당기자 몸이 완전히 회복되지 않은 그녀는 기우뚱거리며 쓰러졌다.

테오도르에게 압박당하여 바닥에 구른 아리아드네는 고

통스러운 표정을 지으며 옆에 있던 나네트를 노려보고 외쳤다.

"빼앗았다고? 웃기지 마. 막시밀리안 전하가 내 거라고 생각한 적 없어. 우리 가족한테서 온 편지 봤잖아? 난 우리 집안에서 받은 융자의 담보로 온 것뿐이야. 내 생명에 돈 이상의 가치는 없다고."

테오도르는 아리아드네의 말에 코웃음 치고 기묘한 웃음을 띠었다.

"아아, 물론 알고 있지. 그 편지를 훔쳐서 게시판에 붙인 건 바로 나니까. 그렇게 하면 보통 사람들은 수치스러워서 왕궁 일을 그만두려고 하지. 그런데도 넌 성에 남더군. 그 두꺼운 낯짝에 놀랄 노 자였어."

"아무리 수치스러워도 난 평생 왕실에서⋯ 막시밀리안 전하를 모실 거야. 그야 우리 가족을 구렁텅이에서 구해 준 건 전하니까. 왕비님의 말동무 시녀에서 내쳐진다 한들, 아궁이 청소를 해야 한들, 물을 긷는다고 한들, 뭐든 상관없어."

"시끄러워! 네가 얼른 꼬리를 내리고 왕궁에서 도망쳤다면 이렇게는 되지 않았을 거야!"

나네트가 외치자 테오도르는 바닥에 바짝 엎드려 있는 아리아드네의 왼쪽 어깨뼈 아랫부분을 단검으로 가볍게 그었다. 쫙 하는 소리와 함께 날카로운 칼끝이 에이프런 드레스를 찢으며 그 아래에 입은 속옷에까지 닿았다.

다 틀렸어⋯ 나, 여기서 죽을지도 몰라⋯⋯.

그렇게 생각하던 참이었다.

"이렇게 터무니없는 짓을 저지르는 여자를 우리 어머님의 말동무로 곁에 두고 있었을 줄이야⋯. 나도 참 눈이 어두웠군."

발아래에서 목소리가 들렸다. 그 목소리를 듣고 아리아드네는 고개를 들었다.

설마, 그럴 리가 없다. 아리아드네 한 명을 위해서 한 나라의 왕자가 달려와 줄 턱이 없다.

하지만 설마.

아리아드네는 고개를 틀어서 어깨 너머로 문 쪽을 보았다.

검고 윤기 나는 머리카락. 검은 망토에 검은 군복. 올려다봐야 할 만큼 높은 위치에 있는 얼굴은 이목구비가 짙었고, 해가 지는 실내에서도 정돈된 생김새라는 것을 손쉽게 파악할 수 있었다.

"막시밀리안 전하!"

아리아드네는 힘껏 외쳤다.

"일련의 수많은 소행은 역시 너희가 범인이었던 건가. 나네트 르 테리에, 테오도르 몬디노."

"크으⋯⋯!"

테오도르는 단검을 다른 손으로 잽싸게 바꿔들고 막시밀리안을 향해서 돌진했다. 막시밀리안이 아슬아슬하게 내뻗은 커다란 검이 테오도르의 단검과 맞부딪히며 불꽃을 일으켰다.

단검을 머리 위로 번쩍 치켜든 테오도르와 뒤얽혀 싸우는 막시밀리안. 테오도르의 필사적인 검술은 막시밀리안의 망토를 찢었고 재킷을 베었다.

"꺄아악, 막시밀리안 전하!"

아리아드네가 외쳤다.

하지만 막시밀리안은 수많은 전쟁터에서 이름을 떨친 무인이었다. 그의 커다란 검이 한순간 하얗게 번쩍인 후 테오도르의 손에서 단검을 거뜬하게 떨어뜨렸다.

막시밀리안이 검을 목덜미에 들이대자 테오도르는 판자로 덮인 바닥 위에 무릎을 털썩 꿇고 웅크렸다.

"검을 버리세요."

그 목소리에 막시밀리안이 매서운 표정으로 고개를 들었다.

막시밀리안과 테오도르의 싸움에 시선을 빼앗기고 있었던 아리아드네의 목덜미에 나네트가 들고 있는 나이프의 끝자락이 아슬아슬하게 닿아 있었다.

"어리석은 짓을⋯⋯. 아리아드네를 털끝 하나라도 건드리기만 해봐! 세상 끝까지라도 너희를 쫓아가서 똑같은 짓을 해줄 테니."

막시밀리안은 적동색 눈동자에 불꽃을 튀기며, 꽉 깨문 잇새로 거친 숨을 내쉬었다.

"아리아드네를 살리고 싶으면 얼른 검을 버리세요."

나네트는 조금이라도 움직이면 목이 찔릴 듯한 위치에 번뜩이는 칼날을 들이밀고서 아리아드네를 출입구 쪽으로 끌고 갔다. 아리아드네는 공포에 몸이 마비되어 비명조차 지를 수 없었다.

하지만 나네트가 뒤로 문손잡이를 잡았을 때였다.

독 때문인지 긴장 때문인지, 순간 어지러움에 몸을 크게 휘청인 아리아드네의 다리가 나네트에게 뒤엉키며 두 사람의 몸이 뒤로 쓰러질 뻔했다.

막시밀리안은 그 틈을 놓치지 않았다.

그는 재빨리 움직여 나네트의 손목을 손날로 치고, 아파하며 물러선 그녀의 손에서 나이프를 빼앗았다. 그리고 나네트의 어깨를 잡아서 테오도르 쪽으로 밀었다.

두 사람은 이미 완전히 전의를 상실한 채 광택을 잃은 나무 바닥에 주저앉아 있었다.

"…언제부터 제가 한 짓이란 걸 아셨나요?"

나네트가 떨리는 목소리로 막시밀리안에게 물었다.

"가면무대회가 열렸던 날 밤, 급사가 가져왔던 오렌지주스다. 그 급사도 온실의 괴한도 너희가 한 짓이 아닌가. 나네트, 테오도르."

"…하아……."

나네트가 신음했다.

"아리아드네가 들고 있던 잔에서는 확실히 독이 검출되

었지만, 내 쪽에서는 아무것도 나오지 않았다. 왕족의 목숨을 노리는 것은 납득이 가지만, 공작 영애라고는 하나 한낱 시녀를 이렇게까지 집요하게 노리는 건 개인적인 감정 이외에는 달리 이유를 생각할 수 없지."

아리아드네는 마침내 안도의 한숨을 내쉴 수 있게 되었다.

나네트의 얼굴을 보자 자신의 목숨을 빼앗으려고 한 상대인데도 어째서인지 연민의 정이 솟구쳤다. 아리아드네는 일어나서 나네트의 곁에 앉아 그녀의 어깨를 가만히 감쌌다.

"건드리지 마. 동정하지 말라고!"

나네트는 어깨에서 아리아드네의 손을 치우고 그 자리에 쓰러져 울었다.

"난 너랑 달라. 아버님과 가족을 위해서라도 내가 왕비가 되어야 하는데……."

그럼에도 아리아드네는 자상하게 나네트의 등을 쓸어내렸다.

그녀의 울음소리가 조금씩 잦아들자 막시밀리안이 무거운 입을 열었다.

"조금 조사해 보았지. …르 테리에 재상은 선물거래로 큰 손해를 보아 영지 대부분을 잃었더군. 그래서 재상과 넌 나와 결혼하여 왕실에서 지원을 받아 그 손실을 메우기를 기대하고 있었지. …그렇지 않나, 나네트."

나네트는 고개를 숙인 채 몇 번이고 끄덕였다.

"그리고 테오도르는 나네트의 현재 상황을 가엾게 여겨 작전에 가담했지. 시종장이나 되는 자가 대체 무슨 짓을 저지른 건가."

테오도르는 고개를 들어서 막시밀리안에게 대들었다.

"르 테리에 가는 저희 몬디노 가와 친척 관계입니다. 어째서 보아모르티에가에는 융자를 내주시고 르 테리에 가는 내버려 두시는지 그 이유를 말씀해 주십시오, 전하. 나네트가 너무 가엾지 않습니까?"

"내버려둔 게 아니다. 나네트가 이곳에 온 날에 빚을 탕감하고 당분간의 체면 유지를 할 수 있을 만큼의 수표를 건넸다. 보아모르티에가만 특별 취급을 한 게 아니야."

"아. …설마… 그럴 리가……."

나네트는 양손으로 입을 막았다.

"지금의 궁핍한 상황은 그 뒤에 벌어진 일이다. 그렇다고 해서 아버지를 원망하지는 마. 재정 형편이 말이 아닌 상태에서 재상이라는 체면을 유지하려면 얼마나 힘들었겠나."

막시밀리안은 아리아드네가 있는 쪽으로 돌아섰다.

"그런데 아리아드네, 네 집에 드나들던 은행가 이름이 뭐였지?"

"…듀포입니다. 리오넬 듀포."

나네트가 그 이름에 흠칫 놀라 숨을 들이쉬며 눈을 휘둥

그레 떴다.

"비공개 주식. 선물거래. 두 집안 모두, 아무래도 같은 자에게 속았나 보군."

"맞습니다. 그리고 보니 저희 집안이 기울기 시작한 건 그 은행가가 드나들게 된 이후부터입니다."

나네트가 그때의 일을 떠올린 듯이 말했다.

"몇 년 전부터 말재주와 주식과 선물을 이용하여 선량한 귀족으로부터 재산을 등쳐먹는다는 은행가에 관한 소문이 있었다. 상대의 지략이 뛰어났기 때문에 지금까지 결정적인 증거를 잡을 수 없었는데, 보아모르티에가에 보낸 재산 관리인과 아리아드네가 상세히 써둔 장부 덕분에 듀포의 악행을 색출해낼 수 있었지. 저택과 은행에는 이미 헌병이 향하고 있다. 그 다음은 법률원에서 판단하겠지."

아리아드네는 믿을 수 없는 기분으로 막시밀리안의 말을 듣고 있었다. 자신이 졸린 눈을 비비며 열심히 기록한 장부는 그렇다 치고, 수치심을 참고 재산 관리인을 붙인 것이 듀포의 악행을 폭로하는 일로 이어질 줄이야.

막시밀리안이 나네트를 향해 고개를 돌렸다.

"…그렇다고 해서 아리아드네를 죽이려고 했던 너희의 죄가 없어지는 건 아니야."

"…네."

나네트는 축 늘어뜨린 어깨를 치켜세우고 막시밀리안과 아리아드네를 향해 싱긋 웃음 지었다. 모든 고통에서 해방

된 듯한 미소로 보였다.

위병이 나네트와 테오도르를 연행하자 방에는 아리아드네와 막시밀리안 두 사람만이 남았다.

아리아드네는 아무 생각 없이 막시밀리안의 어깨를 보고 하마터면 소리를 지를 뻔했다.

"막시밀리안 전하, 소매에서 피가……!"

검은 천을 바탕으로 한 군복이라서 상처를 금방 알아차리지 못했지만, 막시밀리안의 왼쪽 어깨 윗부분은 테오도르의 날카로운 단검에 찢어져 있었고 커다란 손등에는 새빨간 핏줄기가 흘러내리고 있었다.

"시종장이라고 생각해서 방심했어."

이제야 알아차렸다는 듯 그가 왼쪽 어깨에 손을 대자 손가락 틈으로 빨간 것이 점점 번져 나왔다.

"의사를 불러야겠어요……."

"괜찮아. 이 정도 상처는 늘 있는 일이야. 구급상자는 없어?"

"있어요. 어쨌든 얼른 재킷을 벗으세요."

아리아드네는 막시밀리안이 입은 상처를 치료하기 위해 옷장에서 간소한 구급상자를 꺼내어 안에서 약과 붕대를 끄집어냈다. 법랑 세면기에 깨끗한 물을 가득 길어 와서 자신이 사용하는 초라한 침대에 막시밀리안을 앉힌 후, 상반신에서 셔츠와 재킷을 함께 벗겨 침대 옆에 놓인 등받이 의자에 걸었다.

성 밖에는 해가 기울기 시작하여 방 안에는 슬슬 양초의 불빛이 필요해지고 있었다. 방에 비쳐드는 어스레한 석양이 막시밀리안의 단련된 상반신에 그림자를 새기고 있었다.

다부지게 단련된 몸을 앞에 두자 심장이 두근두근 고동쳤다.

막시밀리안은 왕자이기도 하거니와, 일기당천으로 유명한 반쿠르 군을 이끄는 장군이기도 했다. 그 조각처럼 단련된 훌륭한 몸에 아리아드네는 숨을 머금었다. 그리고 어째서인지 몸의 중심이 천천히 뜨거워지는 것을 느꼈다.

그럼에도 아리아드네는 황혼 속에서 막시밀리안의 팔을 응시했다. 아무래도 어깨의 상처는 그리 대수롭지 않은 듯했다.

물에 적신 가제로 상처 주변의 피를 닦고 있을 때였다.

"…아!"

아리아드네는 자기도 모르게 숨을 삼켰다.

막시밀리안의 가슴.

가슴 윗부분의, 쇄골과 가까운 곳에 그것이 있었다. 겨울의 장막에 떠 있는 오리온자리. 그 허리띠와 흡사한 연속된 점 세 개.

이런 일이 있을 수 있을까. 이런 일이…….

아리아드네는 깨끗한 가제로 상처 주변에 흘러넘치는 피를 닦았다. 피를 닦으면서 몇 번이나 숨을 크게 들이쉬었고, 쿵쾅쿵쾅 고동치는 가슴으로 막시밀리안에게 물었다.

"이… 점은?"

"왕가의 피를 물려받은 남자에게만 나타나는 점이야. 아버님과 제롬도 같은 게 있어."

"혹시, 혹시……."

아리아드네는 방에 자신들 이외에는 사람이 없다는 것을 확인하고 나서 목소리를 죽이고 물었다.

"기분 나빠하지 마세요. 옛날에 저희 집안의 영지 안에서 어떤 소년이 낙마를 했습니다. 나중에 그가 굉장히 신분이 높은 분이라는 것은 들었습니다만… 혹시……."

"…그 소년이라면 나야."

입술을 한일자로 다물고 막시밀리안은 겸연쩍게 답했다.

"하지만 머리색이 달라요. 피부색도 그렇고요. 그 소년은 스트로베리 블론드 빛 머리칼에 피부가 희었고, 천진난만한 천사처럼 사랑스러웠어요."

"사랑스럽지 않아서 미안하게 됐군. 십 년이 지나면 머리색도 피부색도 변하는 게 당연하잖아."

막시밀리안은 자신의 생머리를 손가락으로 쓸어 넘기며 말했다.

"피부색은 매일 검술을 단련하느라 햇볕에 탄 거지만 어째서인지 머리색까지도 검게 변하더군. 제롬은 더 굉장해. 그 녀석은 어렸을 때 너랑 같은 꿀색 금발이었으니까."

그러고 보니…….

아리아드네는 짚이는 것이 있었다.

금발은 성장하면서 더욱 짙은 색으로 변하는 경향이 있어서 금발로 태어난 아이는 많지만, 이십 대가 되기 전에 짙은 갈색 머리나 경우에 따라서는 흑발이 되기도 한다고 들었다.

아리아드네도 꿀색 금발이 갈색으로 변하지 않도록 어릴 적부터 특수한 허브를 우려낸 물로 머리를 감을 만큼 신경 쓰고 있었다. 보슬보슬한 갈색 머리가 어른이 된 후에 검고 단단한 머리카락으로 변하는 것은 이상한 일이 아니었다. 아주 흔한 일이었다.

아리아드네는 양손을 주먹 쥐고 머리 옆을 두드렸다.

어째서 그런 생각은 하지 못했던 걸까. 어째서 이런 착각을 한 거지. 어째서 자신이 마음으로 그려 온 이상의 소년상에 얽매여 있었던 걸까.

역시, 계속 꿈꾸어 왔던 그는…….

"막시밀리안… 전하였던 거군요……?"

막시밀리안은 손을 뻗어 아리아드네의 금발을 길어 올려서 손가락에 감아 빗어 내렸다.

"넌 전혀 변하지 않았군. 이 꿀색 금발도 푸른빛을 띠는 깊은 눈동자도."

막시밀리안은 아리아드네를 똑바로 쳐다보았다. 숨을 쉴 수 없을 만큼 날카롭고 뜨겁게 불타는 듯한 시선이 아리아드네를 꿰뚫었다.

아리아드네는 바로 정면에서 그의 시선을 받아들였다. 암흑 속에서 활활 타오르는 불꽃을 바라보듯이 눈을 가늘게 뜨고서.

지금까지 어째서 제롬을 그때의 소년이라고 착각하고 있었던 걸까. 제롬의 눈동자가 핏빛을 띤 반짝이는 루비라고 한다면 막시밀리안의 눈동자는 암흑 속에서 활활 타오르는 불꽃이었다.

"설마 그때의 약속을 잊은 건 아니지? 반드시 데리러 가겠다고 말했을 텐데?"

아리아드네는 뺨이 새빨개진 채 응석을 부리듯 고개를 가로저었다.

"아리아드네, 난 너와의 약속을 지켰어. 지금은 네가 약속을 지킬 차례야."

"약속, 이라면……?"

커서 좀 더 얌전해지면. 아리아드네의 머릿속에 소년의 목소리가 울려 퍼졌다.

"내… 신부로 삼을게."

"몰라요, 몰라. 그때의 소년이 막시밀리안 전하라니. 전하가 처음부터 말씀해 주셨으면 이렇게는 되지 않았을 텐데."

막시밀리안은 입 가장자리를 아래로 일그러뜨리고 아리아드네에게서 얼굴을 돌렸다.

"낙마는 기사의 수치. 절대로 말할 수 없지. 너부터 물으면 되잖아. 가슴에 점 세 개가 있는지 없는지."

해는 서산 너머로 저물었고 방 안은 어스레해졌다. 어둑어둑한 가운데 막시밀리안의 귀가 붉게 물들어 있다는 사실을 알 수 있었다.

수줍어하는 듯한 그의 모습이 무척이나 사랑스럽게 느껴졌다.

"으음… 그러니까, 그렇다면 물을게요."

아리아드네는 자세를 잡은 후 헛기침을 한 번 하고 막시밀리안에게 물었다.

"전하의 가슴에 점 세 개가 있나요?"

막시밀리안은 쇄골 바로 아래에 위치한 점을 하나씩 확인시켜 주듯이 손끝으로 가리켰다.

"여기에."

해가 저무는 가운데 검은 점이 하늘에 뜬 오리온자리처럼 반짝이는 것을 아리아드네는 보았다.

이렇게 보고 있으니 어째서 제롬을 그때의 소년이 성장한 모습으로 착각했는지 알 수 없었다. 막시밀리안의 높은 콧날에도, 의연하게 다문 입술에도, 날카로운 시선에도 전부 그때의 소년의 모습이 남아 있었다.

상처와 점을 번갈아 바라보는 아리아드네를 앞에 두고 막시밀리안은 갑자기 일어나 허리에 찬 칼집에서 검을 뽑아내어 그 칼날 부분을 받들듯이 양손으로 들어 아리아드네의 앞에 무릎을 꿇었다.

"검을."

막시밀리안은 숨을 훅 들이마시고 말을 이었다.

"받으십시오. 나의 사랑하는 이, 아리아드네."

나의 사랑하는 이, 아리아드네.

생각지도 못한 그 말을 아리아드네는 어리둥절한 표정으로 받아들였다.

그의 입술이 속삭이는 자신의 이름은 무척이나 달콤했고 마음 깊숙한 곳까지 스며들었다.

이건 꿈이 아닐까. 내 멋대로 꾸는 꿈.

아리아드네는 자신의 의지와는 상관없이 누군가에게 조종당하듯 막시밀리안이 든 검 자루를 양손으로 잡고 가만히 들어올렸다.

무거워.

양팔에 묵직하게 걸려오는 그 무게에 아리아드네는 현실로 돌아왔다.

이 무게는 단순히 좋아하는 상대와 백년해로하겠다는 의미만이 아니었다. 차기 국왕이 될지도 모를 막시밀리안과 엮인다는 것은 장차 반쿠르의 왕비가 된다는 의미였다.

막시밀리안은 한쪽 무릎을 세워 앉아서 가슴에 손을 얹은 다음, 고개를 숙이고 눈을 감았다.

"저…저는 어떻게 하면 되는 거예요……?"

"우선 검을 오른쪽 어깨에 얹어."

아리아드네는 받아든 검을 바로 잡고서 막시밀리안의 말대로 칼날을 그의 오른쪽 맨 어깨에 얹었다.

"으⋯⋯."

너무 무거운 나머지, 아리아드네의 작은 손에서부터 어깨에까지 아픔이 내달렸다.

그 검은 묵직한 중량과 날카로운 칼날을 가지고 있었다. 무게를 이기지 못하여 그대로 힘을 뺐다간 날카로운 검은 그 자체의 무게로 막시밀리안의 어깻죽지를 베어낼 듯했다.

"다음은 왼쪽 어깨를."

천천히 들어서 이번에는 왼쪽 어깨에.

검을 바친다는 것은 상대에게 목숨을 내놓는 행위나 다름없다는 사실을 아리아드네는 깨달았다.

마지막으로 막시밀리안이 차고 있는 칼집에 검을 집어넣었다.

일련의 의식을 전부 마치자 마음이 놓여서 자신도 모르게 온몸에 힘이 빠져 그 자리에 주저앉을 것 같았다.

"으차."

아리아드네는 막시밀리안이 내민 손에 자신의 몸을 지탱했다. 그는 아리아드네의 뺨을 자상하게 매만지고 귓불을 따라서 손을 움직이다, 목덜미에 손을 대더니 휙 끌어당겨서 양팔로 더욱 힘껏 끌어안았다.

"십오 년간 널 계속 지켜봐 왔어."

그의 어깻죽지에 얼굴을 파묻는 형태로 끌어안긴 아리아드네에게는 막시밀리안의 얼굴이 보이지 않았다.

"듀포의 감언이설에 속아서 너희 집안이 점점 몰락해 가는 모습을 전부 보고 있었지. 선뜻 손을 내밀 수 없는 나 자신이 답답해서 어머님께 부탁하여 널 책 읽는 시녀로 삼아 가까이에 두기로 결정했던 거야."

"막시밀리안 진하……."

"널 담보로 잡아오게 되었지만, 그렇게라도 하지 않았으면 너희 아버지는 왕실에서 융자를 받으려 하지 않았겠지. 네 자존심을 짓밟는 짓을 해서 미안해."

귀족의 자존심 따위는 이제 어찌되든 상관없다. 아리아드네는 그의 다부진 어깨에 얼굴을 파묻고 눈을 감은 채 고개를 흔들었다.

"저… 실은 계속 기다리고 있었어요. 당신을… 막시밀리안 전하……."

눈이 시큰거렸고 시야가 일그러졌다. 커다란 눈물방울이 양쪽 눈에서 왈칵 쏟아졌다.

괴로운 일도 슬픈 일도 무척이나 많았다. 그때마다 아리아드네에게 용기를 주고 격려해 주었던 것은 말에서 떨어진 그 소년─막시밀리안과의 추억이었다.

그 소년의 품속에 내가 있어……!

아리아드네는 자신의 가슴속에서 피어오른 불씨가 커다란 불꽃이 되어 타오르는 것을 느꼈다.

"아리아드네……."

몸이 닿았고, 아리아드네와 막시밀리안은 세차게 끌어안았다. 두 사람 사이에 말은 필요하지 않았다. 말이 없어도 서로 통했다.

막시밀리안과 가까이에 있으면 어째서 이렇게 애절하고 괴로운 것인지 이제야 알 것 같았다. 끌어안고 있자 서로의 가슴이 두근두근 격렬하게 뛰고 있다는 사실을 확인할 수 있었다.

막시밀리안은 이제 두 번 다시 떨어지는 일은 없을 것이라는 듯이 다부진 양팔로 아리아드네의 몸을 끌어안고 일어나 그녀의 몸을 침대에 가만히 눕혔다.

"아… 전하……."

"그 '전하'라는 말은 이제 접어 둬. 내 이름은 막시밀리안이야."

"하지만……."

막시밀리안의 타오르는 듯한 양쪽 눈이 가까이 다가왔고, 당장에라도 울음을 터뜨릴 것처럼 얼굴을 일그러뜨린 자신이 그의 눈동자 속에 보였다. 그 얼굴은 뺨을 새빨갛게 물들이고 수레국화 빛깔을 한 눈동자를 촉촉이 적시고 있었다.

"넌 이제 곧 내 아내가 되는 거야. 그렇게 부르는 것도 고쳐야 해."

아내, 라는 말의 어감에 아리아드네의 가슴은 찢어질 듯 고동쳤다.

"내 이름을 불러줘."

"마… 막시밀리안……."

떨리는 입술로 처음으로 그 이름을 소리 내어 부른 직후, 막시밀리안의 뜨거운 숨결이 아리아드네에게 닿았다. 그리고 아리아드네의 입술은 그의 입술에 덮였다.

쪼옥, 하고 작은 소리가 새어나왔다.

보드라운 촉감에 몸 깊숙한 곳이 뜨거워졌다. 그와 키스하는 것은 처음이 아니었지만, 입술이 닿는 것만으로도 웃고 싶은 것인지 울고 싶은 것인지 스스로도 알 수 없는 감정으로 가슴이 벅차왔다.

그러나 그의 입술은 닿기만 하고 멀어졌다.

그의 입술이 닿은 곳을 중심으로 목 깊숙한 곳까지 찌릿찌릿한 아픔과 같은 무언가가 내달렸다.

"…더 해달라… 고 조르는 건 단정치 못한 걸까요……?"

"괜찮아. 미래의 왕비의 부탁인걸. 들어 주지 않을 이유가 없지."

막시밀리안을 지그시 바라보고 있자, 그는 가볍게 웃음 지은 후 다시 한 번 더 입을 맞추며 뜨거운 혀끝으로 비집고 들어왔다.

"하아……."

끈적한 감촉이 치열을 비집고 들어와서 점막에 닿았다. 그의 뜨거운 혀끝에 농락당하며, 아리아드네가 어쩌면 좋을지 몰라서 망설이고 있자 혀가 휘감겼다.

그의 맨 등에 아리아드네는 양팔을 두르고 매달렸다.

그의 입맞춤을 머뭇머뭇 받아들이며 내민 아리아드네의 혀를 막시밀리안의 하얀 이가 가볍게 깨물어서 밖으로 끌어냈다.

타인의 이가 자신의 혀를 깨무는 감촉에 아리아드네는 형용할 수 없을 만큼 흥분함과 동시에 공포심을 느꼈다.

"무… 서워. 무서… 워요……."

이런 농밀한 키스 끝에는 무엇이 있을까. 자신이 그곳에 도달했을 때, 어떻게 될지 알 수 없었다. 그것이 두려웠다.

"…무서워?"

막시밀리안은 입술을 떼고 물었다. 아리아드네가 고개를 끄덕이자, 그녀를 달래는 듯한 자상한 키스가 이마에, 코 끝에, 그리고 뺨에 떨어졌다.

"무서우면 여기까지만 할까?"

아리아드네는 입술을 뗀 막시밀리안을 다시 바라보았다.

"싫… 어요……."

그 대답에 막시밀리안은 상체를 일으켰다.

"그만두지… 마… 요……."

"변덕쟁이 공주님이로군."

막시밀리안은 또다시 아리아드네의 입술에 자신의 입술을 갖다댔다. 숨결조차도 빼앗을 듯한 격렬한 키스였다. 키스를 더 원했던 아리아드네는 막시밀리안의 목에 양팔을 단단히 감고 스스로 혀를 내밀어 막시밀리안의 입속을 더듬었다. 혀끝으로 간질이듯이. 뺨의 뒷면을 에듯이. 치열을 확인하듯이. 막시밀리안이 아리아드네에게 한 것처럼 아리아드네도 그의 입술을 탐했다.

"으읍, 흡… 읍……."

어째서인 걸까. 숨이 가빠서 참을 수 없었다. 심장이 터질듯 뛰었고 가슴이 아려서 어찌할 수 없었다. 그러나 아리아드네는 막시밀리안과의 입맞춤을 멈출 수가 없었다. 필사적으로 막시밀리안에게 매달려서 몇 번이고 뜨거운 혀를 휘감았다.

그리고 각도를 바꾸어 몇 번이고 깊게 미친 듯이 입맞춤을 이어갔다.

문질러대는 입술의 감촉에 가슴의 돌기마저도 서서히 마비되어 왔다. 돌처럼 무거운 막시밀리안의 몸에 짓눌려 가슴이 천에 문질린 채 두 개의 정점이 짜릿하게 아려오기 시작했다.

그 아픔을 어떻게든 해 줬으면 했다.

그런 곳을 만져줬으면 하다니, 부끄러워서 말할 수 없어…….

"하아… 흐응… 읍……."

흘러넘치는 타액이 서로 뒤섞인 채 공기를 빼앗듯 입술을 빨아들였다. 뜨거운 혀끝에서 모든 것이 녹아버릴 만큼 흥분했다.

호흡 따윈 필요 없다. 이대로 심장이 멈춰도 좋다. 막시밀리안이 모든 것을 빼앗아가기를 바랐다.

"하아… 흡……."

터무니없는 망상이 머릿속을 헤집고 다녀 아리아드네는 양손으로 막시밀리안의 바위 같은 어깨를 밀쳤다. 하지만 이번에는 막시밀리안은 몸을 떼어내지 않았다.

"이미 늦었어. 넌 날 진심으로 만들었어."

그렇게 말한 후 막시밀리안은 아리아드네의 양쪽 어깨를 잡아서 침대에 고정시키고 입술을 빈틈없이 덮어 격렬한 입맞춤을 했다.

"…하아, 아… 으으읍… 흐응……."

어둑어둑한 가운데 날카롭게 빛나는 두 개의 불꽃같은 시선이 자신을 쏘아보자 아리아드네의 몸은 경직되었다. 이제부터 어떻게 되는 것인지 알 수 없었다. 무서웠다. 막시밀리안의 눈은 먹잇감을 앞에 둔 맹수처럼 번뜩이고 있었다. 무척이나 아름다웠다. 그 먹잇감은 물론 자신이었다.

"계속해도 될까?"

아리아드네는 어떻게 대답해야 좋을지 알 수 없었다. 다만 온몸의 피가 심장과 머리와 입술에 집중된 듯한 느낌이 들었다.

입을 맞출 때마다 육지에 올라온 물고기처럼 몸이 절로 파닥파닥 날뛰었다. 자신의 육체인데도 그렇게 되는 것이 견딜 수 없을 만큼 두려웠다. 하지만 막시밀리안의 튼튼한 다리와 허리가 침대 위에서 아리아드네의 움직임을 봉인하고 있었기 때문에 이제는 도망칠 수조차 없을 듯했다.

몸 이쪽저쪽에서 맥이 뛰고 격렬하게 고동쳤으며, 당장에라도 심장이 터질 만큼 미친 듯이 뛰고 있었다. 나네트와 테오도르가 탔던 독 때문이 아니었다.

이런 상황은 두렵지만… 싫지 않았다.

반복되는 격렬한 입맞춤에 숨이 흐트러졌다.

"…흐읍 …큽, 흐으응."

누군가와 이렇게 짙은 입맞춤을 나누는 행위는 처음이었다. 그런데도 마치 원래부터 이렇게 해 온 듯한 감각이 온몸을 장악했다.

입맞춤을 하며 목의 각도를 바꿀 때마다 막시밀리안의 속눈썹이 살결을 스쳤다.

갑자기 강렬한 느낌이 아리아드네의 몸을 관통했다. 그것은 행복감이었다. 자신이 막시밀리안을 좋아하고, 그 좋아하는 사람이 자신을 원하고 있다. 하지만 그 행복감 안에는 어둠이 자리 잡고 있었다. 막시밀리안은 놀기 좋아하는 바람둥이로 유명한데다 반쿠르 국내뿐만 아니라 여러 왕족의 아가씨들과도 염문을 흘려 왔다. 지금의 자신은 껍데기뿐인 가난뱅이 귀족의 딸로, 왕비를 모시고는 있지만 한낱 시녀에 지나지 않았다.

아리아드네는 더 이상은 안 된다고 생각했지만, 이 행복한 순간을 놓치고 싶지 않아서 적극적으로 저항할 수 없었다.

처음으로 맛보는 숨 막히는 입맞춤에 아리아드네는 자신도 모르게 몸을 살짝 움직였다. 하지만 그에 아랑곳 않고 막시밀리안은 아리아드네를 괴롭히는 듯한 격렬한 입맞춤을 이어갔다. 내쉬는 숨을 빼앗길 때마다 오싹오싹한 경련이 등에까지 기어올랐다.

"그 사고가 있었던 날부터 계속 너만 생각했어. 이렇게 하고 싶어서 견딜 수 없었어."

막시밀리안은 아리아드네의 입술을 검지로 닦고 입술 가장자리를 츄욱 빨아들였다.

"그런데 너라는 애는 왕실에 오자마자 제롬에게 빠져서 나는 전혀 안중에도 없는 것 같았지."

가볍게 포개고 있는 입술 너머로 그가 그렇게 속삭이자 아리아드네는 등을 파르르 떨었다.

"그렇… 지… 않아… 요……."

고개를 절레절레 흔들자 머리의 움직임에 맞추어 멋진 금발이 흔들렸다.

십몇 년 간, 하루도 생각하지 않은 날이 없었다. 괴로울 때나 슬플 때, 그 추억에 자신이 얼마나 위로받았는지 그에게 전하고 싶었다.

하지만 대답할 틈도 없이 입맞춤에 숨결을 통째로 빼앗겼다.

"아리아드네, 뻔한 거짓말은 그만둬. 데뷔탕트가 열렸던 날 밤, 제롬에게 이끌려서 온실에 갔었지?"

그의 입술이 속삭이는 말은 비난조차 달콤하게 귓바퀴를 간질였다.

"계속 널 보고 있었어. 무도회가 열리기 전부터 계속."

"아아… 하앙……!"

막시밀리안의 손이 에이프런 드레스의 단추를 풀고 속옷을 입은 가슴 위를 기어 다녔다. 아리아드네가 입은 속옷은 굉장히 얇은 천으로 되어 있었기 때문에 그 손의 열기도 그대로 전해져 왔다. 그의 손길에 양쪽 가슴에 자리한 정점이 더욱 아릴만큼 솟구치는 것을 느꼈다.

"흐… 으응, 응……."

어째서 이런 곳이 고통스러울 만큼 예민해지는 것인지 알 수 없었다.

"뭐야, 벌써 느끼는 건가?"

막시밀리안이 어스레한 어둠 속에서 놀리듯 쓴웃음을 지었다. 아리아드네는 수치심에 몸을 비틀었지만 막시밀리안은 이를 용납하지 않았다.

"겨우 붙잡았군. 두 번 다시 놓치지 않을 거야. 누구에게도 건네지 않아."

그의 그런 목소리를 듣는 것은 태어나서 처음이었다.

아리아드네에게 있어서 막시밀리안은 지금 이 세상의 전부라고 해도 과언이 아니었다. 그가 원한다면 절대로 도망치지 않을 터였다.

그런 마음을 받아들이듯 그는 아리아드네의 가느다란 허리에 감긴 속옷 끈을 풀고, 기대하던 선물 포장을 뜯듯 정성스럽게 벗겨갔다.

에이프런 드레스를 다 벗기자 속옷의 옷깃 언저리를 끌어당겨서 쇄골에 입술을 떨어뜨렸다.

그 거센 힘에 아리아드네는 희미한 비명을 질렀다. 하지만 그는 개의치 않았다. 더욱 힘을 실어서 흔적을 남기려는 듯 깊게 빨아들였다.

"…아얏……."

아리아드네의 비명에 만족한 듯 막시밀리안은 쇄골에서 입술을 떼어냈다. 마르고 긴 손가락으로 그곳을 달래듯이 어루만지는 것에 아리아드네는 숨을 후우 내쉬었다.

그 몸을 이번에는 속옷 너머로 덧그린다.

"뭐… 뭘……."

뜨겁고 노련한 손이 익숙한 손놀림으로 속옷자락을 걷어 올려서 아리아드네의 상반신을 단숨에 알몸으로 만들었다.

"하, 아아… 흐응……."

손을 미끄러뜨리듯 움직이자 붕 떠오른 그녀의 몸에서 그는 속옷을 목 위로 걷어 올려 침대 한쪽에 내던졌다.

그것만으로 아리아드네의 뽀얀 상반신은 아무것도 입지 않은 상태가 되었다. 실크 실 같은 금발이 물결쳤고, 투명함이 감도는 뽀얗고 보드라운 작은 가슴이 아리아드네의 거친 호흡에 맞추어 아래위로 움직였다.

　동요하는 아리아드네를 개의치 않고 막시밀리안은 붉은 혀를 날름 내밀어서 자신의 입술을 핥았다. 그 모습이 무척이나 자극적이어서 아리아드네의 가슴이 흠칫하며 고동쳤다.

　그는 고개를 숙여서 아리아드네의 가슴의 정점에 자리한 살굿빛 장식을 핥았다.

　"아… 하아……."

　도톰한 혀가 뒤엉키는 가운데, 아리아드네의 몸이 날뛰었다. 짜릿하게 뻗어 가는 전율은 지금까지 인생을 살아오면서 느낀 적 없는 것이었다. 처음 느끼는 그 감각에 아리아드네는 온몸을 떨었고, 자신이 터무니없는 모습으로 누워 있다는 사실을 새삼스럽게 깨달았다.

　"가슴, 느껴져?"

　"몰……."

　그 말에 얼굴이 새빨개진 아리아드네는 무심코 막시밀리안의 어깨에 손을 떠받치고 되밀었다. 드로어즈만이 자신의 알몸을 덮어서 가리고 있었다. 남성의 면전에 속옷 차림을 드러내는 것은 가장 수치스러운 행위였다. 그런 모습으로 남성의 눈앞에 있다니 부끄러워서 몸이 갈기갈기 찢어질 것 같았다.

　"웃……."

　반사적으로 막시밀리안의 몸이 떠올랐다. 아리아드네가

마구잡이로 손을 움직였기 때문에 그의 어깨의 상처에 닿은 듯했다.

"미, 미안해요……."

아리아드네는 그의 어깨에서 손을 가만히 미끄러뜨렸다.

"남자와 여자가 침대 위에서 뭘 하는지 정도는 알고 있겠지?"

풋내기 같은 반응밖에 하지 못하는 아리아드네를 의아하게 여겼는지 막시밀리안이 물었다. 하지만 아리아드네는 대답할 수 없었다. 신부수업도 받지 않고 보아모르티에가의 부흥을 위해서 오로지 부기 공부에 열중해 온 아리아드네는 침대 위에서 일어나는 일에 대해서는 자세한 지식이 없었다.

아버지와 은행가인 듀포 이외의 남성과는 대화도 없었고, 저택 안에서도 시녀처럼 생활하고 있었기 때문이다.

서로 사랑하는 사람끼리 침대 위에서 하는 일을 짐작할수 있을 리가 없었다. 아리아드네가 읽었던 소설 속에서도고작 남녀가 서로를 끌어안고 아침을 맞이하는 장면뿐이었다. 남녀 사이에 실은 어떤 일이 일어나는지 자세히 가르쳐줄 사람도 없었다.

"모르는 건가……?"

그가 어이없다는 듯이 말했다. 아리아드네는 그의 자신의 무지를 비웃지 않을까 하고 걱정스런 얼굴로 그를 올려다보았다.

그 순간, 살짝 비쳐드는 석양을 받아서 적동색 눈동자가 반짝였다.

막시밀리안은 아리아드네의 하반신을 덮고 있는 얇은 드로어즈에 손을 대고 단숨에 끌어내렸다. 드로어즈의 좌우를 잇는 단추가 튕겨 올라서 나무 바닥에 떨어져 메마른 소리를 냈다.

아리아드네는 그의 분노를 산 것이 아닌가 하고 몸을 움츠렸다.

"안 돼요… 무슨 짓을……?"

"널 얼마나 생각하고 있는지 이래도 아직 모르겠어?"

아리아드네의 불그스름한 젖꼭지를 입에 머금으며 막시밀리안이 말했다. 그 목소리는 욕망에 목이 쉬어 있는 듯 들렸다.

"난 일방적으로 욕망을 분출해서 널 괴롭히는 짓은 하고 싶지 않아. 그러니… 부탁이니까 얌전하게 있어줘. 그러면 천국을 보여 줄게."

"…천… 국……?"

그 말은 아리아드네에게 있어서 낯선 것이었다. 일요일마다 가는 교회의 설교에서도 좀처럼 듣기 힘든 말이었다. 그래서 이렇게 알몸이 되어 젖꼭지를 물고 있는 것이 어떻게 천국으로 이어지는지 전혀 갈피를 잡을 수 없었다.

막시밀리안은 아무 말 없이 입에 문 젖꼭지를 빨아들였

다. 그 순간, 그의 입술이 닿은 부분에서 허리 깊숙한 곳으로 번개와 같은 무언가가 수직으로 내달렸고 아리아드네의 입에서 신음이 새어나왔다.

"이렇게 흥분해 있군. 정말… 잘 느끼는 몸이야."

"몰라요… 아니에요……."

아리아드네는 부끄러움에 몸이 경직되었다. 가슴의 젖꼭지를 막시밀리안의 입에서 떼어내기 위해 몸을 비틀자 우연찮게도 그의 치아에 젖꼭지가 닿았다.

또다시 흠칫하며 어깨가 제멋대로 파르르 떨렸다.

버둥대는 하반신을 덮쳐누르고 있는 튼실한 몸에 빈틈없이 압박당하고 있었기 때문에 몸을 비트는 것도 빠져나오는 것도 용납되지 않았다.

그는 그녀의 젖꼭지에 혀를 감고 빨아들였고 깨물기도 했다. 치아로 자극을 가하면서 갈비뼈 주변을 애무하던 손이 올라와 가슴 양쪽에 자리한 과실을 손바닥으로 길어 올리듯 주물렀다.

그렇게 하는 것만으로도 그가 만지고 있지 않은 오른쪽 젖꼭지까지 고통스러울 만큼 흥분하는 것이 느껴졌다.

아리아드네의 호흡은 곧 끊어질 듯했고 헐떡이는 것인지 숨을 쉬는 것인지조차 알 수 없었다. 그 사이에도 막시밀리안의 다른 한쪽 손은 그의 입술이 닿아 있지 않은 쪽의 젖꼭지를 잡아서 지노를 꼬듯이 엄지와 검지로 주물럭대고 잡아당기기도 했다.

양쪽으로 받고 있는 노골적인 자극에 아리아드네는 몸부림쳤고 무의식중에 목을 뒤로 젖혀서 신음했다.

그는 물어뜯을 듯 입을 벌려서 그녀의 목에 바짝 갖다 댔다. 또다시 고통스러울 만큼 빨아들이는 것이 아닐까 하는 생각이 들자, 아리아드네의 몸은 움츠러들었다.

"아픈 건… 싫어요……."

하지만 막시밀리안은 치아 끝을 살짝 갖다 대어 보드라운 살결에 흔적을 남길 뿐이었다. 그 부분도 가슴의 일부가 되어버리기라도 한 듯, 그가 그렇게 하는 것만으로도 온몸이 움찔움찔 경련했다.

"아프게 하지 않을 거야. 훨씬 더 기분 좋은 걸 가르쳐줄게."

막시밀리안은 아리아드네의 보드라운 금발을 손으로 쓸어 올려서 그녀의 귀를 드러냈다.

"흐응… 흥……."

그리고 그는 귓바퀴 위에 자리한 얇은 부분에 이를 세웠다. 간지러워서 목을 움츠리자 추격하듯이 따라온 그의 혀가 귓불을 간질이고 입술로 빨아들였다.

또다시 입술이 가슴으로 돌아가서 고통스러울 만큼 흥분한 젖꼭지를 머금고 깨물고 가볍게 끌어당겼다.

아찔아찔해서 견딜 수 없었다. 간지러움과 애절함이 뒤섞여 영문을 알 수 없게 되었다.

"끌… 끌어당기지… 마요……."

거부의 뜻을 입에 담으면서도 온몸을 지배하는 전율에 저항하지 못한 채, 아리아드네는 맨발의 발끝으로 침대에 깔린 리넨을 긁어댔다.

아리아드네가 살짝 몸을 일으키자 그는 튀어나온 갈비뼈에 혀를 굴려서 명치에 키스했고 배꼽 주변을 핥았다.

다른 한쪽 손은 모양 예쁜 가슴을 여전히 주무르고 어루만졌다.

"흐응… 흑, 이제……."

그사이에 막시밀리안의 한쪽 손은 아리아드네의 옅은 수풀을 쓰다듬기 시작했다. 흠칫하며 튀어 오른 허벅지가 자연스럽게 좌우로 벌어졌다. 막시밀리안은 찌를 듯한 기세로 그 틈에 손가락을 미끄러뜨리듯 집어넣었다.

"…아, 하아… 아… 흐윽……!"

그런… 부끄러운 곳에.

수치심이 아리아드네의 온몸을 붉게 물들였다. 얼른 다리를 오므리려고 했지만, 막시밀리안의 무릎이 그녀의 허벅지 사이를 재빨리 파고들었다.

아리아드네는 자기도 모르게 손을 내밀어서 막시밀리안이 보지 못하도록 그곳을 가렸다. 하지만 그는 그것을 용납하지 않고 아리아드네의 손목을 잡아 베개 밑에 고정시켰다.

"싫… 어……."

"숨기지 않아도 돼. 네 건 무척 예쁘니까……."

그의 손가락 하나가 그곳에 숨어들자 츄욱 하고 음란한 물소리가 들렸다. 아프지는 않았지만 아리아드네의 온몸은 제멋대로 떨렸다.

안쪽까지 들어간 손가락 하나가 그곳을 앞뒤로 문지르자, 그때마다 물소리가 몸을 타고 귀에까지 울려 퍼졌다.

아리아드네를 덮친 것은 그뿐만이 아니었다. 그런 곳인데도 손가락이 드나들 때마다 피어오르는, 뭐라 형용할 수 없는 감각이 아랫배로 빠져나왔다. 혹시 나네트가 탄 독의 영향일지도 모른다고 생각했다. 아리아드네가 알고 있는 어떤 어휘를 구사해도 그 감각을 설명할 길이 없었기 때문이다.

"스며 나오고 있군. 역시, 느끼고 있는 건가······?"

막시밀리안이 짓궂게 웃으며 놀리듯이 물었다. 그 말에 웃음이 섞여 있었기 때문에 아리아드네의 얼굴은 새빨개졌다.

부끄러워서 견딜 수가 없었다. 이건 분명히 독 때문이다. 그런 곳을 만져져서 이상한 액체가 스며 나오다니, 자신의 몸에는 절대 일어날 리 없는 일이라고 생각했다.

"싫··· 어··· 몰라··· 요······."

솔직하게 대답했지만 막시밀리안은 입에 물고 있던 아리아드네의 젖꽃판에 가볍게 이를 세웠다. 그러자 몸이 움츠러들며 아리아드네의 몸속에 있던 막시밀리안의 손가락까지 조였다.

"말해."

막시밀리안은 아리아드네의 몸속에 손가락을 집어넣은 채, 갈라진 틈을 엄지손가락으로 세게 문질렀다.

"흐읍, 아… 아아, 하아!"

아리아드네의 몸이 움찔움찔 크게 휘어졌다.

막시밀리안은 아리아드네의 몸의 갈라진 틈에서 살짝 튀어나온 작은 돌기를 계속 문질렀다.

손가락을 튕겨낼 때마다 아리아드네의 몸이 날뛰었다. 마치 그곳에 방아쇠가 있는 듯 막시밀리안의 손가락의 움직임에 맞추어 몸이 오므라들었다.

아리아드네는 두려웠다. 자신의 몸을 스스로 제어할 수 없었기 때문이다. 숨이 가빠졌다.

"도… 독……."

아리아드네는 떨리는 목소리로 막시밀리안에게 물었다.

"나네트가… 탄 독 때문에 제가… 이렇게 된 건가요……?"

막시밀리안은 경악하며 눈을 크게 떴다. 자신이 한 말이 그의 기분을 또 상하게 한 걸까. 조심조심 고개를 들자 막시밀리안은 웃음을 뿜어내기 시작했다.

"독 때문이 아니야. 넌 지금… '느끼고 있는 거'야."

"느끼고… 있다고요?"

"그래. 넌 제대로 느끼고 있어. 그도 그렇게 이렇게 젖어 있잖아. …여기 만지니까 좋아?"

젖어 있다…? 그는 또다시 이상한 말을 했다. 그 의미를 알 수 없었던 아리아드네는 싫다는 듯이 고개를 좌우로 흔들었다.

"아니면, 여긴가?"

질퍽질퍽하게 젖은 살을 휘젓는 소리가 울려 퍼졌다. 그 움직임에 의해서 조금 전과는 다른 자극이 피어올랐고 유연하게 뻗은 가느다란 양쪽 다리 끝까지 전율이 퍼졌다.

"싫어… 하아… 둘 다……."

"그렇군, 양쪽 다 좋아하는 건가. 이거 곤란한데."

막시밀리안은 몹시 짓궂은 웃음을 짓고 있었다.

"아냐… 아, 하…앙……."

아리아드네는 자신의 다리 사이에서 꿀 같은 무언가가 꼴깍꼴깍 흘러나오는 것을 느꼈다. 어째서 이런 게 흘러넘치는 걸까. 뜻대로 제어할 수 없는 자신의 몸이 두려웠다.

막시밀리안은 아리아드네의 가냘픈 허리를 사이에 두도록 양손을 짚고 그녀의 몸에서 상반신을 일으켰다. 바위처럼 무거운 그의 몸에 깔린 채 자유를 빼앗겨 있던 아리아드네는 푸른 눈을 커다랗게 뜨고 일이 어떻게 흘러가는지를 지켜볼 수밖에 없었다.

막시밀리안의 양쪽 팔이 멍하니 허공을 바라보는 아리아드네의 무릎을 잡았다. 그런 다음 다리를 그대로 들어 올리자 양쪽 다리가 크게 벌어졌다.

그가 들어 올린 양쪽 다리를 꽉 누르자 허리가 공중에 뜬 상태가 되었다.

누구에게도 보인 적 없는 곳을 막시밀리안의 아름다운 눈앞에 드러내고 있다고 생각하니 너무나도 부끄러운 나머지 정신이 이상해질 것 같았다.

서늘한 공기가 그 부분의 포개어진 살결에 닿자 꽃봉오리 같은 그곳이 파르르 떨렸다.

"아, 이런 건… 싫… 어……."

"너도 볼래? 네가 얼마나 느끼고 있고 젖어 있는지."

막시밀리안의 목소리가 다리 쪽에서 들려왔다. 그가 무엇을 하려는 것인지 아리아드네는 전혀 갈피를 잡을 수 없었다.

"싫어… 아, 하아……."

열기를 띠는 보드라운 것이 다리 안쪽에 닿자, 아리아드네는 그가 하려는 것이 무엇인지를 알아차렸다.

보드랍다고 느낀 것은 막시밀리안의 혀였으며, 그의 혀는 마치 진한 입맞춤을 하듯이 그녀의 음순을 헤집고 들어와 민감해진 돌기를 끈적하게 핥았다.

손가락보다 부드럽게 자극한 후, 입술로 그곳을 감싸는 것이 느껴졌다.

"아… 아앗……."

이상한 감각이 아리아드네의 몸을 관통했다. 마치 모래사장에 남겨진 작은 물고기처럼 아리아드네의 몸은 날뛰었고 낡은 침대는 삐걱삐걱 소리를 냈다. 비스듬히 앞에 위치한 왕비의 처소에 이 소리가 들릴지도 모른다고 생각했지만, 몸이 제멋대로 오므라들어서 어찌할 수 없었다.

"흐으응… 하아……."

이렇게 작은 부위인데도 빨아들이는 충격은 강했고 희열은 격렬했다. 날카로운 자극에 농락당한 아리아드네의 눈가에서 눈물이 흘러 떨어졌다.

"아, 하아… 아……."

소리를 낮춰야 하는데 그럴 수 없었다. 목구멍에서 자신의 것이라고는 생각할 수 없을 만큼 달콤한 소리가 제멋대로 나왔다. 아리아드네는 더 이상 큰소리가 나오지 않도록 자신의 손등을 입술에 갖다 댔다.

막시밀리안은 혀끝으로 꽃잎을 헤집고 들어와, 타액에 젖은 혀로 몇 겹의 벽으로 이루어진 장소와 그 안에 숨겨진 꽃술을 계속 핥아댔다. 그때마다 솟구치는 날카로운 수치심과 이를 넘어서는 짜릿한 감정이 아리아드네의 몸속에서 서로 싸웠다.

둥그스름한 엉덩이가 허벅지와 함께 흔들렸다. 격한 희열이 다리에서부터 밀려 올라왔다.

"하아… 아…… 그만… 둬요……. 그런… 거……."

아리아드네는 정신이 이상해질 것만 같은 쾌감에 허우적대며 갈라진 목소리로 막시밀리안에게 애원했다.

"안 돼."

그 목소리조차도 젖은 그 부분을 자극했기에 아리아드네

는 움찔대며 몸부림쳤다.

"다음은 이쪽이야."

보드라운 혀가 싹을 튕겨냈다. 그리고 주르륵 미끄러져 들어온 무언가가 있었다. 그것이 그의 혀라는 사실을 알아 차린 것과 동시에, 그의 혀가 꽃잎 두 장을 밀어 헤치며 꿀을 머금은 안쪽에 도달하였다.

믿을 수 없는 기분에 몸을 떨고 있자 그 부분이 움직이듯 벌어졌고 젖은 혀가 더욱 안쪽으로 뚫고 들어갔다.

"…아, 아아앗!"

막시밀리안의 혀가 꿈틀대자 꿀에 흠뻑 젖은 입구에 타액이 더욱 흘러들어갔다.

뜨거운 혀끝이 짜릿짜릿하게 전율하는 꿀단지 입구를 기어 다녔다. 그 생생한 감촉을 참으려고 했지만 온몸에 힘이 들어가지 않았다.

"네가 이곳으로 날 받아들이는 거야."

막시밀리안은 갈라진 목소리로 나지막하게 속삭인 후, 아리아드네가 물을 틈도 주지 않고 긴 손가락으로 또다시 파고들었다.

"읍… 흐읍……."

꿀에 젖은 그녀의 그곳이 그의 손가락에 의해 벌어지자 뜨겁게 전율하는 속살이 그의 긴 손가락을 휘감았다.

몸속에 긴 손가락이 파고 들어왔는데도 고통스럽지 않았다. 그 손가락이 천천히 들어올 때마다 짜릿짜릿한 쾌감이

가로질렀다.

"하아… 흐으… 으응!"

속살을 더듬듯 헤집던 손가락이 어느새 두 개로 늘어나 있었고 흠뻑 젖은 아리아드네의 물건은 츄욱츄욱 음란한 소리를 내고 있었다.

막시밀리안의 손가락이 그녀를 헤집을 때마다 뜨거운 꿀이 방울져서 속살 사이로 흘러 넘쳤다.

"조금만 더 참아."

그가 그렇게 말하고 세 번째 손가락을 넣자 벽이 벌어지는 듯한 느낌이 들며 고통스러웠다.

"아파……! 아얏, 손가락, 빼요……."

안에서 밀려오는 아린 통증에 아리아드네가 아무리 애원해도 막시밀리안은 아랑곳하지 않고 긴 손가락을 넣었다 빼고 휘저으며 그녀의 긴장을 정성스럽게 풀어 주었다.

"흐…으응, 으응……."

허리를 들어 올린 불안정한 상태였기 때문에 아리아드네는 달아날 수도 없었다. 막시밀리안이 자신의 음란한 속살을 계속 파고드는 것에 그녀는 푸른 눈동자를 일렁이며 괴로운 듯 그를 바라볼 뿐이었다.

상반신을 일으켜 세운 막시밀리안은 손가락을 넣으며 아리아드네의 눈가에 입술을 갖다 대고 흘러내린 눈물을 빨아들였다.

"손가락에 익숙해져야 나중에 덜 힘들 거야. 얌전히 참고 있어."

막시밀리안의 손가락은 능수능란하게 움직였다. 손가락
으로 꽃잎을 문지르며 긴장을 풀어나갔고 꿀을 짜내어 안
쪽으로 묻혀갔다. 엄지손가락 끝으로 싹을 계속 튕겨대자
아리아드네의 몸이 날뛰었다.

손가락이 뜨거운 벽을 크게 휘저으며 아리아드네의 몸속
깊은 곳을 파헤쳐 갔다.

손가락을 넣었다 뺄 때마다 아픔뿐 아니라 알싸한 짜릿
함까지도 등에 내달렸다.

"하아……."

아리아드네의 몸이 움찔움찔 날뛰자, 벽을 열어서 안으
로 집어넣고 있던 그의 손가락이 움직임을 멈추었다.

아리아드네가 이제 그가 자신의 몸속에서 손가락을 빼는
것이라고 생각한 순간, 그가 긴 손가락을 구부려서 안쪽에
자리한 한 곳을 세게 자극했다.

"…아, 하아."

느닷없이 온몸을 긴장감이 가로질렀고 손발이 제멋대로
날뛰었다.

"아…앗! 흐응, 으으응!"

흘러넘치는 꿀을 휘젓듯이 손가락으로 그 부분을 문지르
자, 아리아드네는 몸을 움찔움찔 경련하며 입구에 자리한
벽을 조였다.

불안한 눈초리로 막시밀리안을 바라보자 그는 날카로운

눈을 가늘게 뜨고 자상하게 웃음 지었다.

"그렇게 바라는 눈으로 보지 말아줘. 이래 보여도 자제하고 있는 거니까."

"자제……?"

막시밀리안은 아리아드네의 손을 잡고 자신의 다리 쪽으로 이끌었다.

"어머."

아리아드네의 오른손이 천을 사이에 두고 막시밀리안의 육체에 닿았다. 검은 트라우저 너머로 달군 숯처럼 뜨거워진 그것이 만져졌다.

"뜨거워… 단단해……."

"이게 널 갖고 싶어하고 있다는 증거야."

막시밀리안은 트라우저 앞 단추를 풀고 속옷 안에서 자신의 물건을 꺼냈다.

석양은 이제 완전히 산 저편으로 저물어서 방안은 연보랏빛 암흑으로 감싸여 있었다. 때문에 막시밀리안의 몸은 그림자가 되어 그것의 형태는 보이지 않았다. 하지만 아리아드네의 가느다란 손가락은 바깥으로 드러난 그의 물건을 만졌다.

처음 만지는 남성의 그곳은 감촉이 매끄러운 머리 부분과 혈관으로 보이는 것으로 휘감겨 있는 줄기로 이루어져 있었다. 그리고 그것은 아리아드네의 손가락에 닿자, 그 자체가 의지를 가지고 있는 듯 움찔움찔 경련했다.

"아……."

달군 철에 데었을 때처럼 아리아드네는 자기도 모르게 손을 움츠렸다. 하지만 막시밀리안의 손이 뻗어와서 아리아드네의 손목을 붙잡았고, 다시 한 번 만지도록 그녀의 손을 이끌었다.

"이걸 네 여기에 넣을 거야. …무서워?"

막시밀리안이 원한다면 뭐든지 주겠다고 결심한 아리아드네였다. 두렵지 않았다. 가슴속으로 그렇게 자신을 타이른 후, 고개를 살짝 가로저었다.

그는 또다시 아리아드네의 몸 위에 자신의 몸을 덮었다. 등에 두른 손으로 아리아드네를 자신의 품에 끌어안고 금발에 파묻힌 귓불을 혀로 핥아서 밖으로 드러내며 작은 목소리로 속삭였다.

막시밀리안이 늘 뿌리는 향수의 향기가 코끝을 간질였다.

"아리아드네, 사랑해."

"아… 앗. 아, 아아아―핫!"

격통이 아리아드네를 뚫고 지나갔다.

그녀는 참기 힘든 고통에 말을 잃었고, 온몸이 욱신거릴 만큼 자신의 몸이 경직되어 있다는 사실을 알 수 있었다. 조금 전까지 잠겨 있던 달콤하고 영문을 알 수 없는 경련과는 다른 종류의 감각이었다.

막시밀리안이 허리를 앞으로 밀어내자 투두둑 하는 소리

를 내며 그 부분이 두 갈래로 찢어지는 느낌이 들었다. 그렇지 않으면 설명할 길이 없었다. 이성적으로 설명할 수 없는 격통이었다.

이게 막시밀리안이 하고 싶은 일인 걸까……?

"……윽, 으, 하아……."

입술을 악물고 아린 고통을 견뎌냈지만, 도망치듯이 허리가 물러나고 말았다.

"아픈가?"

아리아드네는 바들바들 떨면서 고개를 끄덕였다. 그 바람에 속눈썹에 맺혀 있던 눈물이 방울져서 뺨을 적셨다.

"무… 무리예요……."

서로 사랑하는 것이. 사랑하는 사람과 하나가 되는 것이 이렇게 힘든 일일 줄이야.

"미안하지만, 어떤 남자라도 여기서 멈출 순 없어."

막시밀리안의 목소리는 갈라져 있었다. 그리고 그 말은 날카로운 칼날이 되어 아리아드네의 가슴에 꽂혔다.

막시밀리안이 허리를 앞으로 밀어 보냈다. 그 깊이에 비례하여 지금까지의 끈적한 타액과는 전혀 다른, 매끄러운 감촉의 무언가가 다리 사이에서 흘러나오는 것이 느껴졌다.

피였다.

"…읍……."

몸 깊숙한 곳까지 막시밀리안을 집어삼킨 채 양쪽 다리

사이로 선혈을 흘리던 아리아드네는 한시라도 빨리 이 행위를 끝내고 싶다는 생각에 경직된 팔로 막시밀리안의 가슴에 매달렸다.

"착하지, 힘을 빼줘."

너무나도 큰 고통에 몸이 경직된 아리아드네는 힘을 빼는 방법을 알 수 없었다. 커다란 눈물방울을 흘리며 흐느끼면서 막시밀리안을 바라보자 그는 진지한 표정으로 눈물이 그렁그렁한 그녀의 눈에 입맞춤했다.

"가엾게도……."

막시밀리안의 입술이 눈물자국에 닿았고, 떨리는 아리아드네의 입술에 포개어졌다. 숨결이 뒤섞인 그의 속삭임이 무척이나 뜨거웠다.

이렇게 울고 있는데. 이렇게 괴로워하는데. 아무리 애원해도 막시밀리안은 움직임을 멈추지 않았다.

그가 허리를 움직일 때마다 상처를 까칠한 줄로 비벼대는 듯한 아픔이 몸을 관통했다. 얼른 이 행위를 끝내주기를 바랐다. 키스에 응할 여유도 없이 아리아드네는 인형처럼 눈을 크게 뜨고 막시밀리안에게 몸을 맡긴 채 흔들리고 있었다.

그가 단단해진 물건의 끝으로 아리아드네를 뚫을 때마다 그녀의 자그마한 가슴이 크게 흔들렸다.

아팠다. 얼른 이 폭풍 같은 행위를 멈추고 평소의 막시밀리안으로 돌아와 줬으면…….

아리아드네는 필사적으로 기도했다.

그러자.

공포와 아픔에 지배당하고 있던 의식에 한순간 다른 무언가가 스쳐 지나갔다.

"…아… 하앙……."

그때, 자신도 믿을 수 없을 만큼 달콤한 목소리가 코로 빠져나왔다. 아리아드네의 몸속에서 그녀의 육체를 뚫어대고 있던 막시밀리안이 눈을 살짝 크게 떴다.

"여긴… 건가……?"

그가 자신의 몸속을 파고들 때마다 달콤한 희열이 불꽃처럼 흩어졌다.

그것은 온몸을 쥐어짜는 듯한 감각이었다.

"…아!"

막시밀리안이 숨을 크게 삼켰다. 그와 동시에 그녀의 몸속을 꽉 채우고 있던 그의 물건이 커졌다는 것을 느꼈다.

"여기가… 네가 느끼는 곳이지?"

또 '느낀다'고……?

숨결 섞인 그의 질문에 아리아드네는 어떻게 대답해야 할지 알 수 없었다. 몽롱한 눈으로 막시밀리안을 올려다보자, 그는 아리아드네의 허벅지를 양손으로 잡고 그 부분을 향해서 허리를 꽂아댔다.

"느낀다고… 요? 아, 니… 에요……."

막시밀리안을 받아들이는 구멍의 입구가 꿀과 피로 뒤섞

인 채 음란한 소리를 내며 참기 힘든 고통을 계속해서 호소하고 있었다. 그런데도 깊숙한 그곳은 어떠한가. 그가 허리를 흔들며 안쪽에 자리한 응집된 부분을 그의 물건으로 문지를 때마다 온몸에 불꽃처럼 흩어지는 감각은 대체 무엇이란 말인가.

"안… 돼, 싫어… 거기에 넣지 마요…….."

이 미지의 감각이 두려웠던 아리아드네는 자기도 모르게 막시밀리안의 다부진 가슴에 팔을 대고 그의 몸 아래에서 빠져나오려고 했다. 하지만 막시밀리안은 그녀의 양쪽 손목을 잡고 시트에 갖다 붙인 채 격렬하게 허리를 움직였다.

"아… 아… 앗…….."

막시밀리안은 단단해진 물건의 머리 부분에서 잘록한 부분까지 밖으로 뽑아낸 다음, 민감해진 음순을 희롱하듯이 돌리며 또다시 그녀의 몸속을 자신의 물건으로 채웠다. 그리고 깊숙한 곳까지 뚫어나갔다. 그때마다 아리아드네의 작은 가슴이 흔들렸다.

막시밀리안을 받아들이는 곳의 고통은 여전히 격렬했다. 그리고 안쪽에서 피어오르는 미지의 감각이 지금까지 잠들어 있던 기관을 흔들어 깨우는 듯한 느낌이 들었다. 몸을 두 개로 찢어 가르는 듯한 동통은 여전했지만, 점차 그 고통에서 헤어나 묘한 감각이 의식을 지배하기 시작했다.

"뭐… 지, 이건……?"

막시밀리안이 아리아드네의 몸속에 있는 한 곳을 통과할

때마다 찌릿찌릿하게 등줄기를 가로지르는 무언가가 있었다. 거친 격류로 아리아드네를 쓸어내리려고 하는 무언가. 그것이 무엇인지 아리아드네는 알 수 없었다.

"안… 돼애……."

츄욱 하는 소리와 함께 그곳에 닿은 그의 물건의 끝자락이 아리아드네의 몸속을 헤집어대자 그녀의 등이 의지와 관계없이 휘어졌다. 그때에는 이미 몸을 찢는 듯한 동통 따위는 머릿속에서 완전히 사라져 있었다.

"이런… 이런… 거……."

"얌전히 날 느껴봐."

막시밀리안은 고개를 숙여서 아리아드네의 입술에 자신의 입술을 갖다 대고 속삭였다. 입술이 살짝 닿았을 뿐인 버드키스였지만, 가까이 다가온 아름다운 얼굴에 무심코 숨을 삼켰다. 그러자 막시밀리안의 물건을 에워싸고 있던 그 부분이 수축했다.

"하앗."

"안쪽이 기분 좋은 거구나?"

또다시 안쪽에서 마찰이 일어났다. 그의 몸이 그녀의 몸속을 비비고 뚫을 때마다 아리아드네는 손끝까지 전율했다. 아리아드네가 느끼고 있는 것은 아픔만이 아니었다.

"안 돼… 안 돼요… 거기에 들어오면……."

애달프게 욱신거리듯 손끝까지 전율하는 감각에 아리아드네는 깜짝 놀라며 파르르 떨었다. 이 감각에 휩쓸려서는 안 된다고 머릿속 어딘가에서 경종을 울리고 있었다. 그런데도 아리아드네는 이미 되돌아갈 수 없었다.

그것은 압도적으로 커다란 해일이 되어 밀려와 아리아드네를 엉망진창으로 만들었다. 아리아드네는 물에 빠진 사람처럼 가쁘게 숨을 이어갔다.

"기분이… 좋다니… 말도 안 돼요……."

아리아드네는 여전히 그렇게 외쳤다. 이것의 정체가 무엇인지 당황해하면서도 좀 더 앞을 좀 더 높은 곳을 원하며 온몸으로 외쳤다.

"고집쟁이 아가씨. 좋으면 좋다고 말해. 얌전히 따르는 거야. 몸이 하는 말에……."

귓바퀴를 혀로 말듯이 움직이며 막시밀리안이 속삭였다. 그리고 그와 동시에 아리아드네는 몸을 부르르 떨었다. 그것은 허리 깊숙한 곳에서 철썩철썩 밀려오는 정체를 알 수 없는, 아픔을 능가하는 무언가를 두려워하는 전율이었다.

"…아아… 흐응……."

막시밀리안이 허리를 움직이며 흔들자 아리아드네는 자기도 모르게 소리를 질렀다. 그 소리는 자신의 목에서 나왔다고는 생각할 수 없는, 코로 내는 달콤한 소리였다.

"이게 바로 기분이 좋다는 거야."

"기분이, 좋아……?"

"그래. 남자와 여자가 결합하는 행위는 무척이나… 기분 좋은 일이야."

막시밀리안은 그의 가슴에 대고 버티고 있던 아리아드네의 손을 꽉 잡아 끌어당겨서 손끝에 키스를 했다. 그와 동시에 다른 한쪽 손은 아리아드네의 등에 둘러서 더욱 안쪽을 파고들며 한층 더 깊이 결합해갔다.

"…아아… 기분, 좋아……."

아리아드네는 솔직하게 자신의 마음을 표현하며 푸른 눈동자로 막시밀리안을 바라보았다.

"막시밀리안도… 혹시……."

"응. 정말 좋아. 최고… 야……."

한숨으로 갈라진 말이 그녀의 귓바퀴에 닿았다. 그 순간, 폭발하는 듯한 격류가 아리아드네를 덮쳤다.

"하아! 흐, 으응……."

비명 같은 교성이 아리아드네의 방에 울려 퍼졌다. 누가 들을지도 모르지만 자신의 목소리가 어떻게 들릴지를 생각할 여유가 없었다.

그저 기뻤다. 자신이 막시밀리안에게 쾌감을 주고 있다는 사실이 어째서인지 이렇게나 자랑스러웠다.

아리아드네는 막시밀리안의 뺨에 손을 갖다 대고 고개를 들어서 입을 맞추었다. 입술이 살짝 닿는 버드키스가 각도를 바꾸며 점점 짙은 입맞춤이 되어갔다. 땀으로 젖은 단단한 머리카락이 손가락에 닿자 그 자극만으로도 아리아드네는 온몸을 떨며 몸속에 머금고 있던 막시밀리안의 물건을 조였다.

"흐응, …응, 흐으음."

막시밀리안과 맞닿아 있는 자신의 몸이 불타는 듯이 뜨거웠다. 그러나 그의 곁에서 떨어지고 싶지 않았다. 작은 틈조차 없이 찰싹 맞붙어 있고 싶었다.

"하아… 아……."

막시밀리안은 여전히 몸부림치는 아리아드네에게 계속 압박을 가했다. 뜨겁게 끓어오르는 자신의 물건으로 그녀의 육체를 뚫어서 허리를 돌리며 좁은 부분을 벌려갔다. 가슴에 얹은 손으로 그녀의 젖가슴을 움켜잡고 엄지손가락으로 젖꼭지를 튕기며 모양이 일그러질 정도로 문질러댔다. 입맞춤은 깊었고 밖으로 내민 혀에 이를 세워서 달콤하게 휘감자 두 혀가 서로 뒤엉켰다.

격렬하게 키스하며 그가 벽 안쪽을 밀어 올렸다. 축축한 소리와 받아들일 수 없을 만큼 강한 충격에 아리아드네는 막다른 곳으로 몰렸다.

"이제… 이제……."

입술을 빼앗겨 숨이 넘어갈 듯 신음하는 가운데 아리아드네는 겨우 그 말만을 쥐어짜냈다.

"안… 돼… 더 이상… 은……."

막시밀리안의 어깨 너머로 다리가 음란하고 격렬하게 흔들렸다.

그가 점막을 뭉갤 듯 단단한 물건으로 비벼대자 질 내부가 짓무르듯이 뜨거워졌다.

물건을 뽑아낸다 싶더니 그가 그녀의 몸속을 크게 뚫고 들어왔고, 다시 뽑아서는 허리를 사용하여 가장 안쪽에 자리한 한 곳을 정확히 겨냥하고 파고들었다.

허리에서 등으로 너울처럼 타고 올라가는 쾌감을 참을 수 없었다.

쩍쩍, 끈적한 소리가 들렸고 음란한 액체가 흘러내려 아리아드네의 엉덩이를 타고 떨어졌다. 지금의 아리아드네에게는 그 느낌조차 애무나 마찬가지였다.

"몸… 이… 부서질 것… 같아…….."

"부서질 것 같다고? …그건 곤란한데."

아리아드네의 눈앞에서 막시밀리안은 적동색 눈을 가늘게 뜨며 웃음 짓고는 그녀의 등에 손을 둘러 품에 꼭 끌어안았다. 근육질의 팔은 힘을 조절할 줄 모르는 듯 아리아드네의 몸을 힘차게 끌어안고 있었다. 괴롭지 않았다. 이제껏 느껴 본 적 없는, 몸도 마음도 천천히 녹아내리는 듯한 쾌락이 이 행위에서 전해져 왔다.

"아리아드네."

그가 자상하게 속삭이는 것에 아리아드네는 고개를 끄덕여서 답했다.

"아리아드네. 나의… 아리아드네…….."

막시밀리안은 아리아드네의 귓가에서 그녀를 몇 번이고 불렀다. 욕망에 들끓는 목소리였다.

막시밀리안이 자신을 원하고 있다는 사실이 기뻐서, 그가 자신의 이름을 부를 때마다 쾌감이 더해갔다.

그는 아리아드네의 이름을 부르며 허리를 흔들었다. 그리고 그녀의 자그마한 가슴이 흔들릴 만큼 물건을 밀어 올린다 싶더니 삽입의 각도를 바꾸어 애를 태우듯 성감대를 천천히 몰아세웠다. 그러자 온몸에 술렁거리는 듯한 감각이 달렸다.

그녀의 몸속을 비집고 들어오는 막시밀리안의 움직임을 뒤엉킨 다리로 느끼는 것만으로도 아리아드네의 머릿속은 벅찼다.

몸의 중심이 뜨겁게 전율했고 이제껏 경험한 적 없는 감각이 허리에서 피어오르는 것을 느꼈다.

"하아… 아아……."

아리아드네는 시트를 움켜쥐고 몸을 뒤로 젖혀서 경련했다. 막시밀리안은 움찔움찔 뛰어오르는 아리아드네의 몸을 꼭 끌어안고 움직임을 빠르게 하며 굉장한 기세로 그녀의 몸을 여러 번 격렬하게 뚫었다.

젖어 있는 비밀스런 장소에 둘러싸인 채 막시밀리안은 자신의 물건에 꾹 힘을 줬다. 그런 다음, 느끼며 매달려 오는 아리아드네의 몸속에서 그는 몸을 파르르 떨었다.

"아, 하아… 아아아……."

가장 깊숙한 곳까지 비집고 들어온 그의 물건이 한층 더 커졌고 뜨거운 물보라를 뿜어냈다. 그것은 모든 것을 불태

우는 마그마 같기도 했고, 모든 것을 녹여 버릴 만큼 달콤한 쾌락을 담고 있기도 했다.

자신의 몸속에 쏟아져 들어오는 무언가에 불타고 있는 것인지 녹고 있는 것인지 알 수 없는 가운데, 아리아드네는 또다시 온몸을 조이게 하는 충동에 허우적댔다.

5장
더렵혀진 마음

왕궁 안은 조용했다.

잠에서 깨자 눈에 처음 들어온 것은 어두컴컴한 방이었다.

"…으…….."

눈을 깜박였을 뿐인데 머리가 핑 돌아 아리아드네는 또다시 베개에 엎드렸다.

몸에 독이 아직 남아 있어서인지 막시밀리안과 사랑을 나눴기 때문인지는 알 수 없지만, 머리가 어질어질했다.

침대 바로 위로 펼쳐진 꾀죄죄한 어두운 색을 띠는 천장을 올려다보고 아리아드네는 자신의 방에 놓인 침대에 누워 있다는 사실을 알 수 있었다. 몸에는 깃털이불이 덮여 있었다.

아리아드네는 손을 뻗어 따듯하고 넓은 시트의 바다를 더듬어보고, 막시밀리안이 곁에 없다는 사실을 알아차리고 살짝 실망했다.

옛날에 집에 있던 연애소설에서는 연인이 된 이들이 서로를 끌어안고 아침을 맞이한다고 쓰여 있었기 때문에 아리아드네도 당연히 그렇게 생각하고 있었던 것이다.

하지만 몸이 묘하게 가뿐한 데다 그만큼 땀을 흘렸는데도 상쾌한 것은 막시밀리안이 뒤처리를 잘 해주었기 때문이겠지.

그뿐만이 아니었다. 알몸이었던 자신이 객실에서 눈을 떴을 때와 마찬가지로 포근한 실내복을 걸치고 있다는 사실을 알아차렸다.

아리아드네는 갑자기 불안한 기분이 들었다.

이건 전부 꿈이 아닐까.

꿈인지 현실인지 머리가 혼란스러웠다. 아리아드네는 양손으로 뺨을 가볍게 두드렸다. 하지만 아직 들뜬 기분으로 가득한 머리는 제대로 돌아가지 않았다.

닫혀 있는 커튼 틈 사이로 창밖이 보였다. 해는 이미 저문 듯했고, 별조차 보이지 않는 암흑 속에서 안뜰을 비추는 각등이 무수히 빛나고 있었다.

무언가를 하려면 우선 양초의 불빛이 필요하다고 생각하여 상체를 일으키자 다리 사이에서 정수리까지 찢어지는 듯한 아픔이 가로질렀다.

"아얏……."

다리 사이에 자리한 깊숙한 곳에 욱신거리고 둔탁한 통증과 달콤한 화끈거림이 남아 있었다. 그 아픔은 자신과 막시밀리안 사이에 일어난 일을 여실히 나타내고 있었다.

"꿈이 아니었구나……."

그렇다는 말은 자신을 로브로 갈아입혀 준 사람이 막시밀리안이라는 것이다. 그때의 표정을 떠올리는 것만으로도 왠지 간드러지는 듯한 느낌이 들었다.

게다가.

막시밀리안이 그때 말에서 떨어진 소년이라니…….

그렇다면 모든 것이 납득이 간다. 보아모르티에가에 찾아온 그가 미묘하게 불쾌해했던 것도, 왕궁에 온 지 얼마 되지 않았을 때 아리아드네의 입술을 강제로 빼앗았던 것도, 그때의 소년이 그라는 사실을 알아차리지 못한 아리아드네에게 안달이 났기 때문일 터이다.

어쩜 이렇게 아이 같을 수가…….

품위 있는 신사로 성장했을 거라고 철썩 같이 믿고 있었는데 막시밀리안도 참.

외양은 늠름한 청년으로 확 달라졌지만, 내면은 그때와 전혀 변하지 않았다.

하지만 어린아이 같은 그의 질투심이 지금은 사랑스럽기만 했다.

"홋홋홋…… 아, 아얏."

무심코 웃음을 터뜨리자 이를 나무라듯 다리 사이의 깊숙한 곳이 욱신거리며 아팠다.

아리아드네는 따뜻한 침대 속에서 조심조심 몸을 움직였다.

포근하고 설레며 웃음이 나올 것만 같은 이 기분을 행복이라고 하는 걸까. 그렇다면 아리아드네는 행복했다. 태어나서 처음으로 맛보는 달콤한 기분에 자연스레 웃음이 흘러나왔다.

살며시 비쳐드는 정원의 각등을 의지하며 촛대에 불을 붙이기 위해 침대에서 내려왔다.

다리를 움직일 때마다 변함없이 욱신거리며 아팠지만 일어설 수 없을 정도는 아니었다. 아리아드네는 책상 위에 놓인 촛대에 불을 밝혔다.

곁에 놓인 초라한 나무의자, 실용성만을 추구한 떡갈나무 옷장이 촛대의 불빛에 떠올랐다.

아직도 못 믿겠어.

아리아드네는 자신의 방 안을 또다시 둘러보았다. 초라한 방 분위기와, 이 방에서 일어난 사건과, 아리아드네를 구하기 위해 나타난 막시밀리안의 용감한 모습을 생각하며 한숨을 내쉬고 있을 때였다.

문을 똑똑 두드리는 소리가 들렸다.

아리아드네는 서둘러 침대에 숨어들었다.

"들어오세요."

초라한 깃털 베개를 등에 대고 상반신을 일으킨 후 노크 소리에 대답하자, 문이 열리고 그 틈 사이로 제롬이 얼굴을 내밀었다.

"이런 밤늦은 시간에 숙녀의 방을 찾아온 무례함을 용서해 줬으면 좋겠군. 네가 독을 마셨다는 이야기를 듣고 안절부절못하겠어서 말이지."

제롬은 미간을 찡그리며 진심으로 걱정스런 표정을 지어 보였다. 그 얼굴을 보고 아리아드네는 자신이 나네트와 테오도르에게 살해당할 뻔했다는 사실을 떠올렸다.

하지만 그 위험에서 구해준 것은…….

막시밀리안이 구해 주었다는 사실에 또다시 고마움을 느꼈다.

"고맙습니다. 덕분에 이제 완전히 나았습니다."

감사 인사를 하기 위해 침대에서 일어나려고 하자 머리가 어지러웠다.

"일어나지 말고 그대로 있어도 되니 내 이야기를 들어줬으면 좋겠어."

"하지만."

높은 분을 앞에 두고 침대에 누워 있는 것은 예의에 어긋나는 일이었다. 하지만 제롬은 일어나려고 하는 아리아드네를 저지하며 말했다.

"난 너한테 사과해야 해."

붉은 군복의 가슴 언저리를 잡고 제롬은 괴로운 듯 숨을 내뱉었다. 심각한 그의 표정을 보자 아리아드네의 얼굴에서 웃음기가 가셨다.

"실은… 막시밀리안 전하와 난, 널 내기의 대상으로 삼아 경쟁하고 있었어."

"내기 말인가요?"

"그래. 누가 먼저 네 마음을 빼앗는지. 그리고 네 마음을 빼앗은 자가 이 나라의 왕위 계승권을 얻고, 진 자는 물러나기로 했지."

"네에……?"

제롬님이 지금 뭐라고 말씀하신 걸까?

믿을 수 없는 말이었다.

아리아드네는 방안의 소리가 귓가에서 사라져가는 것을 느꼈다.

"네 마음을 가지고 노는 짓을 하다니 가만히 있을 수가 없었어. 네가 독이 들어간 주스를 마신 것도. 결국은 우리 탓이야. 용서해 줬으면 좋겠어."

제롬은 선 채로 정수리가 보일 만큼 깊이 고개를 숙였다.

청천벽력 같은 그 말에 아리아드네는 자신의 귀를 의심했다.

"그런 말씀 믿을 수 없습니다. 막시밀리안 전하께선 저에게 검을 바치셨어요."

"그것도 전하의 작전이야."

"거…거짓말! 거짓말이죠?!"

"진짜야! 전하께는 네가 아닌, 마음에 둔 다른 사람이 있어. 그 사람을 지금도 계속 생각하고 있다고. 너한테 승산은 없어."

"……아."

내가 아닌, 마음에 둔 다른 이가 있다고?

충격이었다. 어릴 적부터 그가 마음에 두고 있었던 사람은 영락없이 자신이라고 믿고 있었다.

"막시밀리안 전하는 어차피 반쿠르 제일의 바람둥이야. 그분이 여성에게 하는 말에 진심이 담겨 있다고 생각해선 안 돼."

즉, 평범한 귀족의 딸을 진심으로 사랑할 리가 없다. 제롬은 그렇게 말하고 있는 것이다.

숨을 들이쉬려고 하자 목이 메었다. 가슴의 고동이 목을 타고 올라와서 입술을 떨리게 했다.

"어째서……."

날카로운 강철 검이 날아와, 몸 한가운데를 뚫는 듯한 아픔이 가로질렀다.

"저… 전……."

깃털이불을 잡고 바들바들 떠는 아리아드네의 손 위로 제롬이 그의 커다란 손을 포개었다.

남자의 체온을 느끼자마자 격렬한 현기증이 덮쳐 왔다.

모든 걸 준 게 이런 결과를 낳을 줄이야.

그토록 격렬하게 사랑을 나눴는데, 막시밀리안에게 있어서 자신은 제롬과의 왕위 쟁탈전의 체스 말에 지나지 않았던 것이다.

눈부시게 아름다운 드레스도, 안뜰에서의 밀회도, 달콤한 키스도, 밤새워 했던 간병도, 자상한 애무도, 그가 바친 검도. 모든 것이 아리아드네를 꼬드겨서 왕위 계승권을 손에 넣기 위한 책략이었던 것이다.

그 사실이 너무나도 아프고, 괴롭고 슬펐다.

"가난뱅이든 작위를 가진 귀족이든 남성을 신용해서는 안 된다. 숙녀는 남성과 단둘이 있지 않도록 주의하라……. 제가 바보였네요."

책상에 놓인 촛대 위에서 양초가 파직파직 작은 소리를 내며 불꽃을 튀겼다. 아리아드네는 흔들리는 양초의 불빛을 노려보았다.

이런 사실을 알게 될 바에는 두 번 다시 잠에서 깨지 않으면 좋았을 텐데. 질척질척하고 미적지근한 가짜 행복에 둘러싸인 채 다시 잠들 수 있다면 얼마나 좋을까.

"그렇다고 해서 아무 짓도 하지 않을 거라고는 착각하지 마. 건방진 네가 내 품에 스스로 뛰어 들어오도록 만들겠어. …그렇지. 만약 어머님이 널 마음에 들어 하지 않는다면 내 첩이 되든지 융자를 인상하든지 그 정도는 선택해 줘야 할 거야."

이 왕궁에 왔던 날, 막시밀리안이 했던 말을 떠올렸다.

"첩……"

머리가 어지러워 아리아드네는 침대 위에서 몸을 웅크렸다. 다리 사이에서 밀려오는 욱신거림에는 달콤함은커녕 그저 아픔만이 남아 있었다.

"전… 그런 짓을 당하려고 왕궁에 온 게 아닙니다. 그런 짓을 하고 싶지도 않고, 알고 싶지도 않아요. 그런데……"

아니. 어리석은 건 나다.

"가엽게도. 막시밀리안 전하에게 농락당했구나."

제롬은 침대에 걸터앉아 아리아드네의 어깨에 팔을 둘러 자상하게 끌어안았다.

"만지지 마세요! 남자는 이제 지긋지긋해요."

그의 손을 내치고 아리아드네는 깃털이불 위에 엎드렸다.

이제껏 가슴을 틀어막고 있던 것이 아픔과 더불어 목구멍에까지 치밀어 올라왔다. 나무망치로 두들겨 맞은 듯 머리가 얼얼했고, 몸속에서 커져가는 감정에 끝내 마음 어딘가가 무너져 내렸다.

"흐윽… 흑……"

의식할 겨를도 없이 오열이 새어나왔다. 그와 동시에 속눈썹에 커다란 눈물방울이 맺혔다. 눈물은 뺨을 타고 턱까지 흘러내려와 실내복의 가슴 언저리에 떨어졌다.

제롬이 보고 있는 앞에서 체면이고 뭐고 돌볼 새도 없이 정신없이 울다니, 분명 비참하게 보이겠지. 하지만 지금의 아리아드네는 체면을 차릴 여유가 없었다.

울어도 큰소리로 외쳐도 어쩔 수 없는 일이었다. 순결을 빼앗겼다는 사실은 변함없었다. 가난뱅이 귀족인데다 세상 물정 모르는 아리아드네의 순정을 이용하여 처음부터 농락할 계획이었던 것이다.

아무리 냉정하게 상황을 살펴보아도 눈에서 흘러넘치는 눈물은 멈출 수 없었다.

진심으로 사랑했는데 이렇게 참혹히 배신당할 줄이야.

그에게 있어서는 소소한 심심풀이였을지라도 아리아드네에게는 자신의 순정을 바친 행위였다.

정말 진심으로.

그래서 믿을 수 없었다. 이 초라한 방에서 속삭였던 사랑의 말도, 달콤한 키스도, 자상한 애무를 하던 손길도, 모든 것이 전부 가짜였을 줄이야.

가슴이 쓰라렸다. 머리가 아팠다. 눈에서 제멋대로 눈물이 흘러나와 멈추지 않았다. 슬픔이 어금니를 드러내고 아리아드네를 물어뜯었다.

"어떻게 할래? 시골에 있는 내 저택에라도 잠시 가 있을래?"

"…돌아가고 싶어요."

아리아드네는 신음하듯이 중얼거렸다.

"집에… 돌아가고 싶어요."

그것이 진심인지 어떤지도 알 수 없었다.

"…그렇겠지. 그럼, 일단 집에 돌아가자."

제롬은 아리아드네의 금색으로 빛나는 머리카락 한 줌을 쥐고 가만히 입 맞추었다.

"내일 아침에 왕궁에서 나가는 마차를 몰래 준비해 둘게. 가족을 만나면 분명 기분이 풀릴 거야."

제롬의 자상한 배려도 지금의 아리아드네에게는 와 닿지 않았다.

막시밀리안이라는 남자를 알게 되어버린 지금, 집에 돌아가도 예전의 순진한 자신으로는 돌아갈 수 없을 터였다.

그때로 돌아갈 수 있다면, 하고 아리아드네는 생각했다. 막시밀리안과 만나기 전으로 돌아갈 수 있다면. 이렇게 고민하고 괴로워하지 않고 빚에 쫓겨 장부를 정리하는 일만 생각하며 그의 존재도 모른 채 이따금 스트로베리 블론드 빛의 머리를 한 첫사랑을 마음으로 그릴 수 있다면.

어느새 아리아드네의 곁에서 제롬의 기척이 사라져 있었다.

고요한 방에, 그녀의 마음의 소리가 자연스레 입술을 가르고 나왔다.

"안녕. 나의 첫사랑……."

그것은 그 소년과 완전히 결별을 선언하는 말이었다. 아리아드네는 더 이상 아이가 아니었다. 언제까지고 달콤한 감상에 젖어 있을 때가 아닌 것이다.

그럼에도 아리아드네는 홀로 남은 방에서 또다시 울었다. 침대에 쓰러져 눕자 눈물이 연이어 흘러나와 뺨을 타고 베개에 스며들었다.

이튿날 아침, 아리아드네는 앙느 마리 왕비 앞으로 작별을 고하는 편지를 썼다. 어떻게 써야 할지 망설였지만, 고용주인 막시밀리안에게 불경한 마음을 품고 말았다는 것만을 간략하게 써 넣고 봉투를 닫았다.

"건강하세요."

편지는 객실 침대 베개 위에 올려놓았다. 그러자 어제 아침에 아리아드네의 베개 맡에 엎드린 채 잠시 졸고 있던 막시밀리안의 환영이 생생하게 떠올랐다.

자신을 밤새 간병해 주었던 것도 아리아드네의 환심을 사기 위한 작전일 터였다. 그렇게 생각하는 것만으로도 엄청난 상실감와 분노에 쓰러질 것 같았다.

그 환영을 뿌리치듯이 등을 돌리고 아리아드네는 옷깃이 스치는 소리조차 내지 않도록 세심한 주의를 기울이며 객실의 문을 닫았다.

이른 아침이라 객실에서 방으로 이어지는 회랑은 어둑어둑하고 고요했다. 문마다 배치된 위병들도 날이 밝기 전이어서인지 서서 졸고 있었다. 그들을 깨우지 않도록 아리아드네는 고개를 숙이고 양쪽으로 머리카락을 늘어뜨려 얼굴을 가린 채 조용히 걸었다.

눈물에 속눈썹이 들러붙어 있었다. 얼굴은 분명 퉁퉁 부어 있을 것이다. 그 이후에도 아리아드네는 계속 울다가 어느 순간 잠이 들었다. 그리고 잠에서 깨고는 그렇게까지 울어야 했던 이유를 떠올리고 또다시 울었다. 어째서 자신이 이런 슬픔에 잠겨야 하는 것인지 그 이유조차 잊을 만큼 눈물을 흘린 밤을 새우고 맞이한 아침이었다.

왕실에서 빌린 돈은 반드시 정산해야 한다. 변제하는 중에 왕궁에서 도망친다면 엄중한 처벌이 있을 터였다. 빌린 돈이 인상될지도 모른다.

하지만 아버지로부터 온 편지에 따르면 재산 관리의 노력 덕분에 생각했던 것보다 상황이 개선된 듯했다. 지금은 파산의 원흉이었던 듀포도 체포되었으니 조금이라도 좋은 방향으로 나아가 있기를 기도하는 수밖에 없었다.

그렇지 않다면 듀포가 말한 대로 창부가 되어 몸을 팔면 해결될 일이다.

자신의 방에 돌아온 아리아드네는 나네트의 난도질을 받지 않은 수수한 드레스로 갈아입고 소지품을 트렁크에 채워 넣었다.

대부분의 드레스는 나네트에게 난도질당했기 때문에 수많은 천 조각만이 남아 있었다.

아리아드네를 위해 자신의 드레스를 뜯어 수선해 준 어머니는 갈기갈기 찢겨진 드레스를 보고 어떻게 생각할까. 그런 생각만으로도 또다시 눈가가 촉촉해졌다.

눈물을 머금고 천 조각이 된 드레스를 어느 정도 담았는데도, 트렁크에는 여전히 빈 공간이 많았다.

그 작은 트렁크를 가슴에 끌어안고 아리아드네는 주방으로 내려갔다. 아궁이에 불이 꺼져 있었기 때문에 주방은 어둡고 아주 조용했다. 그곳에서 하녀들이 드나드는 뒷문으로 돌아가 조용히 철문을 열었다.

쌀쌀한 바깥 공기가 살갗을 찔렀다.

아리아드네는 트렁크 안에서 수수한 로브를 꺼내 어깨에 걸치며 이끼가 낀 계단을 내려왔다.

한 계단 내려올 때마다 자신과 막시밀리안의 거리가 멀어져가는 것처럼 느껴졌다. 그에게서 멀어지는 것은 괴로웠지만 사랑하지도 않는, 내기의 대상일 뿐인 자신에게는 이제 용건이 없을 터였다.

남자는 벌 같은 존재라고 한다. 벌은 새로운 꿀을 찾아서 꽃에서 꽃으로 날아다닌다. 바람둥이로 유명한 막시밀리안도 마찬가지일 것이다. 그의 애첩이라면 다를지도 모르지만, 한 번 탐색이 끝난 여자에게 새로이 특별한 감정 따윌 갖는 일은 없겠지.

아리아드네는 안뜰의 통로를 걸어가면서 왕궁을 한 번 돌아보고 왕비가 있는 방을 찾아보았지만, 무수히 늘어선 창은 모두 낯설어 보였고 왕궁은 그곳에 차갑게 우뚝 서 있을 뿐이었다.

출입문을 나와 왕궁을 빙그르 반 바퀴 돌아서 정면 현관에 다다르자 근무복을 입은 하인이 달려왔다.

"아리아드네님이시죠?"

아리아드네는 고개를 숙인 채 끄덕였다.

왕비를 모시는 시녀에서 물러나는 것은 편지로 나중에 승낙 받게 되겠지만 어쩔 수 없었다. 이 왕궁에는 막시밀리안과의 추억이 너무나도 많아서 일 분 일 초라도 빨리 떠나고 싶었다.

"제롬님께 이야기는 들었습니다. 그럼, 지금 마차를 준비하겠습니다."

하인은 더 이상 아무 말도 하지 않았다.

아마도 이런 식으로 아침 일찍 왕궁을 떠난 하녀가 적지 않은 듯했다. 잠시 후, 그는 아리아드네를 위해 말 네 필이 끄는 마차를 준비해 왔다.

아리아드네가 마차에 올라타자 하인이 문을 닫았다. 이를 확인하고 나서 마부석에 앉아 있던 마부가 말에 채찍을 휘둘렀다.

마차가 돌길을 천천히 나아가기 시작했다. 왔을 때와 반대로 문 몇 개를 지나 왕궁에서 멀어져 갔다.

처음 왕궁에 왔을 때 그렇게 가슴이 설레었던 것이 마치 거짓말처럼, 지금은 괴롭고 슬픈 마음만이 아리아드네를 짓누르고 있었다.

"막시밀리안……."

아리아드네는 작은 목소리로 그의 이름을 읊조렸다.

그리운 집으로 돌아가도 막시밀리안과의 일은 영원히 잊지 못할 것이고, 아리아드네가 변제해야 하는 빚도 있었다. 하지만 적어도 이 상황에서 벗어날 수는 있다.

어린 시절의 첫사랑을 다시 한 번 더 사랑했다. 짧은 순간에 불과했지만 행복한 시간을 보냈다. 그 행복에 의지하며 이제부터 살아가면 된다.

아침 안개 너머로 왕궁은 천천히 사라져 갔다.

아리아드네는 왕궁에 왔던 날과 마찬가지로 창밖을 물끄러미 바라보고 있었다.

왕궁에서 출발한 마차가 보아모르티에가의 정문에 도착한 것은 정오가 꽤 지났을 무렵이었다.

마부가 공손한 태도로 문을 열자마자 여름이라고는 생각할 수 없을 만큼 차가운 공기가 살갗을 찔렀다. 하늘은 흐렸고 먹구름이 자욱이 껴 있었다. 비가 한바탕 쏟아질 것 같았다.

아리아드네는 돌이 깔려 있는 길에 내려서서 현관 정문으로 달려갔다. 그리운 나의 집. 실제로는 그리 오랫동안 이 저택을 떠나 있었던 것은 아니었다. 그런데도 아리아드네는 몇 년이나 떠나 있던 고향에 돌아온 것만 같은 기분이 들었다.

가족은 건강할까. 아버님과 어머님은? 콜레트는 어떻게 지내고 있을까……?

점심 식사를 끝내고 어머니와 콜레트는 밭일을 하거나 가축을 돌보기 위해 밖에 나가 있을지도 몰랐다. 불과 얼마 전까지만 해도 당연했던 생활이 몹시 그립게 느껴졌다.

아리아드네는 마침내 돌아온 것이다. 자신이 원래 살던 곳으로. 그리운 자신의 집으로. 아리아드네가 본래 있어야 하는 장소로.

아리아드네는 옛날의 자신으로 돌아가는 것이다.

"그럼, 저는 이만 물러나겠습니다."

"고맙습니다."

아리아드네가 인사를 하자, 마부는 마부석에 올라가서 고삐를 다시 잡았다. 그리고 말들의 방향을 틀어 왕궁을 향해 달려서 사라졌다. 그러자 마차 소리를 들은 것인지 가족 세 사람이 정문으로 나왔다.

"콜레트!"

아리아드네는 여동생의 이름을 불렀다. 그러자 콜레트는 입을 빼꼼히 벌리고 눈을 한없이 크게 뜬 채 가까이 다가왔다.

"어, 언니……?"

"그래, 나야, 돌아왔어."

아리아드네는 아연실색하며 우두커니 서 있는 콜레트의 손을 양손으로 꽉 부여잡았다.

"잘 지냈어? 아버님이랑 어머님도 별일 없으셨나요?"

"……."

콜레트는 잠시 아리아드네의 얼굴을 올려다본 후, 그녀의 가느다란 목에 양팔을 두르고 매달렸다.

"언니, 언니이⋯⋯."

"콜레트⋯⋯!"

가냘픈 등을 꼭 끌어안자, 콜레트의 등 뒤로 아버지의 목소리가 들렸다.

"아리아드네, 너⋯ 왕궁 일은 어떻게 된 거니? 휴가를 얻은 거냐?"

"그만뒀어요."

이런 상황에서 일시적인 방편으로 거짓말을 하여 얼버무려봤자 소용없다. 다만, 이제 처녀가 아니라는 사실을 숨겨야 한다는 죄책감에 사로잡혔지만, 아리아드네는 애써 밝은 목소리로 말했다.

"그만두고 온 거구나. 그렇구나⋯⋯."

아버지는 그 자리에서 아리아드네와 콜레트의 등에 팔을 두르고 두 사람을 꼭 끌어안았을 뿐 아무것도 묻지 않았다. 그 자상한 마음에 아리아드네는 구원받는 기분이 들었다.

막시밀리안과의 일은 아무것도 아니다. 아리아드네가 바라는 대로 왕궁에 입궁하기 전에 하고 있던 장부 정리와 자잘한 집안일에 쫓기는 삶으로 돌아왔을 뿐이다. 다만⋯ 순결을 잃은 자신에게는 결혼할 기회가 영원히 찾아오지 않겠지만 말이다.

막시밀리안의 유혹에 넘어가서 그런 짓을 저지르지 않았

더라면. 왕궁에 가지 않았더라면. 그 남자에게 더럽혀지지 않았더라면.

창부가 되는 것을 그렇게 싫어했으면서, 난 그 여자들과 다를 바 없어.

또다시 폭풍 같은 슬픔이 아리아드네를 덮쳤다. 아리아드네는 그 폭풍에 휩쓸리지 않도록 아버지의 품속에 필사적으로 매달렸다.

"언니……?"

새파래진 얼굴로 당장에라도 쓰러질 듯한 아리아드네를 염려하며 동생 콜레트가 손을 잡았다.

"미안해, 콜레트. 조금 피곤해서 그래."

걱정하는 표정을 짓는 콜레트에게 아리아드네는 애써 웃어 보였다.

아니, 설령 어떤 일이 벌어진다고 해도 아리아드네는 왕실에 가야만 했다. 그렇지 않았다면 어린 콜레트까지 창부로 희생되었을 터였다.

그런 일은 보아모르티에가의 장녀로서 용납할 수 없다.

희생양은 자신 한 명이면 족했다. 왕족이라는 제멋대로인 인간들에게 휘둘리는 것은 이제 지긋지긋하다.

고개를 푹 숙인 아리아드네가 콜레트에게 이끌려 저택의 문을 열려고 하던 그 순간, 날카로운 말 울음소리가 멀리서 들려 왔다.

무슨 일인지 소리가 나는 쪽을 보자, 영지의 경계 울타리를 넘어 말 한 필이 이쪽을 향해 달려오는 것이 보였다.

어쩜 저렇게 크고 멋진 말이 있을까.

이와 똑같은 상황을 언제 어딘가에서 본 적이 있다.

날카로운 울음소리를 지르며 앞발로 허공을 허우적대고 뒷발로 곤추선 검은 말. 어린 시절의 추억이 뇌리에 생생히 되살아나며 아리아드네의 온몸은 제멋대로 뜨거워졌다.

하지만 말 등에는 소년이 아닌 키 큰 남자가 타고 있었다. 말도 말 등에 앉은 사람을 떨어뜨리려 날뛰지 않고, 고삐를 다루는 그의 솜씨와 배에 닿은 발의 힘 조절에 몸을 맡긴 채 가뿐하게 달리고 있었다.

아리아드네는 자기도 모르게 그 말을 응시하고 있었다.

검고 큰 데스트리에 종의 말이 황폐한 보아모르티에가의 정원에 정면으로 돌진해 왔다. 인마일체라는 말이 이렇게 딱 들어맞는 광경을 아리아드네는 처음 보았다.

맞바람에 나부끼는 검은 갈기.

말 등에 탄 청년은 익숙한 얼굴이었다.

절대로 있을 리 없는 남자가 그곳에 있었다.

"막시밀리안……!"

아리아드네는 어안이 벙벙해진 채 아버지에게 매달려서 그가 말에서 내리는 모습을 지켜보았다.

사내다운 미간을 치켜 올리고 눈을 번뜩이는 막시밀리안의 무서운 얼굴에 불안한 기운을 느꼈는지 아버지는 아리아드네와 막시밀리안의 사이에 서서 그녀를 등으로 감쌌다.

"막시밀리안 전하, 저희 딸 아리아드네에게 무슨 용건이
십니까?"

"미안하네. 자네와는 나중에 이야기하도록 하지. …비켜
주게."

막시밀리안은 예의를 차리며 아버지의 어깨를 밀고, 아
버지의 그림자에 재빨리 몸을 반쯤 숨긴 아리아드네의 팔
을 붙잡았다. 순간 뿌리치려고 했지만, 바이스로 조이듯 팔
이 움직이지 않았다. 정든 그의 체온이 옷감 너머로 스며들
었고 머리가 멍해졌다.

이제 도망칠 수 없어.

"…아리아드네, 약속대로 저 말을 타고 데리러 왔어."

"약속?"

"그래. 내가 낙마했을 때 타고 있던 저 말로 널 반드시
데리러 가겠다는 약속을 했던 걸 잊은 건가?"

언성을 높이는 막시밀리안의 모습을 가까이에서 보던 아
리아드네는 저도 모르게 그를 응시했다.

그의 머리카락은 흐트러져 있었고 군복도 셔츠도 걸치고
만 있을 뿐 단추도 잠그지 않아, 앞가슴이 벌어진 셔츠 사
이로 다부지게 단련된 가슴이 드러나 있었다. 가슴팍에는
오리온의 허리띠와 닮은 점 세 개가 숨겨져 있었다.

게다가 검은 트라우저에 승마용 부츠를 아무렇게나 신은
그 모습은, 언제나 장군으로서 한 치도 흐트러짐 없는 복장

을 갖추고 있는 평소의 그답지 않았다.

"실례하겠네. 아침에 일어났더니 왕궁에 아리아드네가 보이지 않아서 급히 말을 타고 이곳으로 찾으러 왔다네. 단정치 못한 복장으로 보아모르티에가를 방문한 실례는 용서해 주게."

막시밀리안은 아리아드네의 팔을 붙잡은 채 가슴 언저리에 붙은 먼지를 털어냈다.

"제멋대로 왕궁을 빠져나와서 죄, 죄송합니다. 빚은 어떻게 해서든지 갚을 테니 왕궁에서 물러나게 해주십시오."

"어째서지? 어째서 갑자기 오늘 아침에서야 이런 말을 꺼내는 거야?"

"…죄송합니다."

아리아드네는 팔이 붙잡힌 채로 또다시 아버지의 등에 숨었다. 아버지도 그런 아리아드네의 모습에서 무언가를 깨달은 듯했다. 위엄 있는 표정을 지으며 막시밀리안의 앞을 가로막아 섰다.

"제 딸 아리아드네에게 또 하실 말씀이 있으십니까?"

아버지는 또다시 막시밀리안에게 물었다. 하지만 막시밀리안은 변함없이 아리아드네의 팔을 잡고 있었다.

"왜 멋대로 왕궁에서 나온 거지?"

막시밀리안은 몹시 진지한 시선으로 아리아드네를 바라보았다. 바로 대답하지 못하고 영민한 그의 얼굴을 바라보고만 있는 아리아드네에게 조바심이 났는지, 막시밀리안은 거세고 다부진 팔로 그녀의 몸을 건져 올리듯이 가볍게 안아 안장 위로 올렸다.

"어쩌실 생각입니까, 막시밀리안 전하!"

아버지가 외쳤다.

막시밀리안은 자신도 말에 훌쩍 올라타서 고삐를 잡고 말 머리를 반대 방향으로 돌렸다.

"내려주세요!"

그의 다부진 근육을 등으로 느끼면서 아리아드네는 몸을 비틀며 외쳤다. 웃기지 말라고 그래. 이대로 왕궁에 끌려가면 막시밀리안의 첩이 되어버릴 뿐이지 않은가.

난 그렇게 쉬운 여자가 아니야.

어떻게 해서든 막시밀리안의 품에서 벗어나려고 그를 밀쳤지만 그가 고삐를 잡은 손에 힘을 실을 때마다 그가 즐겨 쓰는 향수의 향기가 희미하게 풍겼고, 그것만으로도 아리아드네는 정신이 아득해지는 것 같았다.

"얌전하게 있어. 요전번에 널 안고 계단을 내려갈 때와는 상황이 달라. 이 말이 그때 그 사나운 말이라는 사실을 잊은 건가. 이 정도 되는 높이라고. 말이 날뛰다가 떨어지기라도 하면 이번에야말로 큰 상처를 입을 거야."

큰 상처라는 말을 듣자 아리아드네는 얌전히 있을 수밖에 없었다. 옆으로 앉아서 말을 타는 것은 처음이었지만, 몸을 앞뒤로 막시밀리안이 지탱해 주고 있었기 때문에 안정감을 유지할 수 있었다. 아리아드네는 거센 손길에 이끌려 그의 다부진 목에 손을 둘러 매달렸다.

단추를 잠그지 않은 채 셔츠와 재킷을 걸치고 있었기 때문에 튀어나온 가슴 근육이 가까이에서 보였다. 그 점 또한 눈앞에 있었다.

다부진 팔. 넓은 어깨. 가슴의 온기. 이 몸에 나는…….

아리아드네의 뺨이 자연스레 붉어졌다.

"막시밀리안 전하, 기다리십시오."

아버지가 외쳤다.

"아리아드네를 어떻게 하실 생각입니까."

"아내로 삼을 거네."

그 말에 말 위에 앉아 있던 아리아드네의 몸이 경직되었다.

"네에? 갑자기 무슨 말씀을……."

"이 아이를 내 아내로 삼겠다고 말했네. 장 파티스트 보아모르티에 공작."

아버지는 갑자기 안색이 바뀌었다.

"뭘 제멋대로… 아리아드네는 제 딸아이입니다!"

"말 위에서 갑자기 미안하네. 자네의 딸 아리아드네를 내 아내로 맞이하기 위해 오늘 이렇게 데리러 온 것이네. 자세한 이야기는 나중에 친서에 써서 보낼 테니 기다려 주지 않겠는가."

그 말만을 남기고 막시밀리안은 발꿈치로 말 옆구리를 어루만지듯이 가볍게 찼다.

"그만둬요, 내려줘요! 아버님!"

아리아드네는 힘껏 외쳤다.

"기다리십시오, 막시밀리안 전하!"

하지만 아름답고 커다란 흑마는 두 사람을 태우고 왕궁을 향해 맹렬한 기세로 돌길을 달려 나갔다.

막시밀리안과 아리아드네가 도착한 곳은 왕궁이었다.

현관에서 내려 마구간지기에게 말을 부탁한 막시밀리안은 아리아드네의 팔을 잡아끌며 궁전 안으로 들어갔다.

"아얏. 놔주세요."

몇 번이고 외쳤지만 막시밀리안의 손아귀의 힘은 누그러들지 않았다.

아리아드네는 막시밀리안의 어깨 너머로 그의 얼굴을 바라보았다.

아버지 앞에서는 나를 '아내로 삼겠다'고 말했지만 어차피 거짓말일 것이다.

혹시 막시밀리안은 나를 왕비를 모시는 시녀로 되돌리려는 것이 아니라, 억지로 첩으로 삼으려는 걸까……?

"그건 싫어!"

석조 복도에 아리아드네의 목소리가 울려 퍼졌다. 하지만 아무리 날뛰고 다리를 버둥거려도 그는 그녀를 잡은 팔을 놓으려고 하지 않았다.

막시밀리안은 왕궁 복도를 성큼성큼 나아가 안쪽에 자리한 그의 처소의 응접실로 아리아드네를 억지로 밀어 넣었다.

아리아드네는 그 방의 분위기를 보고 사파이어 색의 눈동자를 크게 떴다.

그 방은 막시밀리안의 됨됨이를 나타내는 듯했다. 한없이 사치를 부린 왕궁의 본관에 비해 불필요한 장식이 없는 그의 방은 성실한 인상을 주었다. 다리가 짧은 기다란 의자에도, 일인용 의자에도, 벽 가장자리의 장식에도 화려하고 아름다운 금 도장이나 담쟁이덩굴 모양의 조각은 들어가 있지 않았고, 그 대신 잘 갈고닦은 나뭇결이 차분한 조청빛으로 빛나고 있었다. 옆방은 서재 겸 집무실인 듯 창가에는 커다란 책상이 놓여 있었고, 그 뒤에는 많은 책들이 꼼꼼하게 나란히 꽂혀 있었다.

다짜고짜 적당한 침실에 밀어 넣어 힘으로 밀어붙여서 안을지도 모른다고 두려워하고 있었던 만큼, 이야기를 들으려고 하는 그의 태도에 아리아드네는 마음을 놓으며 가슴을 쓸어내렸다.

"손은 놔주세요. 이젠 도망치지 않을게요."

"그 말 믿어도 될까?"

막시밀리안은 그렇게 말하며 아리아드네의 팔에서 이윽고 손을 떼어냈다. 아리아드네는 소매를 걷어서 그가 잡았던 팔에 남은 흔적을 확인했다. 손가락 모양으로 선명하게 부어올라 있었다.

"빨개졌군."

"당신 탓이에요."

"요전번의 보답이야."

막시밀리안은 자신의 뺨을 손가락으로 가리켰다.

고블랭 천으로 덮인 긴 의자에 아리아드네를 앉히자 집사 클라베리가 곧바로 나타나 다리가 짤막한 테이블 위에 차를 준비했다. 티 스탠드에 놓여 있는 먹음직스러운 비스킷과 마카롱을 보자 배가 꼬르륵거릴 것 같았지만, 배 위에 손을 얹고 허기를 참았다.

아리아드네는 입을 다문 채 한마디도 하지 않았다. 대각선 앞에 위치한 일인용 의자에 앉아서 긴 다리를 꼬고 있는 막시밀리안도 마찬가지였다.

클라베리가 물러나고도 두 사람은 한동안 시선도 마주치려고 하지 않았다. 조용한 방에 태엽시계가 째깍째깍 움직이는 소리만이 존재했다.

"제멋대로 왕궁을 빠져나갈 만큼 도대체 뭐에 화가 난 거야? 아무것도 모르는 널 억지로 안아서인가?"

더 이상 침묵을 참지 못한 막시밀리안이 먼저 입을 열었다.

"…내기."

"내기?"

막시밀리안이 눈을 번뜩였다.

"…네. 절 먼저 ……한 분이 이 왕가의 왕위를 잇는다는 파렴치한 내기 말이에요!"

떠올리는 것만으로도 슬픔과 분노가 솟구쳤다. 당장에라도 울음을 터뜨릴 것 같은 아리아드네는 미간을 찡그리고 부루퉁한 표정을 짓고 있는 막시밀리안을 노려보았다.

"누가 그런 이야기를 한 거지? 뭐, 됐어. 대답하지 않아도 알겠군. 제롬이겠지. 시시한 내기로 녀석과 경쟁했던 건 사실이야."

아―

막시밀리안이 결국 그 이야기가 사실이라고 인정했다. 게다가 시시한 내기라니. 아리아드네는 치켜들고 있던 어깨에서 힘이 빠지는 것을 느꼈다.

왕위를 놓고 자신을 이용하여 쟁탈전을 벌였다는 사실을 그의 입으로 듣자 참을 수 없는 상심이 느껴졌다.

"그래서……?"

막시밀리안을 노려보는 아리아드네의 시선이 더욱 차가워졌다.

"제롬은 저렇게 보여도 꽤 집요한 성격이야. 이렇게라도 하지 않으면 네가 왕궁에 있는 한 네 순결을 계속 노리고 있었겠지."

뭐어?

"날 계속 노린다는 건 무슨 뜻인가요? 당신의 손에 한 번 넘어간 먹잇감이라면 다른 남성에게는 아무런 매력도 없을 텐데요."

"착각하는 건 너야. 제롬은 널 진심으로 사랑하고 있어.

신사로서의 금기 사항을 잊고 널 상처 입힐 만한 거짓말을 내뱉을 만큼. 지금쯤 상심해 있을 널 데리러 가기 위해 보아모르티에가를 향해 마차를 타고 달려가고 있겠지."

그렇다면 어젯밤에 제롬님이 했던 말은 전부 거짓말이라는 건가?

아리아드네는 영문을 알 수 없어서 고개를 갸우뚱거릴 수밖에 없었다.

"제롬과 약속한 건 사실이야. 하지만 네 마음을 차지하는 쪽이 국왕의 자리를 잇는 건 아니지. 오히려 반대야. 왕위를 계승할 마음이 있는 자만이 정식으로 너에게 청혼할 수 있지. 이건 아버님… 국왕의 명이기도 해. 나라를 다스릴 각오도 되어 있지 않은 자가 구혼하는 건 보아모르티에가에 실례라고 하셨어. 그래서 난 반쿠르의 차기 왕이 될 운명을 받아들이고 네게 검을 바친 거야."

"막시밀리안 전하는 왕잔데도 왕위를 이을 생각이 없었나요?"

아리아드네의 질문에 막시밀리안은 한숨을 내쉬었다.

"세간에는 나와 제롬이 왕위를 둘러싸고 맹렬하게 승부를 겨룬다는 소문이 있는 듯하지만, 난 정치계에는 처음부터 흥미가 없었어. 전쟁터에서 검을 휘두르는 편이 적성에 맞으니까. 그리고 제롬도 나라를 다스리는 일보다 시나 그림과 같은 예술을 사랑하지. 계속 그 세계에 몸담고 있고 싶다는 이유로 둘 다 왕위 계승을 거부해 왔어. 이 이야기가 나올 때마다 주변에서는 우는 소리를 했지만 말이야."

그랬던 거구나. 아리아드네는 전승 퍼레이드에서 칼자국이 선명하게 새겨진 갑옷을 몸에 두르고 자신이 아끼는 커다란 검을 드높이 내건 채 의기양양하게 선두에 서 있던 막시밀리안의 모습을 떠올리며 고개를 끄덕였다.

"하지만 어느 날부터 전쟁터를 뛰어다니며 무공을 세우는 일에 의구심을 품게 되었지."

전쟁터. 아리아드네에게 있어서는 남자들로부터 전해 들었을 뿐인 공포의 세계였다.

"어떤 의구심인지 내 마음에게 물어봤어. 답은 금방 나왔지. …나한테는 사랑하는 여성이 있다. 어릴 적에 결혼을 약속했던 나의 첫사랑. 십몇 년 만에 그녀를 만나서 내 사랑이 진짜라는 사실을 깨달았지. 그리고 반쿠르 왕국의 국민들. 그녀와 국민들의 평화를 지키는 방법은 막무가내로 검을 휘두르는 일이 아니라는 것도 알았고 말이야. 그래서 나는 장군의 지위를 제롬에게 양보하고 정치에 참여하기로 결정했어. 쓸데없는 피는 더 이상 흘리고 싶지 않아."

자신의 얼굴을 똑바로 들여다보며 그가 나지막하게 말하자 아리아드네의 어깨가 흠칫했다. 괴로운 일이나 슬픈 일이 있을 때면 늘 생각하던 그 소년이 자신과의 약속을 잊지 않았다. 그것만으로도 아리아드네의 가슴은 벅찼다.

"상승장군(常勝將軍)이라 불리는 내 힘이 있으면 반쿠르는 더 건실한 나라가 될 거야."

아리아드네는 고개를 끄덕였다. 아리아드네가 상상하는 전쟁터란 남자들이 방패로 몸을 보호하며 말에 앉아서 미친 듯이 검을 휘두르는 곳이었다. 피와 살이 사방에 튀고, 수많은 귀한 생명을 앗아가는 그런 세계가 올바를 리가 없었다.

아리아드네는 확인하듯이 물었다.

"당신이 쭉 마음속으로 그려 왔던 사람은… 혹시 전가요?"

막시밀리안은 곤란한 표정을 지으며 고개를 살짝 끄덕여 답했다. 머리카락 사이로 보이는 그의 귀가 새빨갛게 물들어 있었다.

"사랑하지도 않는 상대에게 기사는 경솔하게 검을 바치지 않아. 검을 바치는 행위는 절대적인 것을 의미하지. 그건 나에게 있어서 일생일대의 고백이었어. 그런데… 제롬의 거짓말에 속아 넘어갈 줄이야……."

막시밀리안은 또다시 한숨을 내쉬었다.

아리아드네는 열아홉이 될 때까지 데뷔탕트에 나가지도 못한 아가씨였다. 게다가 혼인 준비를 생각할 형편이 아니었기 때문에 검을 바치는 행위에 결혼 약속이 내포되어 있다는 사실은 지금 이 순간까지 아무도 가르쳐 주지 않았던 것이다.

"죄… 죄송해요. 전……."

"됐어. 네 마음은 알고 있으니까."

막시밀리안은 아리아드네의 눈앞에서 편지를 팔랑팔랑 흔들어 보였다.

"아, 그 편지는……?"

"어머님께 보내는 편지인 것 같던데 내가 먼저 읽었어."

아리아드네는 자신의 얼굴이 급격하게 붉어지는 것을 느꼈다.

"안 돼요. 돌려주세요. 그 편지가 왕비님의 손에 들어가면……."

나네트와 마찬가지로 왕비의 책 읽기 담당 시녀에서 내쳐질지도 모른다. 고용주를 사모하게 되다니, 하인으로서 해서 안 될 불경한 짓이었기 때문이다.

아리아드네는 막시밀리안의 손에서 어떻게든 편지를 빼앗으려고 했다. 하지만 그가 일어서서 어린아이가 장난을 치듯이 편지를 높이 치켜들었다.

"안 돼요. 돌려주세요. 왕비님의 심기를 불편하게 만들지도 몰라요."

아리아드네는 뛰어올라 막시밀리안의 팔에 매달렸다. 그가 그 모습을 보고 호탕하게 웃었다.

"네 착각도 어지간하군. 누가 마음에 들지도 않는 시녀의 데뷔탕트를 위해서 자신의 추억이 담긴 드레스를 빌려주겠어?"

"네에……?"

아리아드네는 눈을 한껏 크게 뜨고 막시밀리안의 얼굴을

올려다보았다.

"좀처럼 남을 칭찬하지 않는 어머님께서 네가 끓인 차만큼은 칭찬하셨어. …아마도 어머님은 직감으로 꿰뚫어보고 계셨을지도 모르지. 네가 솔직하고 성실한 사람이란 걸."

"직감이요?"

"응, 그래. 나네트에게는 어두운 계략이 보였으니까 당신의 곁에서 쫓아낸 걸 테고, 내가 널… 그렇다는 사실도 어머님은 알고 계실 거야."

아리아드네가 고개를 들자 막시밀리안과 시선이 뒤엉켰다. 가슴이 두근거렸다.

"그렇다면 말씀해 주세요. 말로 제대로요."

아리아드네는 긴 의자에서 일어나 막시밀리안의 앞에 섰다. 아리아드네를 똑바로 내려다보고 있는, 적동색으로 불타는 그의 눈동자가 붉게 타오르는 두 개의 불꽃처럼 비쳤다.

"아리아드네, …사랑해. 처음 만난 순간부터."

막시밀리안은 그렇게 속삭인 후, 아리아드네에게 얼굴을 가까이 가져다 댔다.

처음에 닿은 것은 그의 뜨거운 숨결이었다. 긴장한 아리아드네의 입술이 파르르 떨렸다.

그리고 마침내 뜨거운 입술이 아리아드네에게 살짝 닿았다.

아리아드네는 눈꺼풀을 닫고 그 순간을 가만히 기다리고

있었다.

바싹 닿는 보드라운 감촉에 몸속 깊은 곳이 뜨거워졌다.

성미 급한 눈동자에서 눈물방울이 맥없이 흘러 넘쳤다. 눈과 눈썹을 끌어올리며 눈물을 참으려 하는 아리아드네의 모습에서 어젯밤 제롬의 말에 그녀가 얼마나 정신적인 충격을 받았는지 알 수 있었다.

아쉽게도 그의 입술이 스윽 떨어졌다. 마치 눈부신 무언가를 보듯이 아리아드네는 눈을 가늘게 뜨고 빛 속의 막시밀리안을 보았다.

가슴이 죄어들었다.

그렇구나. 그런 거였구나. 아리아드네는 자신의 마음을 향해 말했다.

이 작은 아픔의 정체는 바로, 크나큰 행복.

"널 멀리서 쭉 지켜보고 있었어. 무슨 곤란한 일이 생기면 반드시 도움의 손길을 뻗어야 한다고 생각했지. 절대 보아모르티에가가 몰락한 틈을 이용한 게 아니야."

그 말은 왕실에서 도망치는 아리아드네를 지켜보고만 있었다는 것이 아니라는 듯 들렸다. 그는 아리아드네라고 하는 운명의 상대를 멀리서 쭉 지켜보고 있었고 곤경에서 구해주었다. 이제는 절대로 떨어지지 않을 것이다. 그의 말이 그렇게 들려 아리아드네는 뺨을 붉히고 입술을 떨었다.

아리아드네는 그러한 상대의 말을 믿지 않고 유괴범으로 매도하며 미워했던 것이다. 막시밀리안은 그때 얼마나 상처를 받았을까. 그럼에도 이렇게 변함없는 사랑을 약속하고 있다.

쑥스러움이 많고 서툴지만, 바다처럼 넓은 마음을 가진 막시밀리안.

아리아드네의 눈가에 번진 눈물을 본 순간, 막시밀리안의 표정이 누그러들었다. 그뿐만 아니라 평소에 늘 한일자로 굳게 다물고 있는 입술에 살포시 미소가 번졌다.

"막시밀리안 전하… 죄송합니다. 정말 죄송합니다."

당신의 자상한 마음을 알아차리지 못해서.

"몇 번 말해야 알아들을 거야? 전하는 빼라고 했을 텐데."

"…네."

막시밀리안은 그렇게 말한 후, 웃음과 울음이 뒤섞인 얼굴로 올려다보는 아리아드네의 등과 무릎 뒤로 팔을 끼워넣어 그녀를 살짝 안아 올렸다.

그리고 응접실 구석에 있는 문을 열어젖혔다. 그 방 한가운데에는 캐노피가 달린 침대가 놓여 있었다. 캐노피는 연보라색 벨벳을 소재로 하고 있었지만, 침대도 그 옆에 놓인 가구도 화려하고 아름다운 장식 없이 전체적으로 실용적인 느낌이었다.

막시밀리안이 그 침대 위에 아리아드네를 살포시 내려놓자, 그가 즐겨 뿌리는 향수의 향기가 살며시 풍겼다.

침대 커버와 함께 깃털이불을 걷어내고 막시밀리안은 아

리아드네와 마주보며 누웠다. 그러고는 시트 사이를 파고들 듯이 아리아드네의 등에 팔을 둘렀다. 매끄럽고 단단한 감촉. 아리아드네는 이 감촉을 알고 있었다. 그의 단단하고 윤기 있는 머리카락이었다. 그 감촉이 아리아드네의 뺨과 귀에 닿았고, 그에게 고통스러울 만큼 끌어 안기자 그녀는 그저 행복하기만 했다.

"네가 싫다면 그만둘게……."

"……."

싫다고 할 리가 없었다. 아리아드네는 고개를 가로저었다.

막시밀리안의 긴 손가락이 아리아드네의 머리카락을 걸어 올렸다. 금빛 생머리가 그의 손에서 찰랑찰랑 흘러내렸다. 그는 그녀의 머리카락을 입술로 끌어당겨서 입을 맞추었다. 그 일련의 동작에 아리아드네는 자기도 모르게 넋을 놓고 말았다.

차기 국왕이 될 막시밀리안이 자신의 머리카락을 귀중한 것이라도 되는 양 쥐고 있었다. 어떤 상처도 주지 않겠다는 듯 조심스럽게 움직이는 모습을 보고 아리아드네는 당혹스러웠다.

더 거칠게 해도 되는데.

"아리아드네."

그가 속삭이는 자신의 이름이 뜨겁고 달콤하게 몸속까지 스며들었다.

머리카락에 입을 맞춘 채, 막시밀리안은 중얼거렸다.

"내가 처음 사랑에 빠졌을 때와 변함없구나. 이 꿀색 머리카락은⋯⋯."

"아⋯⋯."

그가 만지고 있는 머리카락 한 올 한 올에까지 신경이 지나가는 듯 아리아드네의 몸은 움찔움찔 떨렸다.

"내 겉모습은 변했지만, 넌 변하지 않았어. 난 그때 널 보고 시냇물에 깃든 정령이라고 생각했지."

"시냇물의⋯ 정령⋯⋯?"

막시밀리안의 입술이 머리카락 위를 기어서 귓바퀴에 도달했다. 그가 귀 뒤로 입술을 바짝 갖다대자 아리아드네는 얼굴을 움직일 수 없었다.

"그래. 날 향해 울지 말라고 하던 넌, 이제껏 본 적 없을 만큼 아름답고 기품 있어서⋯ 이 세상의 것이 아닌 듯 느껴졌지."

외출용 고급 드레스를 입은 채 시냇물에 뛰어든 말괄량이 계집아이를 이 사람은 여신이라고 생각했을 줄이야⋯⋯.

그의 긴 팔에 힘이 들어가는 것이 느껴졌다. 아리아드네는 엉덩이 윗부분에 깍지를 끼고 있는 긴 손가락의 존재를 가만히 느끼고 있었다.

"이렇게 끌어안고 있는 것도 아직 믿을 수가 없어. 네가 현실에 존재하는 사람이라니."

"…아… 하아……."

얼른 하라고 조르고 싶었지만 그가 자신의 귀를 물자 아리아드네는 말을 이어나갈 수 없었다. 막시밀리안의 손이 닿은 곳 주위로 솜털이 바짝 곤두섰다.

"난 드디어 시냇물의 정령을 잡았어. …두 번 다시, 놓지 않을 거야."

그의 속삭임이 귀에 불어 들어오자 아리아드네는 흥분했다. 그의 입술은 등 뒤에서 아리아드네를 농락했다.

막시밀리안은 그녀의 튀어나온 어깨뼈, 목덜미, 귀 뒷부분, 그리고 복잡한 형태의 귓바퀴의 윗부분을 깨물고 귀 안쪽에 도톰한 혀를 집어넣어 귓속을 적셨다. 아리아드네는 그가 하얀 앞니로 자신의 귓불을 깨무는 것에 무심코 소리를 지르고 말았다.

"하아… 흐응……."

귀에 걸린 머리카락을 빗어 넘기는 동작조차 달콤한 전율을 느끼게 했다.

"싫어?"

아리아드네는 필사적으로 고개를 가로저었다. 아찔아찔한 충격에 목소리가 나오지 않았기 때문이었다. 간지러움과 쾌감으로 다리와 허리도 뜻대로 움직이지 않는 듯했다.

"흥… 하아……."

막시밀리안이 귓바퀴 윗부분의 얇은 곳에 이를 갖다 댔다. 그의 혀가 그녀의 귓불을 간질이며 사탕처럼 빨아들였다. 그때마다 등줄기에 전류 같은 무언가가 가로질렀다. 믿을 수 없었다. 자신의 몸이 이런 곳까지 느끼고 말 줄이야.

"막시… 밀리안……."

양팔을 뻗어 막시밀리안의 어깨에 걸치자, 보기와 다르게 부드러운 그의 머리카락이 손목에 닿았다. 차갑고 매끄러운 느낌이었다. 아리아드네는 그것만으로도 왠지 마음이 놓인다는 사실이 의아했다. 그녀는 단추가 잠겨 있지 않은 셔츠 안쪽으로 양손을 미끄러뜨리듯 집어넣은 후, 셔츠를 좌우로 살짝 벌려서 그의 가슴이 드러나게 했다.

그러자 그의 몸이 그대로 덮쳐와 아리아드네를 내리눌렀다. 그녀는 그의 몸을 받아들이며 재킷과 셔츠를 함께 벗겼다. 밖으로 드러난 그의 상반신에는 어제 어깻죽지에 입었던 상처에 감은 새로운 붕대 외에도, 아물고는 있지만 선명한 상흔이 여럿 있었다.

어제 저녁 무렵에 관계를 가질 때는 몰랐지만 밝은 장소에서 다시 보니 무수한 상흔이 그의 온몸에 흩어져 있었다. 막시밀리안은 병사들을 지휘하기 위한 장군으로서 전장에 나가고 있을 터였다. 그런 그가 이렇게까지 상처를 입었다는 사실이 아리아드네는 두려웠다.

하지만 아리아드네의 바람은 막시밀리안으로부터 전쟁터라는 활약의 장소를 빼앗는 행위나 다름없었다. 그래서 말하기 망설여졌지만 이렇게 깊은 관계를 나눈 상대를 잃을 바에는 죽는 편이 낫다고까지 그녀는 생각했다.

나선을 그리며 가슴을 가로지르는 한층 더 큰 칼자국. 그 상처를 어루만지며 아리아드네는 읊조렸다.

"더 이상 상처를 늘리지 마세요."

"⋯⋯."

아리아드네는 상처를 빨아들이듯 입술을 갖다댔다.

"⋯알겠어. 너에게 맹세하지. 이제부터 전쟁터에는 나가지 않겠다고."

아아. 아리아드네는 한숨을 내쉬었다. 이렇게 해서 나는 그가 살아가는 장소 하나를 빼앗아 버리고 말았다.

막시밀리안의 손이 드레스 너머로 아리아드네의 가슴 위를 기어 다녔다. 나네트의 단검을 무사히 피한 수수한 드레스는 질긴 천을 소재로 하고 있었지만, 막시밀리안이 주는 감촉을 가로막지는 못했다. 그의 손길에 가슴 위의 젖꼭지가 급격하게 예민해지는 것을 느꼈다.

"흥⋯ 흐응⋯⋯."

"벌써 느끼는 건가?"

막시밀리안이 놀리듯 말했다. 그의 숨결도 거칠어져 있었다. 아리아드네는 수치심에 몸을 비틀었지만 막시밀리안이 그것을 용납하지 않았다.

"도망가지 마⋯⋯. 내가 널 얼마나 사랑하는지 네가 알아야 하니까."

막시밀리안이 목 안쪽에서 소리 내어 웃었다. 그러고는 스르륵 기어 올라온 그의 손이 기대감에 부풀어 오른 아리아드네의 가슴의 돌기를 드레스 위로 잡았다.

"하앙……!"

드레스 위로 젖꼭지를 눌렀을 뿐인데 등이 휘어졌다. 그가 그녀의 젖꼭지를 엄지와 검지로 간질이자 숨이 가빠지고 말이 끊어졌다. 아리아드네는 애절한 마음을 참을 수 없어서 그의 검은 머리카락을 쓰다듬던 손에 힘을 담아 그의 얼굴을 억지로 끌어당겼다.

"알… 알겠으니까……."

"안 돼."

막시밀리안은 드레스 위로 아리아드네의 젖꼭지를 만지며 다른 한 손으로는 그녀의 턱을 잡았다. 그리고 그녀의 얼굴을 위로 향하게 하여 그 입술에 자신의 입술을 갖다 댔다. 그의 앞머리 끝자락이 천천히 떨어졌다.

검은 앞머리가 흐트러지자 그의 이마가 가려졌다. 그러자 실제 나이보다 어려 보이는 그의 반듯한 이목구비를 보며 아리아드네는 감탄했다.

이어서 부드러운 것이 닿아오며 다시 입맞춤하는 것을 의식할 틈도 없이, 그의 입술이 그녀의 입술을 숨도 쉴 수 없을 만큼 깊이 빼앗았다. 살짝 열린 입술을 비집고 들어오듯이 침입한 그의 혀가 깊숙이 뒤엉켜오자 아리아드네의 머릿속은 엉망진창이 된 채 제대로 사고를 할 수가 없었다.

"흐응… 흐으읍!"

혀도, 이도, 뺨 뒤편까지도 그가 정성스럽게 핥아대는 것에 아리아드네는 숨을 쉴 수 없었다. 고통스러워서 상대의 몸을 밀치려고 했지만, 하얀 붕대에 시선을 빼앗기자 아무리 노력해도 그럴 수가 없었다.

"이 몸을."

막시밀리안이 상반신만 일으켜서 아리아드네를 내려다보았다.

"넌 제롬에게 주려고 했었지."

아리아드네는 눈을 크게 뜨고 고개를 가로저었다.

"전… 제롬님과는 아무 일도… 없었어요."

확실히 아리아드네는 제롬과 선을 넘을 뻔한 적이 있었다. 그의 가슴에 있는 점 세 개를 확인하기 위해서였지만 입맞춤을 허락하고 몸을 맡기려고 했던 것은 부정할 수 없었다.

아리아드네는 정신없는 상황에서 겨우 말을 이어갔지만, 막시밀리안은 그의 젖은 입술을 날름 핥을 뿐이었다.

"과연, 어떨까. 몸에게 직접 물어서 확인해야겠군."

그는 자신의 가슴에 대고 있는 아리아드네의 왼쪽 손목을 오른손으로 잡아 베개 밑에 고정시켰다. 그리고 그와 동시에 아리아드네의 몸을 뒤집어서 침대 위에 양쪽 무릎을 꿇은 자세로 엎드리게 해 드레스 자락을 걷어 올리자 그녀의 뽀얀 다리가 드러났다.

"하아……."

엄청난 자세에 수치심을 느끼고 몸부림을 치기 직전, 터무늬없는 곳으로 갑자기 들어온 차가운 공기에 아리아드네의 살갖이 떨렸다. 그녀에게는 몹시 익숙한, 건조한 손의 감촉이 드로어즈 위로 아리아드네의 살결을 부드럽게 어루만지며 뼈를 더듬듯이 움직였다.

"데뷔탕트가 열렸던 날 밤, 둘이서 춤추지 않았던가. 그런 다음 두 사람은 대연회장에서 사라졌지. 그때 내가 얼마나 놀랐는지 넌 모를 거야."

막시밀리안은 그렇게 말하며 아리아드네의 드레스를 더욱 걷어 올리고 코르셋 끈을 푼 다음, 그녀의 등을 어루만졌다.

"아앗… 아… 그건… 제롬님께서……."

"이제 됐어. 넌… 내 거야……."

드로어즈 안으로 들어온 손가락이 그녀의 허벅지와 몸통의 경계 부분을 따라서 움직이자, 허리가 흠칫거리며 튕겨 올랐다.

"이렇게 쉽게 느끼고… 남자를 잘 유혹하는 네가… 그동안 남자 없이 있었다는 건 기적에 가깝겠군."

다리 사이의 존재를 느낀 다음 순간, 드로어즈 너머로 뜨겁고 축축한 감촉이 피어올랐다. 그것이 바로 막시밀리안의 혀라는 사실을 알아차린 아리아드네는 더욱 격렬한 전율을 느끼며 숨을 삼켰다. 드로어즈는 다리 사이에서 흘러나오는 액체로 어느새 찰싹 들러붙어 있었다. 그는 얇은 천 너머로 슬릿 부분을 핥으며 그녀의 싹을 입술로 머금었다.

미끌미끌한 혀로 싹을 굴릴 때마다, 밖으로 드러난 신경을 건드리는 것처럼 느껴졌다.

"당신, 때문이에요……."

천 너머로 싹을 공격당해 숨결이 거칠어진 아리아드네는 말을 쥐어짜냈다.

"날… 이렇게 만든 건……."

"그런가."

잘 느끼는 그곳을 얇은 천이 가로막고 있다는 사실을 참을 수 없었다. 막시밀리안은 아리아드네의 다리 사이의 봉오리를 문질렀다가 짓눌렀다. 그리고 키스를 하듯 도톰한 혀로 간질였다가 빨아들이고는 앞니로 물고서 훑어댔다. 기분이 좋으면서도 괴로웠다. 더 원했지만, 이 이상은 견딜 수 없을 것 같았다. 상반된 감정이 그녀의 몸속을 빙글빙글 돌았다.

봉오리의 앞부분에서 엉덩이의 갈라진 틈 사이로. 그리고 아리아드네의 등뼈를 더듬듯이 입맞춤하며 막시밀리안은 또다시 속삭였다.

"내가 이렇게 했어. 네 몸을."

"아, 몰라요… 흐응……."

아리아드네가 무아지경으로 수긍하자 착한 아이라고 칭찬하듯 그녀의 튀어나온 허리뼈에 치아를 갖다대는 막시밀리안에, 그녀의 가슴속은 죄어들었다.

"계속 기다리고 있었어. 두 번 다시 놓지 않을 거야."

오싹하게 등을 가로지르는 오한 같은 무언가에 아리아드네는 견딜 수 없었다. 귀에 입맞춤을 하며 그가 속삭이자 그 목소리의 진동조차 자극이 되어 아리아드네의 성감을 자극했다.

"사랑해… 아리아드네…….."

"아… 하아……."

혀가 미끄러져 간 흔적을 그가 손끝으로 더듬었다. 매끄러운 하얀 살결 위를 매일 검과 방패로 거듭 단련한 거센 손가락이 기어 다녔다. 그것은 새로운 자극이 되어 아리아드네를 몹시 괴롭혔다.

그러자 양쪽 다리 사이에서 액체가 줄줄 번져 나와 드로어즈에 물들어 가는 것을 알 수 있었다.

몸 깊숙한 곳에서, 몸의 중심에서 흘러나오는 특별한 무언가. 그것은 막시밀리안을 원하기 때문에 흘러나온 물방울이었다.

등 뒤에서 아리아드네의 몸을 덮고 있던 막시밀리안은 수수하고 초라한 그녀의 드레스를 걷어 올렸고 허리를 조이고 있던 코르셋까지 벗겨냈다. 그러자 아리아드네는 드로어즈만을 남겨놓은 채 아무것도 입지 않은 상태가 되어, 부끄러움에 허리를 떨었다.

"추워?"

뒤를 돌아보기가 왠지 꺼려졌기 때문에 아리아드네는 가만히 고개를 끄덕였다. 그가 어떤 표정을 짓고 있는지는 알 수 없었지만, 귀에 닿은 그의 목소리는 평소와 다르게 몹시 자상했다.

그런 그의 얼굴이 보고 싶다고 생각하는 동안에 어깨뼈에 한 입맞춤을 마지막으로 등에 하던 애무가 중단되었다. 등 뒤에서 들려오는 옷자락이 스치는 소리로 막시밀리안이 옷을 벗고 있다는 사실을 알 수 있었다. 그 다음에 일어날 일을 예감한 아리아드네는 알몸으로 상반신은 숙이고 하반신은 들어 올린 몹시 음란한 자세를 취한 채 막시밀리안의 기척에 집중하고 있었다.

그러자 침대 스프링이 푹 꺼지며 무거운 육체가 포개어져 왔다.

"이러면 이제 안 춥지?"

등에 그의 다부진 가슴이 느껴졌다. 아리아드네는 자신의 몸을 뒤덮은 막시밀리안의 무게를 받아들이며 그대로 침대에 푹 엎드렸다.

스푼 두 개를 포개어 놓은 것처럼 살과 살이 직접 맞닿았다. 그곳에서 희미한 온기가 피어올랐다. 막시밀리안의 체온은 의외로 높아서 드로어즈 한 장만 입은 알몸으로 있다는 사실을 잊게 해주었다.

그의 체온은 두꺼운 깃털이불보다 따스했다. 그녀의 가슴 앞으로 그가 손을 둘렀고 몸을 통째로 끌어안았다. 그 순간 따듯함보다 강렬하게 느꼈던 것은 가슴이 아리는 듯한 참을 수 없는 기분이었고, 그 느낌은 아리아드네의 온몸을 포근하게 감쌌다. 무심코 한숨을 내쉴 것만 같은 기분 좋은 온도에 아리아드네는 황홀하게 몸을 맡겼다.

어느새 귀를 깨물며 막시밀리안이 숨결을 불어넣고 있었다.

"기분 좋아?"

"…흐으응."

아리아드네는 자기도 모르게 신음소리를 높이고 있었다. 대답하지 않는 아리아드네를 보고, 막시밀리안은 웃으며 등 뒤에서 그녀를 끌어안아 뺨을 바짝 갖다 댔다.

"흐응, …하아아아……."

아리아드네의 등과 막시밀리안의 가슴은 조금도 간격이 없을 만큼 딱 달라붙어 있었다. 그의 격렬한 고동과, 살며시 몸을 비틀 때마다 꿈틀거리는 근육을 아리아드네는 등으로 느끼고 있었다. 그리고 불꽃처럼 높은 그의 체온에 아리아드네는 또다시 만족스런 숨결을 내뱉었다.

하지만 이것이 단지 몸을 맞대고 온기를 나누는 행위만으로 끝나지 않을 것이라는 사실을 속옷 너머로 그녀의 엉덩이에 들이대고 있는 발기한 그의 물건이 전해주었다.

그의 물건은 무척이나 단단하고 뜨거워져 있었다.

"둘이서 더 기분 좋은 걸 해 볼까."

그의 말이 귓가에 닿았다. 막시밀리안이 숨결을 불어넣으며 아리아드네의 귓불 가장자리를 또다시 깨물자 그녀의 입에서 작은 비명이 새어나왔다. 그와 동시에 하반신을 움직여 버리는 바람에 매끄럽게 뻗은 양쪽 다리 사이로 그의 욕망을 머금게 되어 다리 안쪽의 민감한 살결로 그 다부짐을 느끼고 말았다.

아리아드네의 온몸에 힘이 들어갔다. 숨이 막혀서 얼굴이 뜨거워졌다. 그 와중에 가슴으로 다시 돌아온 손끝이 알몸의 젖꼭지를 잡자 아리아드네는 짜릿짜릿하게 애가 달았다.

"막시밀리안, 부탁이니까, 이제……."

"미안하지만 그 부탁은 들어줄 수 없겠어. 널 앞에 두면 자제력이 말을 듣지 않으니까."

그는 그 상태에서 하반신을 움직였다. 눅눅하게 들러붙은 드로어즈 너머로 남자의 욕망을 문질렀다.

"너도 느끼고 있어? 드로어즈가 질퍽하게 젖었는걸."

"흥… 하아, 앗……."

천 너머로 느껴지는 열기와 튼실한 느낌이 아리아드네의 머릿속에 어젯밤의 일을 떠올리게 했다. 그곳에서 솟구치던 압도적인 쾌감이 떠오르자 온몸이 바짝 긴장했다. 그렇게 되고 싶지 않았다. 두려웠다. 그런 생각을 하고 있던 아리아드네의 양쪽 다리 사이에서 액체가 번져 나와 드로어즈를 물들였다.

하지만—

하지만 그때 느낀 것은 자신이 자신이 아닌 것만 같은 공포심이 아니라 쾌감이었다. 몸 깊숙한 곳에 자리한 비밀스런 응어리를 막시밀리안이 그의 물건으로 문지르자 온몸에 힘이 빠질 만큼 기분 좋았었다.

"직접 만져도 괜찮겠어……?"

그런 말은 묻지 않기를 바랐다. 아리아드네는 이제 그를 거부할 수 없으니까 말이다.

아리아드네가 고개를 가만히 끄덕이자 막시밀리안은 등 뒤에서 그녀를 끌어안으며 갈비뼈 부근을 쓰다듬었다. 그리고 한손으로 그녀의 자그마한 가슴을 잡고 원을 그리듯 문질렀고, 다른 한 손으로는 드로어즈 단추를 하나씩 열었다. 단추가 작아서인지 막시밀리안의 긴 손가락은 그곳을 간질이듯 답답하게 움직일 뿐이었다.

"한심하게 들리겠지만, 널 만지고 있다고 생각하니 손가락이 떨려."

"몰라요……."

아리아드네의 다리에서 드로어즈를 벗긴 후, 막시밀리안의 기다란 손가락이 열은 수풀 속의 음순을 직접 문지르기 시작했다. 그 순간, 아리아드네는 갑자기 꿀이 흘러 넘쳐서 허벅지를 타고 흘러내리는 것을 느꼈다.

"하… 하아… 아앗……."

메마른 손가락으로 만지는 것만으로도 그녀의 새싹은 맥을 못 추고 흥분했다. 가슴의 고동이 소란스러웠다. 관자놀이까지 쿵쾅거리고 있었다.

막시밀리안의 손은 외설스러운 자세로 모습을 드러낸 아

리아드네의 엉덩이를 쓰다듬었다. 그리고 자상한 손길로 음란한 그곳을 열어 혀를 할짝할짝 굴렸다.

"흐응……!"

결국 흘러넘쳐서 다 받아내지 못한 꿀이 꽃잎 사이를 타고 매끄러운 허벅지 안쪽으로 흘러내렸다. 살짝 벌어진 꽃잎을 녹이듯 혀를 놀리자 츄욱 하는 끈적끈적한 소리가 났다.

"으응, …아아… 하아아… 흐응……."

혀를 대신하여 여린 꽃잎을 비집어 열고 들어온 막시밀리안의 손가락 두 개가 싹을 사이에 머금고 손가락 뿌리 끝까지 파고 들어왔다. 그와 동시에 비밀스러운 그곳의 입구 주변에 꿀을 바르듯이 꿈틀거렸다. 막시밀리안은 아리아드네의 허리가 제멋대로 움찔움찔 경련하는 것을 알아차렸는지 그녀의 등을 쓰다듬고 있던 손을 가슴으로 가져갔다.

"싫… 어어… 그만… 해요……."

어깨가 파르르 떨렸다. 흥분하여 꼿꼿해진 그녀의 젖꼭지를 그가 한손으로 다시 만지기 시작했다. 긴 손가락으로 그곳을 문지를 때마다 얼얼해서 더 강한 또 다른 자극이 필요했다. 이제 젖꼭지는 그만 만지기를 바랐지만, 아리아드네의 몸은 그 답답한 감각을 쾌감으로 바꾸어갔다.

"날 원한다고 말해줘."

'원한다'니 단정치 못한 말이다. 아리아드네는 무아지경으로 고개를 가로저었다.

"그럼 내가 싫다는 건가?"

아리아드네는 또다시 고개를 가로저었다. 그럴 리가 없다. 좋아하지도 않는 사람 앞에 이런 모습을 드러낼 바에는 죽는 편이 낫다.

이렇게나 좋아하고 있는데, 막시밀리안은 어째서 자신의 마음을 시험하는 말만 하는 걸까. 의아하게 여기면서도 아리아드네의 몸은 또다시 자극을 원하듯 움직였다. 뽀얀 살결에 붉은 기가 감돌았고, 목을 부드럽게 젖히며 아리아드네는 뜨거워진 눈꺼풀을 닫았다.

그러자 막시밀리안은 갑자기 능수능란하게 자세를 바꾸어, 팔다리를 짚고 엎드린 듯한 자세를 취하고 있던 아리아드네의 몸 아래로 파고들어 왔다.

"하, 아!"

아리아드네의 눈앞에는 형태를 바꾼 남자의 상징이 우뚝 솟아 있었다.

"어쩜 이렇게 아름다울 수가 있을까. 널 전부 먹어버리고 싶어."

막시밀리안의 손가락이 질 입구에서 회전했다. 어젯밤에 관통된 그녀의 점막은 내부를 넓히려고 하는 손가락의 감각을 기억하고 있었고, 아랫배 깊숙한 곳에서 무엇이 흘러나오는지도 알고 있었다.

"싫어……."

꽃잎에 농밀한 키스를 하듯이 입술을 갖다 대고 혀끝으

로 꿀을 퍼내어 입구에 발랐다. 그러고는 그녀의 몸속 더 깊숙한 곳에서 도톰한 혀로 간질이듯 날름날름 꿈틀거렸다. 싹에 닿은 하얀 이가 할퀴듯이 움직이자 아리아드네의 허리가 움찔거렸다.

보드라운 싹을 더듬고 있던 혀가 능숙하게 움직여서 포피를 벗겨내자 작은 돌기에 불과한 그곳에 혀끝이 닿는 것만으로도 그녀는 흠칫 경련했다. 그곳은 뜨겁게 부어오른 듯이 욱신거렸고 막시밀리안의 혀가 닿을 때마다 그녀는 등을 젖히며 허리를 음탕하게 흔들었다.

허리 안쪽에서 꿈틀대는 혀에 벽은 녹아내렸고, 그는 그녀의 엉덩이를 좌우로 벌려서 혀를 안쪽까지 집어넣었다. 점막을 혀로 직접 문지르자 아리아드네는 그 달콤한 자극을 견딜 수가 없었다.

"하앙… 아, 아… 아아!"

그렇게 작은 부분인데도 온몸에 전류가 흐르는 것 같았다. 이 상황을 믿을 수 없는 기분으로 농락당하고 있던 아리아드네는 세우고 있던 무릎이 당장에라도 무너질 듯해 더 이상 자세를 유지할 수 없을 것 같았다.

"싫어, 으… 흐응……."

아리아드네는 막시밀리안의 혀 놀림에 맞추어 허리를 비틀었다. 그의 혀끝에서 피어오르는 쾌감은 아리아드네의 머릿속을 천천히 마비시켰고, 여기가 어디며 자신이 지금 무엇을 하고 있는지조차 의식 밖으로 멀어져 갔다. 그저 막시밀리안의 혀가 가져오는 쾌락이 모든 것이었고 그 외의 것은 급격하게 빛을 잃어갔다.

그럼에도 아리아드네의 허리가 자연스럽게 흔들렸던 것은 앞으로 다가올 쾌락을 원해서였다.

"안쪽이 기분 좋은 거구나?"

막시밀리안은 어젯밤 아리아드네에게 그렇게 물었다. 그때는 의미를 몰라서 흘려들었지만 지금이라면 알 수 있다. 이렇게나 애무를 받고 있는데도 부족하게 느껴지는 것은 막시밀리안의 말대로 더욱 안에서 느끼고 싶기 때문이었다.

더 깊숙한 곳에서 느끼고 막시밀리안의 모든 것을 집어삼키고 싶어—

정신을 문득 차리자 그녀의 양팔 사이로 그의 알몸이 보였다. 엎드린 아리아드네의 눈에 비친 것은 단련된 근육질의 허벅지와 허리. 그리고 하늘을 찌르는 막시밀리안의 물건이었다.

"아리아드네?"

막시밀리안은 얼굴을 파묻고 있던 꿀단지에서 고개를 들어 그의 허리 양쪽에 팔꿈치를 붙이고 있는 아리아드네를 바라보았다. 막시밀리안의 몸 위에서 몸부림치던 아리아드네는 어깨로 크게 숨을 쉬면서 조종당하듯이 그의 다리에 손을 뻗었다.

그의 물건은 흑요석처럼 반들반들 빛나고 있었다.

아리아드네는 그녀의 작은 손으로는 꿈쩍도 하지 않을 만큼 흥분한 성기를 붙잡고 입으로 맞아들였다. 짠맛이 나는 그의 물건을 빨아들이자, 허리에까지 울려 퍼지는 듯한 소리로 막시밀리안이 신음했다. 흘러 떨어지는 금색의 머리카락도 개의치 않고 아리아드네는 무아지경으로 그를 계속 빨았다.

그와 동시에 막시밀리안이 음탕한 자세를 취하고 있는 아리아드네의 엉덩이를 쓰다듬었다. 그리고 자상한 손길로 허벅지를 애무하며 그녀의 꽃잎에 혀를 굴렸다.

벌어지고 있는 벽을 녹이는 듯한 혀 놀림이 끈적끈적한 소리를 냈다. 아리아드네의 입안에는 지금까지 맛보지 못한 씁쓸한 꿀맛이 퍼졌지만 빨아들이는 것을 멈출 수가 없었다. 허리가 제멋대로 구부러들었다. 이를 알아차린 막시밀리안은 그녀의 엉덩이를 쓰다듬고 있던 손을 또다시 그녀의 음순에 집어넣었다.

"흐응, 읍! 흐으응……."

흠칫하며 어깨가 경련했다.

고동치는 그의 물건을 입에 머금고 있었기 때문에 목소리를 낼 수 없었던 아리아드네의 코에서 우물거리는 신음 소리가 새어나왔다.

"기분 좋아……?"

두려웠다. 하지만 기분이 좋았다. 아리아드네가 고개를 살짝 끄덕이자, 그는 일단 혀를 빼낸 뒤 대신 손가락 두 개를 집어넣었다.

불과 어제 찢어진 처녀막의 안쪽이 그가 가했던 아픔을 떠올린 듯 침입한 손가락을 두려워하며 꽉 조여들었다. 그러나 그와 동시에 아랫배 안에서 무언가가 졸졸 흘러나왔다. 마치 뚫고 들어오는 그 감각을 떠올린 듯이.

막시밀리안은 얼핏 보기에 거칠게 느껴지는 그의 손가락을 능수능란하게 움직였다. 육체의 싹을 손끝으로 튕겨댈 때마다 아리아드네의 몸에는 번개가 쳤다. 그러는 사이에 뾰족하게 솟은 포피가 벗겨지자 민감한 부분의 감각이 더욱 예민해졌다.

"응… 흐응……."

입속은 막시밀리안의 물건으로 가득 차 있었기 때문에 그가 이따금 허리를 띄우면 목이 막혔다. 괴로웠지만 막시밀리안의 뜨거운 숨결이 들리면 그에 느껴 버려 황홀해졌다.

"으응, 응, 아아……."

스스로 낸 그 목소리에 등줄기가 짜릿하게 떨려왔고 허리가 흔들렸다. 막시밀리안의 얼굴 위로 가랑이를 벌리고 선 무릎이 당장에라도 무너질 듯했기 때문에 아리아드네는 더 이상 자세를 유지할 수 없을 것 같았다.

"이제 두 번째야."

큭큭, 하고 목 안쪽 깊숙한 곳에서 소리를 내며 그가 웃었다.

"전에는 그렇게 아파했는데, 지금은 이렇게……."

"하아…아, 아아… 항……."

"여기에 날 받아들이고……."

막시밀리안은 그렇게 말한 후, 그녀의 비밀스러운 곳을 만지고 있던 손가락을 하나로 모아서 찔러 넣었다.

"아… 아아……."

얼얼한 점막이 그에게 뭐라고 일렀는지는 알 수 없지만, 점막은 그의 손가락을 뿌리 끝까지 단번에 집어삼켰다. 몸 속에서 손가락이 빙글빙글 돌자 츄욱츄욱 하는 음란한 물소리가 울려 퍼졌고 아랫배 안쪽이 꿈틀대며 움직였다.

"느껴봐."

그가 더듬는 곳은 너무나도 정확했기에 아리아드네는 질릴 만큼 느껴 버리고 있었다. 손가락을 돌리는 타이밍도, 살짝 부어오른 질 입구 안쪽을 자극하며 벽을 따라 빙글빙글 움직이는 손길도.

"크읍… 흡, 하아……."

짙게 풍기는 성적인 냄새에 아리아드네는 정신이 아찔아찔했다. 그가 자신에게 무얼 하고 있고 자신이 그에게 무얼 하고 있는지조차 알 듯 모를 듯했다. 기분이 너무 좋아서 정신이 이상해질 것만 같았다.

입술에서 그의 물건이 툭 빠져나오자 머리 부분이 잘록

하게 들어간 그의 물건에 거친 숨결을 내뿜으며 그녀는 혀를 굴렸다.

포피를 혀로 간질이며 그의 물건의 끝자락을 빨아들이는 아리아드네의 움직임에 맞추어 막시밀리안은 더욱 격렬하고 음탕하게 손가락을 움직였다. 그는 꽃잎 같은 그녀의 음순에 손가락 세 개를 집어넣었고 예민해진 꽃술에 치아를 갖다 댔다.

"흐으음."

아리아드네는 격렬한 쾌락에 고개를 들고 등을 젖혔다.

한편, 음순 안에서 음란한 소리를 내며 휘젓고 있던 그의 손가락은 아리아드네가 원하는 곳에는 닿지 않았다. 막시밀리안이 손끝으로 아리아드네를 애태우듯 얕은 부분을 휘젓자 그녀의 등이 크게 경련했다.

"하아… 아아… 하아……."

"더 안에 해줬으면 좋겠어?"

막시밀리안의 말에 일깨워진 점막이 경련을 멈추지 않았다. 그의 혀와 손가락으로 희롱당할 때마다 아리아드네는 더욱 강력한 무언가가 필요하다고 느꼈다. 더욱 안을. 더욱 깊숙이. 그러하기를 바라는 음란한 자신을 알아차린 아리아드네는 숨을 삼켰다.

그가 보드라운 육체를 휘젓자 몸속에 숨어 있던 민감한 신경이 혼란을 겪었고, 그 감각은 아리아드네를 다른 어딘가로 이끌어 갔다. 포개어진 막시밀리안의 몸의 열기도 자극이 되었고, 견디기 힘든 그 감각에 아리아드네는 숨을 내쉬었다.

"이제… 이제… 그만해요……."

아리아드네가 세우고 있던 무릎이 무너졌다. 막시밀리안에게 자신의 무게가 실리지 않도록 아리아드네는 그의 곁으로 몸을 뉘었다.

"이제, 참을 수 없다는 건가……?"

아리아드네를 괴롭히듯이 막시밀리안의 목소리가 그녀의 귓가에 닿았다. 아리아드네는 고개를 한 번 크게 끄덕인 후, 부끄러워서 붉어진 얼굴을 숨기듯이 곁에 있던 쿠션에 얼굴을 파묻었다.

그의 물건이 몸 깊숙한 곳에 들어오기를 바랐다. 온몸이 그렇게 애원하고 있었다. 아리아드네는 그런 자신의 몸이 부끄러웠다.

"어떻게 할까, 아리아드네. 오늘은 조심스럽게 안으려고 했는데 난 이제 참을 수 없을 것 같아."

색기가 느껴지는 그의 쉰 목소리에 아리아드네는 쿠션에서 고개를 들었다. 땀으로 젖은 앞머리가 이마에 떨어진 그의 모습에는 관능적이면서도 장렬한 기백이 뒤섞여 있었다.

'참을 수 없다'는 그의 말에 그녀의 등줄기를 무언가가 짜릿하게 가로질렀다.

"…살짝, 만이라면……."

아리아드네가 그렇게 대답하자 막시밀리안은 갑자기 그녀의 몸을 엎드리게 하여 등 뒤로 끌어안았다. 그가 이끄는 대로 팔다리를 움직이고 있던 아리아드네는 막시밀리안에게 또다시 등을 보이는 자세를 취하게 되자 당혹스러워졌다.

"저기… 아……."

둥그스름한 모양을 즐기듯이 엉덩이를 주무르고 있던 막시밀리안의 양손이 엉덩잇살을 움켜잡듯이 쥐고 그의 허리 쪽으로 끌어 당겼다.

뜨겁고 단단해진 그의 물건의 끝자락이 흠뻑 젖은 비밀스러운 장소에 닿았을 뿐인데 찌릿찌릿한 전류가 가로질렀다. 그러나 그것은 한 순간이었을 뿐, 꽃잎으로 둘러싸인 내벽이 전율했던 것은 아픔 탓이 아니었다.

"흐응… 아아… 하아, 아아……."

꿀이 점점 흘러넘치기 시작했다. 단단하고 우뚝 선 막시밀리안의 물건이 아리아드네의 꽃잎을 걷어 올려 꼬챙이를 꿰듯 압박감을 주자 그녀의 입은 벌어진 채 소리를 멈추지 않았다.

어째서 이렇게 단정치 못하게…….

촉촉하게 젖은 그의 물건과 아리아드네의 비밀스러운 장소가 맞닿자 점액질의 소리가 났다.

"…흐으응, 아!"

"흡……."

등 뒤에서 막시밀리안이 숨을 삼켰다.

아리아드네는 순간적으로 리넨을 움켜잡았다. 그의 물건을 휘감으려 하는 그녀의 점막을 억지로 벌리고 들어오는 감촉에 그녀는 목을 젖힌 채 가슴을 내밀며 전율했다.

"하아, 아, 아, 아, 아……."

눈을 질끈 감고 몸속을 완전히 막시밀리안의 모든 것으로 채우고 있는 가운데, 아리아드네는 작은 비명을 계속 질렀다.

막시밀리안은 아리아드네의 양손을 잡고 엉덩이를 좌우로 벌려서 거친 덤불의 감촉이 느껴질 만큼 빈틈없이 몸을 파묻었다.

"하아… 커어……."

침입한 물건의 크기에 아리아드네는 겁에 질려서 허리가 움츠러들었다. 막시밀리안은 그런 그녀를 놓치지 않겠다는 듯 허리에 갖다 댄 손으로 아리아드네를 끌어 당겨 더욱 깊이 파고들었다.

"…안 돼애… 하아아……."

아리아드네는 그가 자신의 몸을 뚫고 들어와서 문지르고 더욱 깊숙한 부분을 파헤쳐 주기를 바랐다. 깊고 깊은 곳에 있는 작은 융기, 그곳을 찔러줬으면 했다.

"미안해. 조절이… 안 될 것 같아."

아리아드네의 등을 또다시 뒤덮은 막시밀리안은 등 뒤에서 그녀에게 얼굴을 갖다 대고 귀 끝을 깨물었다. 조금 전까지의 달콤한 애무와는 달리 아련하게 가로지르는 고통에 막시밀리안의 조급한 마음이 느껴졌다.

그가 허리를 격렬하게 움직이자 아리아드네의 몸이 움찔 움찔 경련했다.

"하아…아, 막시밀리안… 안으로 들어와요……."

아리아드네는 눈을 크게 떴다. 몸속에 자리한 살짝 융기한 그 곳. 막시밀리안이 그의 물건의 끝자락으로 그곳을 문지르자, 자극이 예기치 못한 힘이 되어 아리아드네의 손끝까지 가로질렀다.

리듬이 너무 거센 나머지 무릎을 지탱할 수가 없었다. 팔꿈치가 구부러져 리넨 위로 쓰러질 것 같았지만, 그녀의 몸에 두르고 있던 그의 손이 그녀의 가슴을 움켜잡고 예민한 젖꼭지와 함께 원을 그리듯 문질렀다.

"하, 아… 읍……!"

눈을 감자 온몸을 향해 불꽃같은 무언가가 흩어지는 것이 보였다. 막시밀리안이 귀, 가슴, 그리고 비밀스러운 안쪽 내벽을 공격하자 그의 물건의 끝자락이 몸속의 '느끼는 부분'에 닿았다. 그에 아리아드네는 실이 엉킨 꼭두각시인형처럼 예상치 못한 방향으로 몸을 크게 경련했다.

"하아아, 아, 아!"

코로 내는 달콤한 교성이 막시밀리안의 방에 울려 퍼졌다. 지금의 아리아드네는 누군가가 이 소리를 듣고 있지는 않을까 주위를 신경 쓸 여유가 없었다.

"아리아드네……."

나지막하고 매력적인 목소리가 귓바퀴를 간질이자 그녀의 몸은 더욱 민감해졌다.

"…흐응… 아, 아… 앗……."

뭉쳐진 그 부분을 목표로 삼아 막시밀리안은 아리아드네를 뚫었다. 그의 물건의 잘록한 부분까지 단숨에 넣은 다음, 아리아드네를 또다시 깊숙이 찔러서 문지르고 뚫어댔다.

"하아… …흐으응."

격렬한 무언가가 밀려왔다. 아리아드네가 몸을 비틀자 봉긋한 두 가슴이 흔들렸다.

"하앙, 아아아… 너무 격렬해요… 아… 살짝, 이라고… 했는데……."

"아리아드네… 네가 날… 이렇게 만든 거야……."

"흐으응… 하아아, 하앗……."

유연하게 휘어지는 그의 물건이 몸속의 오돌토돌한 부분을, 참기 힘들 정도의 쾌락을 낳는 그곳을 비벼댔다. 격렬하게 피스톤 운동을 할 때마다 결합 부분에서는 꿀이 거품을 일으키며 새어나왔고, 그 꿀은 허벅지 안쪽으로 흘러 떨어졌다.

막시밀리안은 허리를 놀리는 동시에, 아리아드네의 가슴을 움켜잡고 엄지와 검지로 그녀의 젖꼭지를 당겼다.

그러자 막시밀리안을 감싸고 있던 육체의 벽이 꽉 조여

들었다. 아리아드네는 몸속으로 맞이한 막시밀리안의 물건의 질량이 또렷하게 느껴지는 것에 가냘픈 신음소리를 냈다.

"비난 받아도 상관없어."

그의 물건이 드나들 때마다 밖으로 드러나는 꽃술이 자극받으며 몸속의 혈액이 허리 안쪽으로 집중되는 것 같았다.

"하아… 아…아앙, 아아……."

몸과 몸이 깊숙이 연결된 채 막시밀리안은 그의 몸을 쓰러뜨렸고, 아리아드네의 턱을 잡아 부드럽게 끌어당겨 등 뒤에서 입맞춤했다.

"지금은… 내가 널 느끼게 해줘……."

"아아, 아아……."

그가 아리아드네의 몸을 뚫은 각도를 바꾸자, 그녀의 목에서 비명에 가까운 신음소리가 새어나왔다. 막시밀리안은 그대로 아리아드네의 입술에 자신의 입술을 포개어 짙은 입맞춤을 하며 몇 번이고 격렬하게 그의 물건으로 그녀를 뚫어댔다.

"흐응… 으으응… 하아……."

막시밀리안은 아리아드네의 신음소리마저 집어삼키고도 여전히 다리의 움직임을 멈추지 않았다. 몸을 비트는 바람에 그의 물건이 빠지려고 하자, 막시밀리안은 민감해진 그녀의 꽃술에 자신의 물건을 비벼댔다. 괴로운 한편 기분

이 좋았던 아리아드네는 그 두 감정 사이에서 아슬아슬한 경지에 이르기까지 농락당했다.

"흐으응. …하아… 이제, 더 이상은……."

"더 이상… 하면, 어떻다는 거지……?"

막시밀리안은 몸을 조여 대며 음란하게 몸부림치는 아리아드네를 여전히 계속 공격했다. 뜨겁게 끓어오른 육체의 말뚝으로 그녀를 뚫었고, 허리를 움직여서 휘저으며 더욱 깊숙이 파고들었다. 그리고 그녀의 몸에 두른 손으로 젖가슴을 움켜쥐고 젖꼭지를 잡았다. 입술을 빨아들여서 타액을 뒤섞었고, 젖꼭지를 잡고 있던 손을 군살 없는 아랫배를 향해 미끄러뜨리듯 움직여서 민감해진 채 핏발이 선 그녀의 싹을 잡았다.

"싫어! 아… 아아, 부서질… 것 같아……."

아리아드네는 자기도 모르게 외치고 있었다. 압도적인 쾌감에서 달아나기 위해 무의식중에 허리를 비틀었지만, 이를 나무라듯 막시밀리안의 손가락이 움직여 싹을 찌부러뜨리듯 힘을 가했다.

"미래의 왕비가 부서진다는… 건가. 그건 곤란한데."

막시밀리안은 훗 하고 웃으며 허리를 갖다 대고 격렬하게 돌렸다. 뭉쳐 있는 그 부분이 또다시 강하게 자극받았다.

"아, 아… 정말… 부서질 것… 같… 아……."

아리아드네는 스스로도 무슨 말을 하는지 알 수 없었다.

그녀는 헛소리를 하듯이 막시밀리안의 이름을 외치며 눈앞의 리넨을 끌어당겼다.

아리아드네는 학질에 걸린 사람처럼 온몸을 떨며 그의 피스톤 운동을 받아들이고 있었다. 가장 깊숙한 곳에 자리한 한 점을 노리듯이 그가 뚫어대자, 몸과 몸이 연결된 부분에서 끈적끈적한 액체소리가 울려 퍼졌다. 아리아드네의 꿀단지에서 흘러나온 꿀은 그녀뿐만 아니라 막시밀리안의 허벅지까지도 적셨다. 소리도, 감촉도, 그 모든 것이 아리아드네를 끝으로 몰아갔다.

귓바퀴에 숨결이 섞인 웃음소리가 닿았다. 그가 느닷없이 아리아드네의 발목을 잡아서 허리를 끌어당긴 후 살짝 연결된 몸을 돌려서 그녀의 몸을 침대 위를 보는 형태로 바로 뉘었다. 그녀의 몸속에 자리한 깊숙한 벽을 막시밀리안의 말뚝이 문지르자, 아리아드네는 이상한 감촉에 몸을 떨었다.

"하아아… 앗……."

눈앞에 막시밀리안의 얼굴이 다가와 아랫입술을 깨물 듯 입맞춤했다. 그 사이에 막시밀리안의 다부진 손은 아리아드네의 양쪽 무릎을 안아 올려서 크게 벌렸다.

그녀의 무릎이 가슴에 닿을 만큼 그가 몸을 구부리자, 비스듬한 형태로 꼬챙이에 꿴 듯 아리아드네의 몸이 뚫렸다.

"아… 흐으…응……."

무시무시한 압박감에 그녀의 손끝이 둥글게 말려들었

다. 그럼에도 혀를 휘감는 짙은 입맞춤은 멈출 수 없었다. 뾰족하게 세운 혀끝을 맞대고 서로를 원하며 나누는 키스에 아리아드네의 숨결은 불타오르듯이 뜨거워졌다.

몸속에 머금고 있던 그의 물건이 아리아드네가 느끼는 부분을 직접 뚫었다. 격렬하게 몸부림치는 아리아드네의 몸 위에 막시밀리안의 두꺼운 가슴이 포개어졌다.

"영원히 널 놓지 않을 거야."

막시밀리안이 입술 너머로 속삭였다. 그는 침대 위에서 아리아드네를 건져 올리듯이 넓은 가슴에 끌어안았다. 막시밀리안의 팔은 바이스처럼 아리아드네의 몸을 죄고 놓지 않았다. 아리아드네는 그에게 단단히 끌어안긴 채 뼈도 육체도 녹아서 흐물흐물해질 것 같았다.

느끼는 장소를 목표로 막시밀리안의 물건은 그녀를 비벼 댔다. 한 번 찔러댈 때마다 막시밀리안의 물건은 커졌고 그의 호흡에 신음이 뒤섞였다.

이미 서로 한계를 넘어선 듯했다.

아리아드네는 막시밀리안이 이 행위를 그만두지 않기를 바라며 그의 입술에 자신의 입술을 포개었다. 그리고 뾰족하게 세운 혀끝으로 그의 입술을 파고들어서 그의 말까지 빼앗았다.

아리아드네의 몸속을 채우고 있던 막시밀리안이 흠칫하며 경련했다. 그 움직임에 정신이 돌아온 아리아드네는 자신의 몸 깊숙한 곳의 열기보다 훨씬 뜨거운 격류 같은 무언가가 온몸에 퍼지는 것을 느꼈다.

"흐응… 하아… 앙……."

"아리아드네… 아리아드네……."

그는 마음에서 우러나오는 욕망의 목소리로 그녀의 이름을 몇 번이고 불렀다.

이름을 불렀을 뿐인데 아리아드네는 온몸이 떨렸다. 손끝까지도 경련했다. 오직 이 순간만이 존재했다.

"…아!"

막시밀리안이 그의 다부진 목을 젖혔다.

뜨겁게 짓무른 점막은 조금 더 높은 온도로 젖어갔고, 그것이 막시밀리안이 원하는 바라는 사실을 깨닫자 아리아드네의 가슴은 애절하게 죄어들었다.

아리아드네는 그에게 끌어안긴 채, 미끄러뜨리듯 손을 움직여 자신의 아랫배를 살짝 만져 보았다. 이 속에 막시밀리안이 있다. 그렇게 생각하자 자신의 몸인데도 더욱 사랑스럽게 느껴졌다.

막시밀리안은 마주보고 있던 아리아드네에게 자신의 얼굴을 갖다 대고서 마치 울보 여자아이를 달래는 커다란 개와 같은 동작으로 코끝을 맞대었다. 아리아드네는 떨리는 손끝으로 땀이 맺힌 막시밀리안의 뺨에 손가락을 미끄러뜨렸다.

"이걸로 끝이라고 생각하지 마."

고개를 끄덕이자 그가 그녀의 손끝을 잡았다. 아리아드

네는 스르륵 풀어진 눈을 둘러싼 속눈썹을 깜박이며 살짝 열린 입술로 뜨거운 숨결을 내뱉었다.

"다행이야……. 아직 부족하다는 듯한 얼굴을 하고 있어서."

아리아드네는 조용히 고개를 끄덕였다.

그리고 그와 동시에 그녀는 자신의 몸속에서 숨 쉬고 있는 막시밀리안의 물건을 보드라운 벽으로 감싼 채 음탕하게 허리를 놀려 다음을 재촉했다.

아무리 지치고 괴로워도 끝내고 싶지 않았다.

불에 달궈 뜨거워진 봉과 같은 그의 물건이 또다시 아리아드네의 몸을 휘젓자 그녀의 허리가 경련했다.

"아……."

아리아드네의 몸속에서 그가 또 날뛰었다. 경련하는 그녀의 몸을 끌어안은 막시밀리안이 천천히 허리를 끌어당겨, 그의 몸에서 뿜어져 나온 액체를 바르는 듯한 행동을 취했다.

그것은 단순히 막시밀리안이 아리아드네의 몸속에 사정을 했다는 의미만이 아니었다. 막시밀리안에게 안겼다는 것은 즉, 앞으로 그와 함께 살아간다는 뜻이었다.

반쿠르 왕국의 황태자비로서. 그리고 차세대 왕비로서.

"몇 번이라도… 계속, 언제까지고, 곁에 있어줄 거지?"

"네에……."

행복에 허우적대는 것만으로는 황태자비의 역할을 해낼

수 없다. 하지만 자신의 곁에는 막시밀리안이 있다. 이렇게 떨리는 몸을 안아줄 팔이 있다면 분명 앞으로 닥쳐올 어떤 고난도 헤쳐 나갈 수 있겠지.

아리아드네는 그의 다부진 팔에 끌어안기며 또다시 요염한 숨결을 내뱉었다.

에필로그
신화의 끝자락

그로부터 일 년이 흘렀다.

막시밀리안 살로몬 드 리슈엘 왕자와 아리아드네 보아모르티에 공작 영애의 결혼을 인정하는 왕의 포고가 나온 날부터 반쿠르 왕국은 이 두 사람의 이야기로 떠들썩했다.

여느 왕족과 귀족의 결혼이었다면 그다지 이목을 집중시킬 만한 일이 아니었을 테지만, 상대가 반쿠르 제일의 바람둥이라는 소문이 자자한 막시밀리안 왕자와 기적적인 자산 운용 솜씨로 가난뱅이 공작이라는 오명을 씻은 보아모르티에가의 영애라면 사람들의 흥미를 끌기에 충분했다.

차기 국왕이 될 막시밀리안과 보아모르티에 공작가의 영애인 아리아드네의 결혼식은 거국적인 축하 자리가 될 예정이었다.

그리고 바로 오늘 두 사람은 반쿠르 대성당에서 이 날을 맞이하고 있었다.

제단에는 기하학무늬의 커다란 스테인드글라스가 끼워져 있었고, 위쪽 높은 창에서 쏟아져 들어오는 햇살이 교회 내부를 밝게 비추고 있었다.

본당에는 안쪽을 향하여 마호가니 의자가 쭉 나열되어 있었고 국내 각지의 귀족과 국외에서 온 왕족들이 그 자리를 메우고 있었다. 본당에 자리가 없는 사람은 익랑에 준비된 장소에 앉아 있었다.

하인이 재빠른 손놀림으로 빨간 카펫 위에 하얀 천을 깔았다. 버진로드가 깔리자 엄숙한 파이프 오르간 소리와 함께 문이 열렸고, 침묵이 아리아드네를 맞이했다.

문 안쪽에 서서 신부를 향해 팔꿈치를 내밀고 있는 사람은 아버지인 장 파티스트였다. 이쪽을 향해 어깨 너머로 박수를 보내는 귀족들 가운데 어머니의 얼굴을 발견하고 아리아드네는 한순간 눈물을 글썽였다.

"아리아드네, 지금은 울면 안 돼."

아버지가 아리아드네의 귓가에 속삭였다. 아리아드네는 기뻤다. 아버지도 어머니도 돈을 마련하기 위해 동분서주하던 일상에서 벗어나 밝은 얼굴로 이 자리에 올 수 있었기 때문이다.

모든 것은 그때 아리아드네가 도움을 주었던 붉은 머리

카락의 소년, 막시밀리안의 덕분이었다.

지금의 그는 스트로베리 블론드 빛의 머리카락도 주근깨가 있는 뽀얀 피부도 가지고 있지 않지만, 붉게 불타는 불꽃같은 눈동자의 색깔은 여전했다.

아리아드네는 금발을 땋아 올려서 디아뎀과는 다른 분위기의 가느다란 골드 티아라를 쓰고 있었다. 아리아드네가 한 발씩 걸어 나갈 때마다 티아라에 장식된 수많은 다이아몬드가 높은 창에서 쏟아져 들어오는 햇살을 반사하여 반짝였다.

햇살이 비추는 것은 보석만이 아니었다. 망사 천으로 만들어진 베일을 쓴 아리아드네는 순백의 드레스로 몸을 감싸고 있었다. 그 드레스의 호화로움과 아름다움이 어우러진 모습에 객석에서는 반쿠르의 새로운 신부를 세상에서 가장 아름답다고 말하고 있는 듯한 감탄의 숨결이 새어나왔다.

정교하게 짜인 보빈 레이스에 부각된 가냘픈 어깨. 가슴 언저리에는 백합과 장미를 곁들인 코르사주가 달려 있었고 가느다란 목에는 커다란 진주 초커가 빛나고 있었다. 그리고 가느다란 허리를 더욱 부각시킬 수 있도록 몸을 조인 종처럼 풍성한 드레스는 기다란 트레인을 끌고 있었고, 드레스 자락을 잡는 역할은 동생 콜레트가 맡고 있었다.

등은 깊이 파여 있었고 몹시 하얀 살결이 기다란 베일 너머로 보일 듯 말 듯 가려져 있었다.

"언니, 정말 예뻐."

콜레트가 자기도 모르게 그렇게 중얼거릴 정도였다.

익랑에서 대기하던 국왕과 왕비. 그리고 벌레 씹은 얼굴을 한 제롬. 그들을 등지고 선 막시밀리안은 연미복이 아닌 평소의 군복 차림이었다. 검은 천에 금실과 은실로 자수를 놓은 군복에 광택이 나는 천으로 만든 검은 망토를 걸치고 있었지만, 평소에 망토를 여밀 때 쓰는 브로치를 대신하여 아리아드네가 손에 들고 있는 것과 같은 장미와 백합 코르사주를 달고 있었다.

막시밀리안이 기다리는 익랑에 다다르자 아리아드네의 손이 아버지의 팔꿈치에서 떨어졌다.

스테인드글라스 너머로 들어온 빛이 막시밀리안과 아리아드네 두 사람에게 쏟아졌다. 그러자 이목구비가 또렷한 그의 단정한 얼굴이 한층 더 돋보였기에 아리아드네는 눈이 부셔서 정면으로 똑바로 바라보기 힘들 정도였다.

이게 현실일까? 꿈이 아닐까?

아리아드네는 부케를 든 손을 포개듯이 하여 다른 쪽 손등을 꼬집었다. 아무래도 꿈은 아닌 것 같았다. 여성으로서 가장 행복한 순간을 맞이하고 있는 아리아드네의 뺨은 볼터치를 한 것처럼 빛나기 시작했다.

평온과 사랑, 그리고 다 끌어안을 수 없을 만큼의 행복. 여러 겹이나 되는 감정이 숨이 찰 만큼 몸속에 가득 차 있었다.

그럼에도 막시밀리안은 아리아드네가 불안해하는 것이 느껴졌는지, 긴장해서 굳어진 아리아드네의 손을 가만히 잡아주었다.

태양은 때마침 하늘 높이 떠 있었다. 강한 햇살에 눈부시게 빛나는 스테인드글라스 아래, 아담한 십자가 앞에서 결혼을 선언하는 목사의 신성한 목소리가 엄숙하게 울려 퍼졌다.

"남편, 막시밀리안 살로몬 드 리슈엘. 건강할 때나 아플 때나 기쁠 때나 슬플 때나 풍족할 때나 가난할 때나 아내를 사랑하고 존경하며 위로하고 도우며 목숨이 다할 때까지 진심을 다할 것을 맹세합니까?"

"맹세합니다."

그는 달콤하면서도 위엄이 느껴지는 목소리로 나지막하게 답했다.

"아내, 아리아드네 보아모르티에. 당신은 어떠합니까?"

아리아드네는 곁에 선 막시밀리안의 얼굴을 살짝 보았다. 눈을 가늘게 뜨고 웃음 지어주는 그의 얼굴을 보는 것만으로도 아리아드네의 가슴은 행복으로 가득해졌다.

"…네, 맹세합니다."

그렇게 답하자 목사가 말했다.

"그럼 두 사람은 서약의 입맞춤을 하십시오."

두 사람은 마주보고 섰다. 막시밀리안이 아리아드네의 베일을 걷어 올려서 붉은 기가 감도는 하얀 뺨에 흰 장갑으로 감싼 오른손을 살짝 갖다 댔다.

"아리아드네, 사랑해."

"저도요, 막시밀리안."

눈을 뜨고 적동색으로 불타는 눈동자를 보며 아리아드네는 맹세했다. 벌써 몇 번이고 말했지만, 다시 말하고 싶었다. 그의 모든 것이 사랑스러웠다. 아리아드네는 가슴이 술렁여서 진정이 되지 않았다. 하지만 그 감정 또한 말로 표현한다면 사랑한다는 짧은 말로 다할 수 있을 것 같았다.

모든 것을 믿고 그에게 몸을 맡긴다는 생각으로 그녀는 눈을 감았다. 그러자 가느다란 허리를 두른 그의 손에 힘이 들어갔고, 그가 그녀의 몸을 끌어당겼다.

입술 앞으로 그의 숨결을 느끼며 아리아드네는 눈을 감았다.

익숙하게 느껴지는 뜨거운 감각이 입술 앞을 스쳤고 그녀의 입술이 빈틈없이 덮였다. 그 순간, 하객들이 우레와 같은 박수를 보냈다.

『아리아드네와 사랑의 미궁』 끝

작가 후기

여러분, 처음 뵙겠습니다.

이 작품을 손에 들어주셔서 감사합니다. 저는 이오리 미나라고 합니다.

첫 작품에서 네 페이지나 되는 후기를 쓰게 되어 어찌할 바를 모르겠지만, 아무쪼록 마지막까지 읽어주시길 바랍니다.

이 작품을 쓰기 전, 어떤 이야기가 좋을까 하고 구상하던 중에 그리스 신화가 떠올랐습니다. 미노타우로스라는 무시무시한 괴물이 지배하는 미궁을 탐색하는 이야기였지요.

작품 속에도 살짝 등장하지만, 아리아드네는 미궁에 빠진 용사 테세우스에게 실 뭉치를 건네 미노타우로스를 토

벌하는 일을 돕는 역할을 합니다. 이와 같은 신화 내용에 빗대어 어려운 난관을 극복할 수 있는 유일한 해결책을 '아리아드네의 실'이라고 표현하기도 합니다.

이번 작품은 모험담으로 할까? 하고 생각한 순간, '사랑의 미궁'이라는 말이 떠올랐고 이에 상상력을 점점 넓혀서 궁핍한 생활을 하는 귀족 소녀 아리아드네가 갑자기 나타난 왕자에게 이끌려 왕궁에 간다는 신데렐라 스토리가 되었습니다.

아리아드네는 궁핍한 환경에 체념하며 사는 여자아이가 아닙니다. 텃밭을 가꾸고 가족의 옷을 수선하기도 하며, 아버지가 만든 방대한 빚을 장부에 기록하기도 합니다. 이른바 노력파이지요. 그녀는 어릴 적에 만난 소년을 계속 마음에 그려 옵니다.

한편, 빚은 불어나기만 하지요. 결국 은행에서 어음을 처리할 수 없다는 통보까지 받게 된 아리아드네는 창부로 몸을 팔게 될 뻔한 차에 노골적으로 거만한 막시밀리안 왕자의 도움으로 왕비의 책 읽기 시녀로서 왕궁에 가게 됩니다.

그리고 왕궁에서 어릴 적에 만난 소년과 같은 적동색 눈동자에 붉은 머리카락, 하얀 뺨에 주근깨가 나 있는 매력적이고 자상한 청년, 제롬을 만납니다.

아리아드네의 마음은 흔들립니다. 첫사랑과 마침내 재회하게 되었지만, 그는 아리아드네와 있었던 일을 까맣게 잊어버린 듯 행동하기 때문이지요.

그러던 차에 막시밀리안 왕자가 그 사이에 끼어듭니다. 그는 폭군처럼 난폭하게 아리아드네를 몰아가지요.

막시밀리안과 제롬 가운데 누구를 선택해야 할까. 첫사랑의 소년은 정말 제롬이 맞을까. 그렇게 그녀의 마음은 혼란을 겪습니다.

츤데레에 거만하기 짝이 없는 막시밀리안과 자상한 젠틀맨인 제롬에게 구애받는 장면은 저도 무척이나 즐겁게 작업했습니다. 기분에 너무 심취한 나머지, 결국 후반부에 야한 장면이 연속해서 등장하게 되었지만 말이지요. 이 정도 수위도 괜찮을지 조마조마했지만, 독자 여러분께서 즐겁게 읽어 주셨으면 하는 바람입니다.

작품에 등장하는 언어는 프랑스어로 설정했지만, 창작 로맨스라는 점을 참고로 해 주시길 바랍니다. 잘못된 점이 있더라도 너그럽게 봐주십시오.

멋진 일러스트를 그려 주신 아마노 치기리 씨, 정말 감사합니다. 처음 줄거리가 떠올랐을 때, 우연히 아마노 씨가 일러스트를 그렸던 작품이 눈앞에 있어서 그 작품을 참고로 막시밀리안과 아리아드네의 이미지를 떠올렸기에 부족한 제 작품을 맡아 주신다는 말을 듣고 하늘에 뛰어오를 듯한 기분이 들었답니다.

아름답고 심지가 곧은 아리아드네와 거만하기 짝이 없는 왕자 막시밀리안, 그리고 제롬이 제가 생각했던 것 이상으로 그들다운 모습이었기에, 러프스케치를 받았을 때 무심코 덩실덩실 춤을 췄을 정도입니다. 이미지대로 그려주셔서 저도 기쁘지만, 캐릭터들도 분명 기뻐하고 있으리라 생각합니다. 정말 감사합니다.

그리고 첫 간행에 임하여 때로는 엄격하게 때로는 자상하게 어드바이스를 해 주셨던 담당 편집자 Y씨께도 무한한 감사의 인사를 드립니다. Y씨가 있었기에 이 책이 세상에 나올 수 있었다고 생각합니다. 정말 감사합니다.

담당 편집자님을 시작으로 이 책의 제작에 도움을 주신 여러분께 진심으로 감사의 인사를 올립니다.

끝으로 부족한 이 작품을 손에 들어 주신 독자 여러분께 감사드립니다. 여러분이 즐겁게 읽어 주시리라고 생각하며 작품을 완성했습니다.

의견과 감상평도 기다리고 있겠습니다.

아직 미숙하기에 계속 정진해 나갈 수 있도록 노력하겠습니다.

다시 만나 뵙는 날까지 건강하시길 바랍니다.

이오리 미나

역자 후기

본격적인 무더위가 시작된 것 같네요. 웬만해서는 더위를 잘 느끼지 않는 저조차 조금 덥다는 생각이 드는 걸 보니까요. 이번 여름엔 에어컨을 절대로 틀지 않겠다고 결심했기 때문에 하루 종일 더위를 온몸으로 만끽하며 꿋꿋하게 작업하고 있습니다. 저는 여름을 굉장히 좋아해서 여름이라는 계절 자체가 휴가나 마찬가지랍니다. 따라서 특별히 휴가를 갈 필요가 없지요.^^ 1년 중 4개월은 휴가를 떠난 것과 마찬가지니까요.

얼마 전에 친구와 집에서 다코야키를 만들어 먹었습니다. 일본에 놀러 갔다가 다코야키 기계를 천 엔에 사왔다며

기뻐했던 것도 잠시, 변압기 값이 훨씬 비싸서 다시 팔아버릴까 고민도 살짝 했답니다.^^;; 고민 끝에 결국 변압기까지 장만해서 다코야키 개시! 결과는 대성공이었습니다. 판 위에 올망졸망하게 자리한 다코야키들을 열심히 굴리다 보니 어느새 고민도 잊고 있었기에 다코야키가 의외로 명상 효과까지 준다는 사실을 깨달았습니다. 앞으로는 마음이 복잡할 때면 다코야키를 만들어야겠습니다.

책 이야기로 돌아와서(?), 『아리아드네와 사랑의 미궁』에 등장하는 두 남자 주인공은 저마다의 매력이 무척이나 또렷해서 작업이 끝날 때까지도 제 마음속에서 우열을 가리기가 힘들었답니다. 이런 미궁이라면 끌려가도 괜찮지 않을까 하는 생각까지 들 정도였지요. 시크한 막시밀리안과 자상한 제롬, 나이가 조금씩 들다 보니 이제는 자상한 쪽이 조금 더 끌리긴 하네요. 여러분은 어떠셨나요?^^ 지금까지 작업해 온 작품들은 삼각관계를 이루던 두 남자 주인공이 선과 악으로 또렷하게 구분되어 있었지만, 이번 작품은 그렇지 않아서 색다른 느낌을 받았습니다. 하지만 여주인공은 두 배로 행복했겠지요?^^ 여주인공이 느낀 두 배의 행복을 독자 여러분도 느끼셨기를 바랍니다. 이게 바로 작가님의 바람이 아닐까 하는 생각이 드네요.^^

월드컵이 끝나니 들썩들썩한 분위기가 가라앉아서 살짝

아쉬운 마음이 듭니다. 이런 아쉬운 마음을 책으로 달래보면 어떨까 싶습니다.^^ 심각한 내용이 등장하는 책보다는 역시 재밌게 읽을 수 있는 책이 여름에는 최고겠지요. 그럼, 더욱더 행복한 여주인공이 등장하는 작품으로(이번에는 사각관계가 어떨까 싶네요. 그럼 세 배의 행복이 되려나?) 다시 만나 뵙기를 바랍니다.

막시밀리안과 제롬 사이에서
아직도 고민 중인

김하나

TL 로맨스 원고 공모

한국 TL을 선도해 나가는
AIN-FIN 메르헨-엘르 노블에서
뜨겁고 은밀한 사랑 이야기를 찾습니다.

장르 : TL 로맨스(현대, 판타지, 시대물 무관)
분량 : 200자 원고지 기준 700매 내외

보내주실 곳 : ainandfin@naver.com

채택되신 작품은 계약 후 교정 작업을 거쳐 정식 출간됩니다!

많은 참여 부탁드립니다.

⇥ 대한민국 e북포털 북큐브 ⇤

BOOKCUBE
전 자 책 서 점
15만여 종의
전자책!

STORYCUBE
스 토 리 큐 브
1천 5백여 종의
연재작품!

BOOKCUBE
전 자 책 도 서 관
500여개의
전자책도서관!

언제나 어디서나 PC/스마트 폰/태블릿 PC로
즐기는 스마트한 e-book 라이프!!

" 북큐브 내서재 앱만
설치하시면
북큐브 전자책을 무료로
이용하실 수 있습니다. "

QR코드를 스캔 하시면 북큐브 내서재 앱 설치 페이지로 이동 합니다.

북큐브 내서재(Android)

북큐브 내서재(iPhone)

북큐브 내서재 HD(ipad)

http://www.bookcube.com   http://m.bookcube.com